KB243195

# 위령촉루

慰靈燭淚

# 위령촉루 5

강재영 新무협 판타지 소설

초판 1쇄 찍은 날 § 2004년 4월 26일
초판 1쇄 펴낸 날 § 2004년 5월 6일

지은이 § 강재영
펴낸이 § 서경석

편집장 § 문혜영
편집책임 § 권민정
편집 § 장상수 · 유경화
마케팅 § 정필 · 강양원 · 이선구 · 김규진 · 홍현경

펴낸곳 § 도서출판 청어람
등록번호 § 제1081-1-89호
등록일자 § 1999. 5. 31
어람번호 § 제2-0364호

주소 § 경기도 부천시 원미구 심곡1동 350-1 남성B/D 3F (우) 420-011
전화 § 032-656-4452  팩스 § 032-656-4453
http://www.chungeoram.com
E-mail § eoram99@chol.com

© 강재영, 2003

값 8,000원

ISBN 89-5831-085-5 04810
ISBN 89-5505-870-5 (SET)

강재영 신무협 판타지 소설

# 慰靈燭淚
# 위령촉루

**5**

생사관(生死關)

완결

도서출판 청어람

등장 인물

월강: 주인공 심의령의 변신. 본래 회회교의 천패궁 간자였음.

공아단: 밀전의 부전주. 공아치의 육촌 동생.

우옥경: 천패궁 사대봉공 중 유일한 여성.

척무절: 천패궁의 궁주

척운경: 척무절의 아들

척소단: 천운경의 딸. 월강과 친구 사이.

마우간: 천패궁 사대봉공 중 한 명. 미령과 효령을 해친 흉수

패일로: 천패궁 사대봉공 중 한 명. 마우간과 함께 미령과 효령을 해친 흉수. 자기 자식은 끔찍하게 사랑함.

이가려: 척무절의 두 번째 부인. 현 궁모.

정휘도: 정심맹주

신립: 정심맹의 군사

금지민: 현무교의 소교주. 실질적 교주

남옥당: 현무교의 장로.

진수아: 진영과 금지민의 딸.

남고화: 남옥당의 손녀. 의령의 연인.

여우량: 현무교의 개봉 총책

냉우: 의령의 어린 시절 맞수. 궁주의 직할대인 천패검수대의 대원

용절상: 천패검수대의 대주.

염화: 태양궁의 궁주

동복, 화무옥, 번쾌, 풍각초: 월강과 함께 천패궁에 입궁한 이들.

진영, 조온, 반류, 차정선, 유성훈, 임교연: 심의령의 의형제들.

# 30장 천패궁에 들다

이제 심의령이 아니라 월강이다. 월강이다.

끓어오르는 분노와 적개심, 적지에 홀로 침투했다는 긴장…….

복잡한 심경을 달래고자 스스로 암시를 주던 월강의 귀로 화무옥의 목소리가 울렸다. 그것은 바로 이곳이 천패궁이라는 선언처럼 월강에게 들렸다.

"휘유―! 과연 천패궁이군!"

퉁퉁한 목을 휘저어 주위를 둘러보는 화무옥은 막 상경한 촌놈 같은 태도였지만 묘하게 여유가 내비쳤다.

호성하(護城河)를 건너 천패궁의 정문을 통과한 신참들은 눈앞에 펼쳐진 천패궁의 모습에 한순간 압도당하고 있었다.

동복은 중년에 이른 나이답게 겉으로나마 담담한 모습이었지만 도끼를 짊어진 풍각초는 확연히 주눅이 들어 보였다.

월강에게 곧장 싸움이라도 걸 듯 자신만만하던 번쾌마저 천패궁의 위용에 놀랐는지 씹어뱉듯 신음성을 냈다.

"듣기는 했지만… 정말 북경에라도 온 기분이군."

정문을 시작으로 아득한 대로(大路)가 곧게 펼쳐 있었다.

사두마차 서너 대가 질주를 하고도 남을 만큼 널찍한 대로.

그 양편으로 전각들이 빽빽하게 들어차 마치 북경의 거리를 방불케 했다. 시야를 압도하는 엄청난 규모였다.

"저게 내성인가……?"

동복의 혼잣말 같은 물음에 화무옥이 대답했다.

"맞습니다."

대로의 끝이 한 점으로 보일 듯 멀리 떨어진 전방에 내성으로 보이는 웅장한 성곽이 둥글게 쌓여 그들을 굽어보는 중이었다. 성벽 곳곳에 펄럭이는 깃발에는 천패궁의 상징인 붉은 창살에 꽂힌 별들이 나부꼈다.

어디선가 훈련을 하는지 여러 명이 떼로 외치는 우렁찬 기합 소리가 월강 등의 주의를 거리로 돌렸다.

바삐 오가는 사람들마저 거의 일정 수준에 오른 무인들로 보였다.

태양혈이 불쑥 솟아 있는 무인들은 하나같이 천패궁 특유의 표지를 가슴팍에 새기고 있었다. 형형한 눈빛과 자신감 넘치는 태도, 자부심이 가득한 활짝 펴진 가슴. 그들은 중원을 지배하는 천패궁의 무인들인 것이다.

동복은 허 하고 감탄성을 내뱉었다.

"이건… 마치 무인들의 제국(帝國)이라 하겠군."

월강은 표정의 변화 없이 멀리 보이는 궁 정면을 응시하고 있었다. 드디어 천패궁에 들어섰다. 쌓인 원한이 울컥 가슴을 치밀고 솟구쳤지만 소용돌이치는 가슴속과는 다른 냉정한 얼굴로 묵묵히 전방을 응시했다.

천패궁의 위용에 혹은 감탄하고 혹은 굴복하고 혹은 전의를 불태우며

각각 다른 생각에 빠져 있는 다섯에게 한 사람이 다가왔다. 무사라기보
다는 유생처럼 보이는 중년인이었다.

"천패궁에 오신 것을 환영합니다. 자, 이리로들 오십시오."

화무옥은 이미 중년인을 알고 있었는지 그에게 두 손을 모아 포권을
했다.

"오랜만이오."

"결국 입궁에 성공하셨구려. 축하드리오."

화무옥은 너털웃음을 터뜨렸다. 적당한 성취감과 자부심이 묻어나는
웃음.

그는 몸을 돌려 월강 등을 중년인에게 소개했다. 간단한 인사말이 오
가자 성미 급한 번쾌가 중년인에게 물었다.

"곧바로 내궁으로 가는 것이오?"

"일반 무사들이야 외궁의 자기 소속으로 가야겠지만 여러분들은 좀
다릅니다. 내궁으로 가시면 추천하신 분들이 보낸 안내인들이 기다리고
있을 것입니다. 먼저 그분들부터 만나보시는 것이 순서겠지요. 자! 마차
에 오르십시오."

중년인의 안내를 받아 공간이 넉넉한 사두마차에 월강을 비롯한 다섯
명이 오르자 중년인은 마부석을 향해 가볍게 손짓했다. 그는 월강 등에
게 두 손을 말아 쥐었다.

"여러분의 무운(武運)을 기원드립니다."

"그럼 나중에 다시 봅시다."

"잘 풀리면 술이나 한잔 사시오."

화무옥과 중년인의 인사가 끝나자 마차가 출발했다.

마차에 올라 휘장 너머로 보이는 전각들을 바라보던 동복이 맞은편에
앉은 화무옥에게 넌지시 물었다.

"이름이 여수광이라 하던데… 저 사람이 그 금환수사(金環秀士)인가?"

"그렇습니다."

"금환수사!"

동복의 옆에 앉은 풍각초가 탄성을 발했다.

금환수사라면 하남에서 꽤 무명(武名)을 날린 자였다.

자신에게 결코 떨어지지 않는 수위라고 생각한 풍각초가 슬쩍 화무옥에게 질문을 던졌다.

"흠흠, 화 형! 내 묻고 싶은 것이 있소."

"물어보시오."

"그 사람, 천패궁에서 직위가 뭐요?"

흐흐 하고 화무옥이 낮게 웃음을 터뜨렸다. 화무옥은 그답지 않게 짧게 대답했다.

"외궁의 총순찰이오."

"그 정도면… 천패궁에서 어느 정도 지위요?"

"내궁에 머물지 못한 이상, 한직(閑職)이라 보아도 무방하오."

풍각초가 끄응 하고 신음 소리를 냈다. 자신과 비슷하다 본 여수광이 한직에 머물고 있다는 것이 꽤나 충격적인 듯했다.

동복마저 놀란 모양이었다.

"아니, 금환수사 정도의 인물이 내궁에 머물지 못한단 말인가?"

"천패궁에 그 정도로 고수들이 넘친다는 말입니다. 자리가 갑자기 많이 생긴 것은 사실이지만 이리저리 실력 외의 변수들이 존재하지요."

마차 밖으로 지나가는 경관을 바라보던 번쾌가 버럭 고함을 질렀다.

"모든 건 실력이지! 무슨 소리!"

인정하기 싫은 듯 큰 소리를 내는 번쾌에게 화무옥은 슬쩍 빈정댔다.

"번 형은 아직 천패궁의 사정을 모르는가 보오."

"그렇게 말하는 사람은 잘 아는가 보군."

"아아, 관둡시다. 다들 알게 될 테니."

말싸움을 하는 것이 귀찮다는 듯 화무옥이 부채를 펴 얼굴을 가렸다.

동복이 그런 두 사람을 말리듯 화무옥에게 물었다.

"우리가 모를 만한 특별한 사정이 있나?"

동복은 그래도 존중하는 듯했다. 화무옥은 마지못해 말하는 것처럼 부채를 접고 고개를 끄덕였다.

"천패궁이 어떻게 이런 거대방파가 되었는지는 아시겠지요?"

"그야 물론이지. 이십 년 전, 현무교의 남하에 맞서 지금의 천패궁주가 강호방파들을 통합해 만든 곳이지 않나. 그거야 다 아는 얘기 아닌가."

"천패궁에 통합된 그 많은 방파의 수장들이 모두 다 진심으로 굴복하고 자신의 평생 기업을 송두리째 바쳤을까요?"

"그때는 뭉치지 않으면 살아남을 수 없는 형편이었네. 고림성은 풍비박산이 난 상태였고 정심맹은 힘이 없었지. 달자(韃子) 놈들과 연합한 현무교가 정신없이 밀고 내려오는데 어쩌겠나? 살아남으려면 뭉치는 수밖에 없었는데."

"제가 묻는 건 그때 천패궁의 밑으로 들어온 방파들이 순순히 궁주에게 머리를 조아렸을까 하는 점입니다."

"글쎄? 그거야 모르지. 진심으로 감복한 사람도 있었을 것이고 이익 때문에 천패궁의 그늘에 들어간 이들도 있을 테니."

"바로 그 점입니다. 실제로도 그랬지요."

화무옥의 이야기가 심상치 않게 느껴졌는지 마차 안의 인물들이 조금씩 귀를 기울여 왔다.

아직 화무옥에게 고개를 돌리지 않은 사람은 휘장 밖을 보고 있는 월강밖에 없었다. 화무옥은 월강을 힐끗 보더니 비밀스런 이야기라도 한다는 듯 목소리를 낮추었다.

"천패궁이 이렇게까지 성장할 수 있었던 것은 궁주의 힘이 제일 컸지만 그 밑에 모여든 방파들이 계속 늘어났기 때문입니다. 천패궁주는 그들을 어떻게 모으고 통솔했을까요?"

"힘으로 복종시키고 이권을 나눠준 것 아닌가? 천패궁은 무인 집단이며 동시에 상권을 움켜쥔 집단이기도 하니."

"그뿐만이 아닙니다."

화무옥은 눈을 빛냈다. 슬쩍 보니 월강은 아직도 관심이 없다는 듯 휘장 밖으로 지나가는 풍경만 보고 있었다.

"당시 천패궁주 척무절은 그들에게 두 가지 선택권을 주었습니다."

"두 가지?"

"예. 이런 사실을 아는 이들은 극히 드물지요. 하나는 완전히 척가의 가신으로 복속하는 길이었고 하나는 자신의 기업을 그대로 보존한 채 천패궁에 몸을 담는 것이었습니다."

"차등을 두겠다는 것이었나?"

"궁주의 입장에서는 완전한 자신의 수족과 영입한 수하를 나눈다는 의미가 있었겠지요. 일단은 세를 불리기 위해 그런 조건을 걸었던 것입니다. 그리고 자신에게 완전히 복종하지 않아도 차별하지 않는다는 의미로 그들에게 하나의 권리를 주었습니다. 그들이 바로 삼전 십이각으로 나눠진 천패궁에서 십이각의 대부분을 차지하고 있지요."

"그 권리라는 게 뭔가?"

"궁주의 독단으로 천패궁이 위험하다 싶을 때는 궁주의 결정을 번복할 수 있는 권한입니다."

동복은 고개를 갸웃거렸다.

"그게 가능한가? 척무절이 어떤 인물인데 수하들에게 그런 권한을 준다는 말인가? 천패궁에서 하극상을 얼마나 중히 다스리는데?"

화무옥이 쿡쿡거리며 낮게 웃었다.

"물론 그 당시엔 명목상의 권한이었습니다. 그렇게 하기 위해선 사대봉공 중 두 명 이상이 그 결정에 동의하고 삼전의 모든 전주들이 동의해야만 가능한 것이었지요. 사대봉공이나 삼전의 전주들은 천패궁주의 측근 중의 측근, 절대 가능한 일이 아니었겠죠. 그런데 변화가 생겼습니다."

"그게 뭐요, 화 형?"

풍각초가 침을 삼키며 묻자 화무옥은 느긋하게 부채를 손바닥에 톡톡 쳤다.

"천패궁은 요즘 내부에서 분열의 조짐을 보이고 있소이다. 궁주의 장악력이 전만 못하오이다. 지금 천패궁 내에는 현무교와 회회교를 치는 것에 회의적인 사람들이 많이 있소. 이미 안정이 된 기반을 왜 무리해서 흔드냐는 불만이 터져 나오는 거요. 그러던 차에 사대봉공 중 한 명이 죽었고 삼전 중 명부전의 전주가 얼마 전 목숨을 잃었소. 궁주를 향한 불만을 직접 터뜨리자는 움직임이 미묘하게 감돌고 있소이다. 그래서 요즘 영입되는 고수들은 어느 쪽에서건 힘을 보태기 위해 끌어들이는 것이오. 어느 쪽에도 선택이 되지 못하면 여수광처럼 한직으로 밀려나는 거요."

동복의 안색이 심각하게 굳었다.

"그 정도일 줄은……."

"새로 입궁하는 사람들한테는 이 혼란이 기회가 되는 것입니다. 자기 자리를 꿰차는 게 중요한 것이죠. 사실 추천인이 누구라는 것이 크게 중요하지도 않습니다. 능력만 입증하면 서로 끌어가려 할 케니."

번쾌가 날카롭게 목소리를 높였다.

"그럼 우리 중 누가 적이 될지도 모르겠군."

화무옥의 입가에 짙은 웃음이 흘렀다.

"한 치 앞을 알기가 힘든 형국이라는 것은 확실하오. 이 속에서 두각을 나타낸다면 천패궁에서 완전히 자리를 잡을 수 있을 거요."

화무옥은 말을 마치며 다시 한 번 월강을 응시했다. 이제까지 한 번도 입을 열지 않은 이는 월강뿐이었다. 화무옥의 눈 깊숙이 뜻 모를 빛이 번쩍 하더니 사라졌다.

각자의 생각에 빠진 듯 마차 안에는 곧 깊은 침묵이 흘렀다.

한참을 달리던 마차의 속도가 점점 줄다가 어느 순간 멎었다.

끼이이익 하고 거대한 문을 여는 둔탁한 소리가 들렸다.

"내궁에 다 온 모양이군."

동복이 휘장을 들추며 침묵을 깼다.


스르륵.

뚜벅. 뚜벅.

월강은 긴 복도를 걷고 있었다. 흰 유삼을 걸친 사내가 그의 앞에서 걷는 중이었다. 유삼을 걸친 사내의 긴 옷자락이 바닥에 끌리는 소리가 발자국 소리와 어울려 밀폐된 복도에 기묘하게 울렸다.

내궁에 도착한 후 화무옥 등과는 곧 헤어졌다. 여수광의 말처럼 그들을 기다리던 사람들이 있었다.

지금 그의 앞에서 걷고 있는 안내인은 밀전(密殿)에서 왔다는 짤막한 소리 외에는 아무 말도 하지 않았다.

내궁은 외궁의 모습과는 천양지차였다. 전각이 아니라 돌담으로 구획되어 있는지 복잡한 골목을 무수히 끼고 돌았다.

안내하는 사내의 위상이 그리 만만한 것이 아닌 듯 곳곳에서 눈에 띄는 무사들이 절도있는 예(禮)를 건넸다.

겹겹이 둘러쳐진 담벼락을 따라 돌길 수차례, 마침내 사내가 들어선 곳은 밀전(密殿)이라는 편액이 붙은 한 전각이었다.

바쁘게 전각 내를 오가는 사람들이 뜸해질 무렵까지 월강은 사내의 뒤를 따라 계속해서 걸었다. 사내는 미로처럼 복잡한 건물 내부를 익숙하게 안내했다. 이제까지 뒤를 돌아본 적도, 따로 말을 건 적도 없었다.

빛이 들지 않아 컴컴한 복도의 양 옆으로는 아무 표시가 없는 문들이 일렬로 늘어서 있었다.

이제까지 몇 개의 계단을 통과했건만 이곳이 몇 층인지 월강도 짐작할 수 없었다. 좌우로 방향을 튼 것만도 각기 여섯 차례. 그동안 오르막 계단이 다섯 군데, 내리막 계단이 여섯 곳 있었다.

월강을 안내하던 사내가 양편에 늘어서 있는 문 중 일곱 번째 왼쪽 문 앞에 마침내 섰다.

삐걱.

사내는 문만 열고 안으로 들어서지는 않은 채 월강을 향해 비스듬히 몸을 돌렸다. 안으로 들어가라는 듯 한 발 비켜서며 왼손으로 방 안을 가리켰다. 왼손을 들자 폭 넓은 유삼의 소맷자락이 늘어져 내렸다.

월강은 사내의 얼굴을 힐끗 바라보았다.

단정하게 수염을 다듬은 사내의 얼굴에는 아무 표정도 떠올라 있지 않았다. 월강을 향한 눈도 정작 월강의 눈을 바라보지는 않았다.

월강은 아무 말 없이 문턱을 넘어 안으로 들어섰다.

그의 뒤로 조용히 문이 닫히고 사내가 물러가는 소리가 들렸다.

방 안에는 달랑 탁자 하나와 의자 둘이 놓여 있을 뿐 아무런 가구도 보이지 않았다. 자그맣게 나 있는 창문으로 햇빛이 비쳐들 뿐. 방 안을 가르는 일직선의 햇빛 사이로 둥둥 떠다니는 먼지가 보였다.

월강은 방 안을 한 번 둘러보고 족자가 정면으로 보이는 의자에 앉았다.

턱.

허리에 찬 두 자루의 사이프 중 한 자루를 끌러 탁자에 올려놓았다. 가슴의 정중앙에서 오른편으로 한 치쯤 떨어지게 손잡이를 놓았다. 언제라도 뽑을 수 있게 한 것이다.

탁자에서 손을 내린 월강은 조용히 정면으로 보이는 족자를 응시했다.

한 마리 호랑이가 족자를 가득 채운 채 온몸을 드러내고 월강을 바라보고 있었다. 먹이를 향해 막 도약하려는 듯 두 눈은 형형하게 빛나고 잔뜩 힘을 준 탄력있는 두 다리에는 응축된 힘이 가득했다. 낙관(落款)도 없는 그림에는 단 한 글자만이 써 있었다.


패(霸).


누구의 솜씨인지 알 수 없었으나 천패궁에 정말 잘 어울리는 그림이라는 생각이 들었다. 굶주린 맹수.

호랑이와 눈싸움이라도 하듯 뚫어져라 족자를 응시하던 월강은 조용히 눈을 내리감아 반개(半開)했다. 반만 뜬 시야에는 코끝만이 두 개로 겹쳐 보였다.

'함정인가? 아니면 단순한 시험?'

월강은 천패궁에 들어선 이후로 작두 끝에 올라탄 것마냥 신경이 곤두서 있었다. 눈을 내리감아 반개한 것은 복잡한 심경을 누르고 고요한 마음을 찾기 위함이었다. 차차 마음이 가라앉기 시작했다.

월강은 오감을 활짝 열어 방 안을 면밀히 관찰해 나갔다. 눈을 떠 사물을 더듬는 것만이 관찰인 것은 아니다. 유성혼에게 눈을 감고도 사물을 볼 수 있다는 것을 배운 터였다. 방 안에 흐르는 미세한 공기의 흐름까지 세심하게 더듬어 나갔다.

잠시 후, 미약하지만 방 안의 공기에 분명한 흐름이 있다는 것을 감지할 수 있었다. 날이 추우니 외풍(外風)이 새어 들어올 수도 있었지만 어딘가 미묘한 방향의 차이가 느껴졌다.

게다가 누군가 자신을 지켜보는 듯한 은밀한 시선이 감지되었다. 오감을 열기 전까지는 깨달을 수 없었던 시선.

'어딘…… 가……?'

온몸의 느낌을 활짝 열었다.

시선의 정체는 좀처럼 잡히지 않았다.

칼날 끝에 서 있는 듯 예민하게 갈아세워진 이목으로도 긴가민가할 정도로 은밀한 시선.

다시 한 번 공기의 흐름이 미세하게 바뀌는 것이 느껴지자 월강은 그제야 깨달았다.

'이 방을 지켜볼 수 있는 기관 장치가 있군.'

누군가 자신을 관찰하고 있다는 것을 깨달은 월강은 경계를 늦추고 내면으로 침잠해 들었다. 시간을 두고 관찰한다면 그 시간에 자신의 계획을 점검하면 그뿐.

그의 태도는 흐트러짐없는 꼿꼿함을 유지했다.


한 시진이 흐르도록 월강의 모습은 미동도 하지 않았다. 호흡 소리도 들리지 않을 만큼 조용한 방 안.

인기척 소리와 함께 문이 열렸다.

삐걱.

월강은 여전히 눈을 반개한 채 말이 없었다.

스르륵.

옷자락이 끌리는 소리와 함께 월강을 이 방까지 안내했던 사내가 다시 모습을 드러냈다. 그는 조용히 옷자락을 끌며 월강의 맞은편에 자리를 잡고 앉았다.

그가 자리에 앉자 시비가 방 안에 들어와 차(茶)를 들여놓고 뒷걸음쳐 나갔다.

또르륵.

찻잔에 떨어지는 찻물 소리만이 조용한 실내에 울렸다.

월강의 맞은편에 앉은 사내는 두 잔의 찻잔을 월강과 그의 앞에 놓았다.

달그락거리는 찻잔 소리만이 실내에 간간이 울릴 뿐 여전히 아무도 입을 열지 않았다.

사내가 한 잔의 차를 다 마실 때까지도 월강의 눈은 반개한 그대로였다.

월강의 얼굴을 응시하던 사내가 문득 입을 열었다.

"대단하군."

월강이 반개했던 눈을 들어 사내를 응시했다. 그는 여전히 말이 없었다.

월강에게 아무 말도 듣지 못한 사내는 갑자기 웃음을 터뜨렸다. 그의 웃음에는 기분 좋은 유쾌함이 묻어났다. 무표정했던 사내의 얼굴에 갑자기 다양한 감정이 한꺼번에 떠올랐다.

"푸하하! 좋아, 좋아! 내가 먼저 말을 꺼내는 것이 도대체 얼마 만인지 모르겠군. 마음에 들어."

재미있다는 듯 월강을 바라보던 사내는 자신의 이름을 밝혔다.

“나는 공야단이라 하네. 만나서 반갑네.”

“월강이오.”

“자네를 추천하신 전주님이 이 자리에 계셔야 하는데 지금 귀주로 떠나시고 안 계시네. 그래서 부전주인 내가 자네를 만나게 되었네.”

천패궁에 월강의 입궁을 추천한 이는 밀전의 전주인 공야치다.

공야단은 바로 그 공야치의 육촌 아우였다. 주소추가 죽자 원래 밀전의 부전주였던 그가 다시 그 자리에 앉았던 것. 남옥당에게 들어 이미 알고 있던 바였다.

“자네는 듣던 것보다 훨씬 과묵하군.”

월강이 묵묵부답하자 공야단은 가볍게 웃음을 흘렸다.

“짖지 않는 맹수가 더 무서운 법이지. 그렇다고 처음 보는 상관 앞에서 그렇게 뻣뻣한 것도 좋은 자세는 아닐세.”

“당신이 내 상관이오?”

월강의 짤막한 반문에 공야단은 고개를 끄덕였다.

“당분간은 그렇네. 일단 자네는 내 지시에 따라야 하니까. 앞으로는 나를 당신이라고 부르면 안 되네. 부전주라고 부르게.”

“알겠소.”

고조없는 월강의 대답에 공야단은 피식 웃음을 지었다. 그의 눈빛이 흐릿한 햇빛에 반사되어 반짝였다.

“내가 자네를 맞으러 직접 나간 이유가 궁금하지 않은가?”

월강의 대답이 없자 공야단은 찻잔을 입에 가져가며 계속 월강을 주시했다. 그의 입가에는 여전히 한 조각 웃음이 걸려 있었다.

“난 자네가 매우 궁금했네. 게다가… 애초에 자네를 궁에 받아들이는 것에 나는 반대했다네.”

“……”

"간세로 쓰던 자를 궁의 간부로 받아들이는 것은 전례가 없는 일이지. 자네를 포섭했던 분이 돌아가신 조 봉공이셨다 할지라도 말이야."

구릿빛으로 반짝이는 월강의 얼굴에는 아무 표정도 묻어나지 않았다. 월강의 입에서 담담한 음성이 흘러나왔다.

"천패궁에서 원치 않는다면 굳이 이곳에 있을 이유는 없소. 형님이 회회교에 정체가 드러날 경우 천패궁으로 오라 했기에 왔을 뿐이오."

공야단의 얼굴에 비릿한 웃음이 떠올랐다. 명백한 비웃음이었다.

"끈 떨어진 신세가 되어 온 것을 묘하게 포장하는군."

"……."

"나이에 비해 굉장히 어려 보이는군. 여자들이 좋아할 만한 얼굴이야."

묵묵히 공야단의 웃음을 지켜보던 월강은 탁자에 놓은 사이프를 잡으며 몸을 일으켰다.

"나는 모욕을 당하려고 여기 온 것이 아니오. 나를 원치 않는다면 이만 가겠소."

공야단의 얼굴에 희미한 미소가 다시 떠올랐다. 그러나 얼굴 가득 미소를 짓고 있는 그의 눈은 웃지 않았다. 공야단의 날카로운 시선이 월강의 얼굴에 꽂혔다.

"서두르지 말게. 인내력에 비해서는 일에 대한 결정이 너무 빠르군. 자네가 입궁하는 것을 반대했던 것은 나지 궁이 아니네. 자네가 미패단에서 놀라운 무공을 선보였다는 것은 이미 들었다네. 지금 궁에선 여러 인재를 필요로 하고 있지."

자리에서 일어선 월강의 시선과 의자에 앉은 공야단의 시선이 마주쳤다.

"궁에서는 나를 이미 받아들이기로 했다는 거요?"

"그렇네. 그래서 자네가 이곳까지 올 수 있었던 것이니까."

"그럼 지금 나를 시험하는 것은 천패궁과는 무관한 당신의 독단이오?"

"당신이라 부르지 말라고 했을 텐데?"

"나를 시험하는 한, 당신을 상관으로 인정할 생각은 없소. 내가 갈 곳이 없어 이곳에 왔다고 생각했다면 오산이오."

"조 봉공님과의 약속을 그렇게 쉽사리 저버릴 셈인가?"

잠시 공야단의 얼굴을 묵묵히 바라보던 월강은 서서히 자리에 앉았다. 월강은 손에 들었던 사이프를 다시 탁자에 놓았다.

자리에 앉은 월강을 바라보며 공야단이 빙글빙글 웃음을 흘렸다.

"자네가 탐이 나는 인재라는 건 분명하네. 하지만 여러 가지 걸리는 점들이 있지. 자넨 우리와 적인 회회교의 사람이고……."

월강이 단호하게 공야단의 말을 끊었다.

"출신이 그곳이었지 소속은 아니오. 그곳을 버린 지 이미 오래되었소."

"그뿐만이 아니지. 제일 중요한 점은 돌아가신 조 봉공님을 제외하고는 자네를 본 사람이 아무도 없다는 것일세. 한마디로 우리 앞에 있는 자네가 진짜 조 봉공님과 형제의 연을 맺은 그 월강인지 증명할 수 있는 사람이 천패궁에는 없다는 것이지."

공야단은 소매춤에서 두루마리 하나를 꺼내 펼쳤다. 촘촘히 적힌 기록을 보던 공야단은 월강에게 눈길을 돌렸다.

"자네가 조 봉공님과 결의형제를 맺고 아무 대가 없이 궁을 도왔다는 것은 알고 있네. 듣기론 자네 생명을 조 봉공님이 구하셨다 하더군."

"그렇소."

"자세한 정황을 말해 보게."

월강의 얼굴에 희미하게 웃음이 떠올랐다.

“그런 하찮은 절차로 나를 시험하겠다는 거요?”

“하찮은지 중요한지는 내가 정하네.”

“그 따위 정보야 나를 사칭해 천패궁에 잠입하려는 자가 있다면 이미 완벽하게 숙지하고 있을 거요. 천패궁에서 그런 하찮은 절차를 준비했다는 거요? 무척 실망스럽군.”

공야단의 눈썹이 꿈틀거렸다. 그의 입에서 벽력같은 고함이 터져 나왔다.

“듣자 하니 너무 방자하구나!”

“겨우 이 정도로 흥분하는 거요? 잔머리를 써서 흥분을 가장하는 거라면 필요없소. 형님과 나 사이의 일을 당신들이 알면 얼마나 안다고 그 따위 걸로 내 신분을 판단하겠다는 거요? 게다가 미주알고주알 보고해 가며 이곳에 몸담아야 할 이유가 내겐 없소. 형님과 약속했기에 온 것뿐이오. 설혹 내가 가짜라고 해도 날 써먹을 방도 정도는 생각할 수 있을 텐데……. 내가 당신들을 너무 과대평가한 모양이오.”

공야단의 볼이 부르르 떨렸다. 이미 침착을 잃은 공야단에게는 왠지 모를 불안이 엿보였다.

월강은 그를 향해 이죽거렸다.

“그 글 쪼가리로 내가 진짜인지 가짜인지 검증하겠다면 얼마든지 답해주겠소. 단, 그것만이라야 하오. 더 이상 그까짓 요식 행위로 피곤하게 한다면 당장 이곳을 떠나겠소.”

말을 끝낼 즈음 월강의 시선은 공야단의 어깨를 넘어 족자에 그려진 호랑이의 눈을 응시하고 있었다.

“당신이 결정권자일 것으로 생각하오. 시험을 하려면 제대로 하던가 아니면 이따위 피곤한 절차는 당장 때려치우시오!”

공야단의 얼굴에 당황한 기색이 스쳐 지나갔으나 월강의 눈은 족자의 호랑이 눈에 박혀 움직이지 않았다.

돌연 청아한 웃음소리가 방 안에 울려 퍼졌다.

"듣던 것보다 훨씬 대단한 사람이군요. 언제부터 알았죠?"

월강의 눈에 의외라는 기색이 떠올랐다.

'여자?'

"나는 벽과 말하는 것을 좋아하는 사람이 아니오."

그그긍.

무거운 돌이 서로 부딪치는 듯한 묵직한 소리가 나며 족자가 걸린 벽이 움직이기 시작했다. 벽이 열리며 뿌연 먼지가 피어올랐다.

먼지 사이로 굴곡이 선명한 그림자가 나타났다.

공야단이 서둘러 자리에서 일어나 여인에게 예를 표했다. 공야단은 그대로 자리에 앉아 있는 월강에게 날카롭게 소리쳤다.

"일어나 예를 표하게! 천패궁의 봉공이신 우 봉공님이시네!"

천요신녀(天妖神女) 우옥경(尤沃鏡).

천패궁의 사대봉공 중 유일한 여인. 아직까지 그 얼굴을 제대로 본 사람이 없다는 말처럼 짙은 면사로 가린 얼굴에 요요한 눈빛만이 빛났다. 서늘한 봉목은 중년에 달한 여인이라고는 믿을 수 없을 단큼 맑았다. 그러나 현무교의 남하 당시 가장 많은 생명을 빼앗아간 인물 중 하나가 바로 우옥경이었다. 눈웃음 한 번에 목숨 하나. 그래서 또 다른 별호가 바로 일소일살(一笑一殺)이던가.

월강은 자리에 앉아 우옥경을 응시했다.

"저 사람이 천요신녀라는 걸 무엇으로 믿으란 거요?"

우옥경의 눈에 짙은 웃음이 떠올랐다. 그 웃음 속에 한 줄기 살기가 엿보였다.

"듣던 대로 예의는 없군요."

바람 한 점 없는 방 안에 우옥경의 옷자락이 펄럭이기 시작했다. 월강의 옷자락도 스르륵 부풀어 올랐다. 방 안의 공기가 무겁게 응축되더니 엄청난 압력을 뿌리며 소용돌이쳤다.

"으윽……."

공야단은 우옥경의 곁에서 주르륵 물러나 벽에 등을 기대고 섰다. 그의 능력으로는 우옥경과 월강이 내뿜는 기세를 견딜 수 없었다. 터져 나갈 것 같은 압박감에 튕겨나듯 뒤로 물러섰으나 벽에 가로막혀 더 이상 물러설 곳도 없었다.

우옥경과 월강의 사이에 놓였던 탁자가 부들부들 덜컹이기 시작했다. 둘의 기세 싸움이 어느새 내공 대결로 돌아섰다는 증좌였다. 공야단이 앉아 있던 의자가 허공으로 치솟으며 쩍쩍 금이 가기 시작했다.

"우욱!"

공야단은 더 이상 견딜 수 없었다. 온몸을 찍어 누르는 거대한 압력으로 인해 공야단의 몸이 조금씩 흙벽을 파고들기 시작했다. 그의 코에서 실낱같은 핏줄기가 흘러내렸다.

쩌적— 챙—

월강의 앞에 있는 탁자에 조금씩 금이 갔다. 탁자 위에 놓인 찻잔이 산산이 부서져 흩어졌다.

우옥경의 눈과 월강의 눈이 불꽃이라도 튀길 듯 맞부딪쳤다.

가지런히 모였던 소매에서 우옥경의 하얀 손이 서서히 모습을 드러냈다. 우옥경은 월강을 향해 손을 내밀고 손짓이라도 하듯 좌우로 천천히 흔들었다.

우옥경의 손짓을 따라 월강의 몸이 의자에 앉은 채로 조금씩 뒤로 젖혀지기 시작했다.

월강이 앉은 의자의 다리가 투둑 하는 소리와 함께 바닥을 파고들었다. 강대한 압력에 밀려 월강의 얼굴이 살짝 일그러졌다.

'상당… 하군.'

월강의 손이 탁자에 얹어놓은 사이프의 손자루에 조금씩 접근해 갔다.

그의 눈은 깜박이지도 않고 우옥경의 눈을 뚫어져라 응시했다. 우옥경의 눈도 월강의 시선을 피하지 않았다.

월강은 새끼손가락이 칼자루에 닿자 더듬어가듯 천천히 칼자루를 움켜쥐어 갔다. 마침내 완전히 칼자루를 움켜쥐자, 날카로운 기세가 월강의 온몸에서 물밀듯 푸악 치솟아올랐다.

뒤로 밀려 넘어질 듯 젖혀졌던 월강의 몸이 서서히 똑바로 세워졌다.

엄지손가락을 이용해 칼집을 밀었다.

달칵.

발검(拔劍)의 전초 동작. 한바탕 칼바람이 몰아칠 듯 삼엄한 긴장이 피어오를 때 조용한 우옥경의 음성이 흘러나왔다.

"그만! 훌륭하군요."

그 음성을 신호로 둘 사이에 소용돌이치던 응축된 기세가 씻은 듯 사라졌다. 허공에 떠올랐던 공야단의 의자가 쿵 하고 바닥에 떨어지며 산산이 부서져 내렸다.

공야단이 털썩 바닥에 주저앉는 소리를 끝으로 둘의 혐악하나 조용했던 기세 싸움은 막을 내렸다. 월강과 우옥경 둘 다 혁혁 숨을 몰아쉬는 공야단을 거들떠보지도 않았다.

우옥경의 말에 화답하듯 월강의 입에서도 담담한 음성이 흘러나왔다.

"당신도 훌륭하오. 천요신녀 본인임을 인정하겠소."

"오호호호! 마치 당신이 날 시험한 것 같군요."

고개를 끄덕이며 일어선 월강이 포권을 취했다.

"너무나 아름답고 젊게 보여 당년에 명성을 날린 그 천요신녀임을 믿을 수 없었소. 무례를 범했소이다."

면사로 가렸음에도 웃음을 터뜨리는 우옥경의 손은 입가를 향하고 있었다.

"과연 여인을 즐겁게 하는 법은 잘 알고 있군요. 윗사람에 대한 예의도 그만큼 안다면 공야 부전주와도 잘 지낼 것을."

귀를 즐겁게 하는 달콤한 목소리. 적당히 끈적거리고 적당히 기품있어 과연 세월을 느낄 수 있는 음성이 울렸다.

우옥경의 눈가에는 흡족한 기색이 가득했다.

"과연 천하의 조 봉공님이 아우로 삼을 만한 인물이군요. 당신 말대로 시답잖은 절차 따윈 생략하겠어요. 우리와 함께할 수 있는 인물인가가 중요하니까요. 다만, 한 가지 절차는 거쳐야겠어요. 그것만 거친다면 우리 편으로 인정하겠어요."

"우리 편? 궁주파요?"

월강의 질문에 우옥경이 되물었다.

"그 말은 어디에서 들었죠?"

"내궁으로 오는 길에 화무옥에게 들었소. 사대봉공과 삼전주는 궁주파고 십이각주가 원로파라고 들었소이다."

월강은 이미 남옥당에게 들어 천패궁의 정세를 자세히 알고 있었으나 화무옥에게 들은 것만 이야기했다. 진정 거짓을 말할 때엔 사소한 것들은 진실로 밝히는 법이다. 이는 고화에게서 들은 여러 금언 중 하나였다.

월강의 말에 우옥경은 고개를 갸웃거리며 살짝 몸을 돌렸다.

"긴 얘기가 필요하겠군요. 따라와요."


월강과 우옥경은 빽빽하게 서적들이 가득 찬 밀실에 자리를 잡고 앉아 있었다. 공야단은 보이지 않았다.

둘 사이에 이미 많은 말이 오고 간 듯 실내엔 의미 깊은 침묵이 떠돌았다.

침묵을 깬 이는 우옥경이었다.

"어때요? 받아들이겠어요?"

"거부하기엔 너무 은밀한 속사정을 들은 것 같소만."

"판단이 정확하군요. 물론 이 제안을 거부한다면 무사히 이 방을 나갈 수 없을 거예요."

"협박하는 거요?"

"사실을 말하는 거예요."

월강은 고개를 끄덕였다.

밀전 깊숙이 자리 잡은 밀실. 주위에 은밀히 감도는 날 서린 살기가 우옥경의 말이 거짓이 아님을 증명하고 있었다. 게다가 우옥경 본인도 무시할 수 없는 고수였다.

"나는 청개구리 기질이 있어 누가 강압을 하면 할수톡 그 일이 하기 싫어지오만……."

월강이 빙긋이 웃었다. 매혹적인 웃음이었다. 구릿빛 얼굴에 대조된 하얀 치아가 맑게 빛났다.

월강의 환한 웃음을 처음 대한 우옥경은 눈빛이 풀어지는가 싶더니 흠칫 고개를 저었다.

"주위를 모두 물리고 독대를 하고 싶은데, 안 되겠소?"

"둘만 있자는 말인가요?"

"그렇소."

"무례하군요."

"원래 그렇소."

월강의 얼굴을 바라보던 우옥경은 사방에 전음을 보냈다. 곧 밀실의 주위에서 느껴지던 살기들이 사라졌다.

우옥경은 천패궁주를 빼고 일 대 일로 자신을 제압할 인물이 있다고 믿지 않았다. 더구나 월강은 오랜만에 만나는 매력적인 사내, 살짝 성적인 긴장마저 느껴졌다.

주위가 은밀해지자 월강이 다시 말을 꺼냈다.

"그나저나 뜻밖이구려. 당신과 공야 전주가 궁주파가 아니라 원로파라니. 화무옥이 잘못 알고 있나 보오."

"글쎄요. 그렇게 들렀던가요?"

"내가 잘못 생각한 거요?"

"아직 그런 얘기를 나눌 만큼 당신을 신뢰하고 있지는 않아요."

"신뢰라…… 그런 걸 얻을 생각은 없소."

"냉소적이군요."

"믿는다는 건 목숨을 건다는 거요. 받는 입장에선 부담스럽기 짝이 없지."

"조 봉공님은 믿었나요?"

"형제는 믿소. 그러나 동료는 믿지 않소."

"이상한 구분이군요. 하지만 솔직히 말해 나도 당신을 믿지 않아요."

"나 역시. 하지만 그 제안은 수락하겠소."

월강의 대답에 우옥경은 소매를 들어 입을 가리며 웃었다. 면사를 써서 어차피 잘 보이지도 않건만.

"좋아요. 그렇게 나와야지요. 다만 우리 둘 다 서로를 믿지 못하니 당신에게 안전 장치를 하나쯤 거는 것에 동의하겠지요?"

"금제를 가하겠다는 거요?"

"아무 해도 없을 거예요. 우릴 배신하지만 않는다면."

"협박은 받아들이지 않겠다고 했소만."

"자신의 처지를 정확히 파악하는 게 좋아요. 이런 사정을 밝힌 것도 당신을 높이 평가한 때문이니."

월강과 우옥경의 눈이 고요히 맞섰다.

월강의 눈에서 흐트러지지 않는 의지를 발견한 우옥경이 돌연 한숨을 쉬었다.

"휴…… 정말 까다로운 사람이군요."

"……."

"솔직히 당신은 우리에게 매우 쓸모가 많은 사람이에요. 생각했던 것보다 무공도 훨씬 뛰어날 뿐 아니라 심기도 대단하군요. 이 일을 할 사람이 마땅치 않아 우리도 여러 사람을 물색하던 중이었어요. 이렇게 하죠. 현 상태에서 당신에게 무조건 일을 맡길 수는 없어요. 당신도 우리 입장을 이해해야 해요. 위험 부담이 훨씬 큰 것은 우리 쪽이에요. 당신이 우리 편이라는 확신이 생기면 금제를 해지하겠어요. 아울러 최고의 대우를 보장하겠어요."

"금제의 내용을 먼저 말해 보시오."

조금은 말이 먹혀들었다 생각했는지 우옥경이 눈웃음을 흘렸다. 우옥경은 소맷자락 속에서 작은 나무 상자를 꺼내 탁자에 올린 후, 월강에게 말했다. 아이의 손바닥만한 작은 상자였다.

"이 안에 있는 단환을 먹으면 돼요."

상자를 열지 않은 채 월강은 지그시 눈을 감았다.

눈을 감은 월강의 얼굴을 우옥경은 흥미롭게 바라보았다. 위험한 사내라는 것은 이미 겪어 알고 있었다. 그러나 묘한 매력을 풍기는 사내였다. 나이보다 어려 보이는 외모에 이국적인 피부 색, 세상과 담을 쌓은 듯한 냉소적인 기색이 왠지 신비감을 불러일으켰다.

단환을 먹게 되면 자신의 명에 절대 복종할 수밖에 없었다. 묘강의 여인들이 사용하는 고독이기 때문에. 산공독만 먹이려던 당초의 계산을 바꾼 것은 생각보다 월강이 위험해 보였고 한편으로 매력적이었기 때문이다. 손 안에 넣고 싶은 장난감이었다.

월강이 천천히 눈을 떴다.

구릿빛으로 빛나는 얼굴에 흑백이 선연한 눈동자가 매혹적이라 생각한 순간, 우옥경의 의식은 툭 하고 끊어졌다.

초점을 잃어 몽롱한 우옥경의 눈을 바라보며 월강은 희미한 미소를 지었다.

"당신은 세 가지 실수를 저질렀소."

우옥경의 귀에는 월강의 목소리가 들리지 않았다.

"내 무공을 시험하고자 했으나 제대로 수위를 파악하지 못한 점."

월강의 손이 가볍게 펄럭이자 우옥경의 얼굴을 가렸던 면사가 떨어져 내렸다. 중년의 나이라 믿기 힘든 팽팽한 얼굴. 그녀의 핏빛 가득한 명성과는 다른 청초하기까지 한 얼굴이었다. 월강의 얼굴에 의외라는 빛이 떠올랐다.

"내 청에 따라 모든 호위를 물리친 점."

월강의 눈은 언젠가 보았던 유성혼의 그것처럼 흰자위가 하나도 보이지 않았다. 온통 검은색이었다. 유성혼에게 전수받은 섭혼술이었던 것이다.

"마지막으로 내가 섭혼의 술을 익혔다는 것을 몰랐다는 것이오."

월강의 눈에서 검은 빛이 흘러나오기 시작했다.

그에 따라 우옥경의 눈빛은 점점 초점을 잃고 표정이 무너져 내리고 있었다.

"그럼 이제부터 속내를 터놓고 이야기하도록 합시다."

월강의 얼굴에 천천히 그 매력적인 웃음이 떠오르고 있었다.

# 31장 친구와 만나다

“의령이가 자리를 잡았다고?”

“예. 남 소저에게서 연락이 왔습니다. 조만간 움직일 모양이더군요. 천요신녀를 섭혼술로 제압하는 데 성공했나 봅니다.”

“놀랍구나……. 천요신녀의 힘을 능가했다는 말이니…….”

“그렇지요. 그놈답습니다.”

침상에 머리를 높이고 비스듬히 누워 있는 진영은 핼쑥하나마 의식을 완전히 되찾고 있었다. 침상 옆의 의자에는 유성혼과 임교연이 나란히 앉아 있었다.

현무교의 섬서 비밀 분타에서 정신을 차린 진영은 서서히 체력을 회복 중이었다. 경맥이 완전히 뒤틀려 막혀 무인으로서는 생명이 끊어졌다 하겠지만 무공을 잃은 대신 진영은 부인과 딸을 얻은 셈이었다.

수아의 극진한 간호는 진영에게 무엇보다 큰 기쁨을 주었다. 존재조차 몰랐던 딸의 등장은 버렸던 세월의 아픔을 누를 수 있을 만큼 큰 축복이었다.

금지민과의 관계도 점차 좋아지기 시작했다. 아직 살갑게 서로 대하지는 못하지만 수아의 존재가 둘 사이의 앙금을 조금씩 무너뜨리는 중이었다.

그런 그에게 유일한 걱정은 천패궁에 잠입한 막내 의동생 심의령이었다. 진영은 의령의 잠입이 너무 위험하다 느끼고 있었다. 그가 정신을 잃어 어쩔 수 없는 선택을 했다 생각하지만 진영이 보기에 의령은 너무 서두르고 있었다. 성혼과 교연이 의령에게 갖고 있는 절대적 신뢰만큼이나 진영은 의령의 행보가 위태롭게 느껴졌다.

진영이 생각에 잠겨 있을 무렵, 삐걱 하는 소리가 들렸다. 진영이 머무는 요동(窯洞)의 문이 열리며 금지민과 수아, 남옥당이 들어섰다.

성혼과 교연이 의자에서 일어서 예를 표했다.

금지민을 대하는 성혼과 교연의 태도는 정중하기 그지없었다. 이제 대형인 진영의 처로 대하는 것이었다.

수아가 쪼르르 달려와 진영의 볼에 입을 맞추었다. 텁수룩하던 수염을 말끔히 밀어낸 이가 수아였다. 입 맞출 때 따갑다는 이유로.

"아빠―! 좋아 보이네요."

볼을 부비는 수아에게 진영은 허허 하고 웃음 지었다.

"이 녀석, 그 나이에 아빠가 뭐냐?"

"어릴 때 못해봤으니 몇 년은 아빠라고 부를 거예요."

침상의 곁으로 금지민과 남옥당이 다가오자 진영은 수아에게 부탁했다.

"나를 일으켜 주련?"

"아직 무리하시면……."

"이 정도는 괜찮다."

수아가 진영의 몸을 침상에서 조심스레 일으켰다. 이미 익숙해진 듯 진영을 대하는 손길이 꼼꼼하기 짝이 없었다.

　침상에 상체를 세우고 앉은 진영은 금지민과 남옥당에게 가볍게 고개를 숙였다.

　금지민의 태도는 아직 어딘가 어색해 보였다. 오대산에서 진영을 만났을 무렵 취했던 가식적인 태도를 버린 지금 진영을 어찌 대해야 할지 정하지 못한 듯했다. 현무교를 위해 이용하자고 마음먹었던 그때와 치료를 위해 몸을 섞은 지금은 그녀에게 확연히 달랐기 때문이다.

　진영은 잠시 금지민에게 눈길을 보내다 남옥당에게 시선을 돌렸다.

　남옥당이 금지민에게 아비와 같은 존재임을 아는 데는 그리 시간이 걸리지 않았다. 현무교를 실제로 이끄는 군사와 같은 존재. 의령이 천패궁에 잠입했음을 안 이후로 이미 많은 이야기를 나눈 후였다. 남옥당에게 천하 쟁패의 야욕은 없는 것이 분명했다. 그는 단지 현무교의 앞날을 걱정할 뿐인 노장로였기에.

　“많이 회복되셨습니다.”

　“덕분입니다.”

　가볍게 서로에게 덕담을 건네는 진영과 남옥당에게 서로에 대한 경계심은 보이지 않았다.

　“의령이 소식을 방금 들었습니다.”

　“일단 천패궁에 자리를 잡는 데는 성공했나 보더이다. 앞으로가 문제일 거외다.”

　“그 일로 상의하고 싶은 것이 있습니다만.”

　“말씀하시지요.”

　“의령이가 천패궁에 잠입한 것은 본디 현무교의 계획이었다 알고 있습니다.”

　“그렇습니다.”

　“의령이에게 원한 것은 현무교를 공격할 여력이 없도록 천패궁을 흔드는 것이었다지요?"

"맞소이다."

"구체적인 방법까지 지시하셨습니까?"

"천패궁의 미묘한 내부 정세만 알려주었을 뿐이외다. 천패궁 내에 있는 본 교의 정보망 중 일부를 활용할 수 있는 방법과 함께 말이외다."

"남 소저에게 전해 받은 의령이 근황 중에 한광후 학사님의 세력을 이어받았다는 말이 있던데요. 자세히 말씀해 주시겠습니까?"

"노부도 자세한 정황은 알지 못하외다. 황하에 그런 세력이 있었다는 것도 처음 듣는 말이오. 다만 고화의 말로는 잠재력이 만만치 않다고 하더이다."

"으음……."

진영이 침음성을 흘리자 유성혼이 의아한 듯 물었다.

"형님, 왜 그러십니까? 의령이에게 동조 세력이 나타났다는 것은 좋은 일인데요."

진영은 가볍게 고개를 저었다.

"그렇지만도 않다."

"걱정하시는 것이 무엇인지요?"

가벼운 신음 소리만으로도 유성혼은 진영의 심기를 알아챈 것이다. 눈을 잃은 대신 유성혼의 감각은 무섭게 예민해져 있었다.

"상황이 의령이를 한쪽으로 몰고 가는 듯하구나."

진영은 골똘히 무언가를 생각하는 듯하더니 서서히 말을 꺼냈다.

"성혼, 태행산맥 쪽에 자리 잡은 아우들의 세력은 어느 정도냐?"

"강북의 낭인들은 모두 쓸어 모았다 해도 과언이 아닐 것입니다. 회회교를 치러 가던 정심맹과 사흑련에 묻혀 있던 낭인들을 거의 포섭한 것으로 알고 있습니다. 지금도 점점 세를 불려가는 중일 것입니다."

"아무래도 의령이가 무리를 할 듯하구나."

"어째서 그렇게 생각하십니까?"

"지금은 겨울이기 때문에 북의 현무교를 치는 데 적합한 계절은 아니다. 운남의 회회교는 기후의 변화가 거의 없으니 천패궁이 그들을 치는데 전력을 집중하려는 것은 당연하다. 각개 격파하려 하겠지. 천패궁에 대항하려면 지금이 호기라 할 수 있다. 현무교와 회회교가 힘을 합치고 아우들이 모은 낭인들이 가세하면 승부를 걸 수도 있겠지."

진영의 이야기를 듣던 금지민이 고개를 저었다.

"그러기에는 서로의 연계가 너무 모자라요. 회회교가 당한다면 다음은 우리 차례라는 것은 자명하지만 그렇다고 본 교와 회회교가 함께 움직이는 것은 그리 쉬운 일이 아니에요. 거기다 삼 개 세력이 연합한다 해도 천패궁과 그들을 따르는 무리들은 너무 거대해요. 상대가 안 되는 것은 뭉쳐도 마찬가지예요."

냉정한 판단이었지만 정확한 판단이었다. 금지민이 생각하는 것은 현무교의 보존이었고 그것을 넘어선 목적이 오히려 멸망을 부추기는 패착일 수도 있음을 분명히 알고 있었다.

진영이 금지민에게 고개를 돌렸다.

"나도 알고 있소. 의령이도 그 점을 알고 있을 거요. 그런 점에서 의령이에게 천패궁을 안에서 흔들어달라 한 것은 시간을 벌기 위한 방책으로는 좋은 것이라 생각하오. 묻겠소. 천패궁과 정심맹, 사흑련이 전력을 다하면 회회교가 얼마나 버티리라고 생각하오?"

이미 생각해 보았었는지 금지민의 대답은 금세 이어졌다.

"공세가 시작되면 길어야 석 달 정도겠지요. 완전히 지하로 잠적하거나 거점을 옮기지 않는 이상 천패궁의 공세를 견딜 수는 없을 거예요. 그 시기를 늦추는 것이 심 공자에게 맡겨진 일이죠."

“그 다음에는 어쩔 생각이오?”

“회회교 쪽에서는 지금도 우리에게 연수를 원하고 있어요. 하지만 지금 회회교와 함께 움직이는 것은 본 교의 자멸을 의미할 뿐이에요. 최대한 천패궁의 공세를 늦추는 것이 우리가 할 수 있는 전부예요. 일단 시작되면 최대한 회회교를 측면 지원해서 멸망의 시기를 늦춰야겠죠. 하지만 전면 개입할 수는 없어요.”

“의령이의 역할이 너무 크구려.”

“알고 있어요. 하지만 교의 입장에서는 누군가 해야 할 일이었고 심공자가 때를 맞춰 나타났을 뿐이에요.”

“그것이 얼마나 위험한 일인지는 알고 있소?”

“물론이에요.”

잠시 침묵이 흘렀다.

“꼭… 의령이를 보내야 했소?”

“당신이 멀쩡했다면 당신을 보냈겠죠. 나는 현무교의 소교주예요.”

진영은 가볍게 한숨을 쉬었다. 눈앞에 서 있는 여자는 이십 년 전의 철없던 금지민이 아니었다. 한 단체의 존망을 책임지는 위치에 있는 여인이었다. 그녀의 아버지, 그녀의 근거였던 고림성을 정심맹에 팔았다는 마음의 빚 때문에 그녀에게 아무런 말도 할 수 없었다.

임교연이 조심스레 둘의 대화에 끼어들었다.

“오라버니… 그런 상황과 의령이가 무리를 할 듯하다는 말씀은 어떤 관계가 있죠?”

“교연아… 네가 보기에 의령이는 대의(大義)를 찾은 듯하더냐?”

“…아니오. 그 애는 강해졌고 마음의 중심은 잡았지만 아직 자기 대의를 찾진 못했어요.”

성혼이 교연의 말을 받았다.

"아직 그 녀석 마음속에는 복수가 전부일 겁니다."

진영은 고개를 끄덕였다.

"그렇다. 대의란 쉽게 찾을 수 있는 것이 아니니까. 삶을 지탱하는 신념이라는 것은 그리 쉽게 얻을 수 있는 게 아니지."

진영이 몸을 일으킨 침상 위에 다소곳하게 걸터앉아 있던 수아가 고개를 갸웃거렸다.

"전 잘 이해가 안 가는데요."

귀엽게 고개를 갸웃거리는 수아를 사랑스런 눈길로 보던 진영이 천천히 설명했다.

"대의라는 것은 말이다, 무엇을 위해 살 것인가라기보다는 어떤 이들을 위해 살 것인가라는 문제다."

"음… 어려운 말인데요."

진영은 가볍게 웃음 지었다. 자신조차도 어렵사리 얻은 결론, 쉽게 설명한다고 해도 그것이 얼마나 수아에게 가슴으로 느껴질지는 알 수 없는 일이니.

"의령이는 여동생들의 죽음 때문에 천패궁에 반기를 들었다. 그 와중에 더 많은 목숨 빚이 점점 그 애의 어깨에 짊어지워졌지. 천패궁이라는 강호 세력 전체가 그 애의 적이 된 것이다. 강호의 평화를 위한다는 것은 공허한 말이다. 어떤 사람들을 위한 평화인가가 중요한 것이란다."

"그럼 심 공자는 그것을 모르고 있다는 것인가요?"

진영은 고개를 저었다.

"머리로는 알고 있지. 그 애가 받은 유가의 교육, 개봉 연좌를 이끌며 한 학사님께 받은 가르침만으로도 의령이는 이미 잘 알고 있을 게다. 하지만 아는 것과는 다른 문제야. 아직 의령이는 대의를 얻지 못했다."

수아는 잔뜩 얼굴을 찌푸렸다.

“에— 그게 뭐예요? 알고는 있는데 얻지는 못했다니. 그 차이가 무엇인데요?”

“얻었다면 행동에 한 점의 망설임도 없을 것이다. 대의를 위해 밀어붙일 뿐이지.”

“그럼 심 공자가 대의를 얻지 못했기 때문에 무리할 것이라는 건가요?”

“그래. 상황이 그 애를 그리 몰고 가는 듯하다.”

“뭔 말인지 모르겠어요.”

수아가 입을 불쑥 내밀었다. 그런 수아의 머리를 진영이 다정하게 쓸어주었다.

“수아야, 억지로 이해하려 할 필요는 없단다. 의령이는 한 학사님이 전해준 대의를 자기 것으로 하지 못했기에 친인들을 잃은 복수와 남은 친인들에 대한 걱정밖에 없는 거야. 그런데 그 애의 남은 친인들, 나를 비롯한 형제들 모두와 의령이는 지금 떨어져 있다. 현무교도 이미 그 애에겐 남이 아닐 것이다. 이 상태에선 우리를 동원해 천패궁과 싸운다던가 할 녀석이 아니다. 복수를 한다는 명목으로 혼자 천패궁을 휘젓다 산화하려 하겠지. 그게 내가 아는 의령이다.”

유성혼이 신음성을 흘렸다. 그제야 진영의 우려가 이해 갔던 것이다. 충분히 가능한 일이었다. 의형제들 모두 의령을 제외하곤 안전한 곳에 있다 할 수 있었다. 태행산맥에 근거까지 마련했다고 할 수 있는 상태. 혜재에게 혼자서 싸우겠다고 말하던 의령이 생각났다. 지금처럼 천패궁에 대한 책임을 혼자 져야 할 상황, 거기다 정세가 급하게 돌아가 천패궁의 공세를 늦추는 책임이 자신에게만 지워진다면 충분히 무리를 할 성격이다. 그가 아는 의령은 그러했다.

“형님… 의령이를 천패궁에서 빼내야겠습니다.”

금지민이 성혼의 말에 단호한 반대를 표명했다.

"그럴 순 없어요."

성혼의 고개가 금지민을 향해 휙 돌려졌다.

"형수님, 의령이는 형수님께도 남이 아닙니다. 그 녀슬 보고 죽으라는 겁니까?"

"교를 위해서는 나도 죽을 수 있어요. 내가 대신할 수 있는 자리라면 내가 갔을 거예요."

금지민의 말에는 단호한 의지가 느껴졌다. 현 상황에서 의령이 빠진다면 회회교 공략을 늦출 수단이 사라지는 것이다. 그것은 현무교의 위기를 의미하기도 했기에 금지민의 어조는 추호의 망설임도 없었다.

진영이 성혼을 말리고 나섰다. 조용한 목소리였다.

"오란다고 올 녀석도 아니다. 우리가 천패궁에 들어가서 끌고 나올 수는 없지 않느냐?"

"의령이는 우리들을 위해 나선 것이나 마찬가집니다. 이대로 두고 볼 수는 없습니다."

"누가 이대로 두고 본다고 했느냐?"

"예?"

"첨산에서 류를 부르도록 해라. 의령이가 우리를 부르지 않아도 우리가 움직이면 돼."

진영의 얼굴에 가벼운 웃음이 떠올랐다. 그 웃음은 남옥당을 향해 있었다.

"남 장로님, 회회교도 살고, 현무교도 살고, 우리 형제들도 사는 대의(大義)를 논하고 싶습니다만……."

"그 말씀을 기다렸소이다."

두 사람의 얼굴에 염화시중의 웃음이 떠올랐다.

2

천요신녀 우옥경은 비스듬히 침상에 누워 물끄러미 월강을 바라보고 있었다. 그녀가 이끄는 봉황단이 물샐틈없이 경계를 펴고 있는 봉황각 안.

월강은 묵묵히 한지를 입에 물고 두 자루 사이프의 날을 가는 중이었다.

우옥경에게 섭혼술을 펼쳐 심지를 제압하는 데 성공한 월강은 봉황단에 거처를 잡았다. 천패궁에서는 월강이 우옥경의 휘하 봉황단에 든 것으로 알고 있었다.

그녀는 궁주파가 아니라 원로파였다. 그 점이 월강으로서는 의외였다.

척무절의 수족이라고 할 수 있는 사대봉공인 마우간, 패일로, 조홍, 우옥경 중 조홍은 죽고 없었다. 거기다 우옥경도 척무절에게 등을 돌렸다.

"왜지?"

사이프를 갈무리한 월강은 우옥경에게 고개를 돌렸다.

우옥경은 멍하니 월강을 바라보기만 했다.

월강은 몸을 일으켰다.

"어디 가세요?"

"산책."

봉황각을 나와 내궁 안의 돌담을 따라 걷는 월강의 머리는 복잡했다.

우옥경에게서 천패궁의 세부 지리, 정세까지 세세하게 들을 수 있었다.

그러나 끝까지 들을 수 없었다.

그녀가 척무절을 배신한 이유.

섭혼술로도 끄집어낼 수 없는 기억이 있었다.

"왜일까……?"

월강은 머리를 흔들었다.

이유가 중요하지는 않다. 어쨌든 척무절이 의외로 궁 내에서 고립되어 있다는 것이 중요한 것이니.

그러함에도 마음에 남는 것은 그 질문을 했을 때 보였던 우옥경의 반응 때문이었다.


"왜 척무절을 배신했지?"


아무 대답도 없었다.

다만 천천히… 얼굴이 무너져 내렸다.

이마에서 시작해 눈썹, 눈매, 콧잔등, 입매가 천천히 일그러지며 무너져 내렸다.

한 사람의 표정이 그렇게 절망적으로 무너져 내리는 것은 처음 보았다. 그리고 우옥경은 정신을 잃었다.

다시 물어볼 마음이 나지 않았다.

사람의 마음을 마음대로 조종한다는 것, 섭혼술이란 잔인한 무공이라는 것을 새삼 자각했을 뿐이었다. 유성혼이 어째서 자신의 무공을 마공이라 했는지 이해가 갔다.

상념에 빠져 있다 보니 어느새 발길이 내궁 동북편의 끄트머리에 이르렀다.

그동안•월강을 제지하는 무사는 없었다.

이제는 엄연한 천패궁의 내궁 소속, 게다가 우옥경의 직할인 봉황단 소속인 탓이다. 봉공들의 직할단은 내궁에서도 옥상옥의 존재와 같았다. 궁주가 친위대인 천패검수대를 거느리고 있듯 봉공들도 친위대를 거느리고 삼전 십이각의 머리 위에 존재하는 체제. 그것이 바로 천패궁의 특이한 점이었다.

"그만!"

처음 듣는 제지의 목소리.

월강의 가슴에도 새겨진 천패궁의 표지를 가슴에 새긴 사내가 월강의 앞길을 가로막았다.

"무슨 일이오?"

"여기는 금지다."

월강은 고개를 휘저어 자신이 선 곳을 확인했다.

어느새 이곳에 왔을까. 한 전각의 앞에 있었다. 부용전이라는 편액이 걸려 있었다.

우옥경에게 들은 기억이 났다. 부용전. 척무절의 손녀가 거하는 곳이라 했다. 척무절이 유난히 아끼는 손녀가 있다던가. 이름이 척소단이라 했다.

'한 번쯤 봐두는 것도 좋을 것 같군.'

월강은 경계를 서고 있는 사내에게 가볍게 고개를 끄덕이고는 서서히 발길을 옮겼다.

부용전의 담을 따라 걷기 시작하자 사내는 시종 월강의 뒷모습에 경계를 늦추지 않았다.

담벼락을 따라 돌며 경계를 가늠하던 월강은 내심 고개를 갸웃했다.

철통같은 경계는 분명 아니었다.

궁주의 식솔에게 할 수 있는 통상적 경계였지만 어딘가 밀도가 달랐다.

'이 정도로 엄밀한 경계를?'

부용전을 멀리하며 월강은 다짐했다. 오늘 밤 침투해 보기로. 분명 무언가 있었다.

봉황각에 돌아오던 중 월강은 별로 반갑지 않은 인물을 마주 대했다.

화무옥이었다.

싱글싱글 웃는 얼굴을 보니 새삼 경계심이 돋는다.

"어, 이거 월 형 아니신가? 봉황단에 들었다는 말을 들었소이다."

가볍게 고개를 끄덕이자 화무옥이 싱글거리며 친한 척을 계속했다.

"잘되었소. 그렇지 않아도 월 형을 찾는 중이었소이다."

"무슨 일이오?"

"동복 선배가 다 함께 만나자는 전갈을 보내왔소. 저녁에 외궁에 있는 주루에 모이기로 했소이다. 나오시겠소?"

몸을 빼려면 언제든 뺄 수 있었다. 봉황각의 주인인 우옥경이 자신의 명을 따르고 있으니.

"새로운 곳에서 시작할 때는 아무래도 인맥을 빨리 쌓아놓는 것이 좋소이다. 미패단에서 만났던 것도 인연이니 이 참에 정보 교환도 하고 친목도 도모하고. 좋지 않겠소?"

“그런 이유로 만나자는 거요?”

“물론 사소한 이유가 있기는 하오.”

“그게 뭐요?”

“글쎄… 풍각초가 아무래도 운남 전선으로 차출된 듯싶소. 다른 이들은 모두 내궁에 남았는데 말이오. 동복 선배가 마음이 좀 그런가 보오. 다섯 모두를 동기라 생각하는 듯하니. 환송식을 하자나 뭐 그렇소.”

“가겠소.”

월강의 대답이 뜻밖이었는지 화무옥은 눈을 동그랗게 떴다.

“그럼 일과가 끝난 후 외궁 초입에 있는 천패루로 오시오.”

“알겠소.”


봉황각에 돌아온 월강은 우옥경의 방으로 향했다.

탁자에 앉아 수하의 보고를 듣던 우옥경은 월강을 보자 곧 수하를 물리쳤다.

“알았다. 내 찾아뵙겠다 전해.”

“존명!”

둘만 있게 되자 우옥경은 면사를 내려 맨얼굴을 드러냈다.

“산책은 잘 하셨어요?”

한들거리는 목소리.

유령대제의 섭혼대법이 무서운 것은 심지가 제압되었다 해도 평소와 다름없이 행동한다는 점이었다. 인간이란 약한 동물이다. 약간의 암시만으로도 쉽사리 환상을 본다. 섭혼대법은 바로 그런 맹점을 극한까지 파고든 것이었다.

“궁금한 게 있다.”

“무엇이든 물어보세요.”

월강이 우옥경의 맞은편 의자에 앉자 우옥경이 사뿐히 몸을 날려 월강의 무릎 위에 내려앉았다.

"내려가."

"아잉."

우옥경의 맨얼굴을 보니 그때의 그 무너져 내리던 표정이 생각났다. 월강은 휴 하고 한숨을 쉬었다. 우옥경은 두 팔을 월강의 목에 걸고 다정하게 물었다.

"뭐가 궁금하세요?"

"척무절의 가족 관계가 궁금하다."

우옥경의 입술이 춤추는 나비처럼 꿈틀대기 시작했다.

"천패궁을 세울 무렵 그에겐 이미 처자식이 있었어요. 아들이 하나 있었죠. 본처가 살아 있을 때, 이가려와 결혼한 다음에는 둘 사이에 자식이 없었어요. 하나 있던 아들은 기묘하게 실종되었죠. 그 아들에게 딸이 하나 있었어요. 지금 부용전에 있는 척소단이죠. 그게 다예요."

"아들에게 부인은 없었나?"

"공식적인 부인은 없었어요. 어느 날 딸이라고 데려왔죠. 그 애가 여섯 살인가 되던 때, 갑자기 실종되었어요. 궁에선 난리가 났지만 결국 찾지 못했어요."

"그 얘기는 나도 알아. 좀 더 세부적인 사항이 알고 싶다."

그 정도의 간단한 관계야 월강도 알고 있었다. 남옥당이 전해준 것으로도 충분했으니. 월강이 궁금한 것은 부용전에 어째서 그렇게 삼엄한 경계가 펼쳐져 있나 하는 점이었다.

"자세한 것은 아무도 몰라요. 그때 궁주는 독자적으로 움직였거든요."

"천패검수대를 움직였다는 것인가?"

"아뇨. 그들은 아들이 실종되고 난 후 조직한 거예요. 궁주에겐 따로 그림자들이 있어요. 대외적인 일들은 봉공들이 직속이지만, 궁주 혼자 움직일 때는 그림자들을 쓰죠."

처음 듣는 말이다.

"그들은 무어라 부르는가?"

"그림자예요. 암영(暗影)이라고만 부르죠. 몇 명이 있는지도 알 수 없어요."

"그럼 부용전을 그렇게 철통같이 경계 서는 이유는 뭐지?"

"가봤어요?"

"응."

"그 계집에게 관심을 두실 필요는 없어요."

"왜?"

"그 앤 여자로서는 치명적인 약점을 갖고 있거든요."

"뭔데?"

"외팔이에요. 사고를 당했죠. 그 후에 애가 완전히 비뚤어졌어요. 아비를 잃은 충격에다 불구가 되었으니까요. 나이를 먹고는 가출하기 일쑤였죠. 얼마 전에야 부용전에 돌아온 거예요. 이번이 열 몇 번째 가출이죠."

"그 사고 얘기를 자세히 해봐."

"관심 두실 필요 없다니까……."

"해봐."

"아잉."


여인의 교태 어린 콧소리 대신 사내들의 왁자한 목소리가 가득한 주루. 동복 등을 만나기로 한 천패루였다.

천패궁 내에서 모든 생활이 가능하도록 외궁에는 주루, 잡화점, 서점

등 보통 도회에 갖춰진 것들이 대부분 있었다.

거친 사내들이 모여 있으니만큼 청루 또한 존재했지만 천패루는 그런 주루는 아니었다.

한구석으로 고개를 돌리니 동복 등의 얼굴이 보인다. 화무옥이 손을 들었다. 월강은 천천히 그들에게 다가갔다.

“오랜만이오.”

“별고없으셨습니까?”

“다들 소속이 정해져 적응하는 데 바쁘지 뭐.”

가운데의 상좌에 자리 잡은 동복이 반갑게 월강을 맞았다.

한구석에 날카롭게 인상을 쓰고 앉은 번쾌는 훌짝거리며 이미 자작을 하고 있었다.

동복의 옆에는 오늘의 주인공인 풍각초가 풀이 죽어 앉아 있었다.

다섯 중에 내궁에 남지 못한 것은 자신이 유일했기에 더욱 주눅이 들어 보였다.

미패단에서 같은 방을 썼지만 별로 정이 들지도 않은 사내였기에 안타까운 마음은 없었다.

오늘의 자리를 마련한 동복의 마음 씀씀이가 끌리지 않았다면 오지 않았을 자리였다.

“어서 오시오. 월 형, 여기 앉구려.”

화무옥이 자신의 옆 자리를 권했다.

월강은 별다른 거부 없이 자리에 앉았다.

동복이 월강의 잔에 가득 술을 따랐다.

“함께 천패궁에 온 것도 인연이라 할 수 있으니 모두 함께 내궁에 남길 바랐는데, 풍 형이 운남으로 차출되었소. 오늘은 그를 위한 환송식이오.”

화무옥이 쯧쯧 하고 혀를 찼다.

"어쩌다 그리되었누? 하지만 너무 의기소침하지는 마시오. 음지가 양지 된다고, 또 알겠소? 그곳에서 혁혁한 공을 세우면 다시 내궁으로 올 수 있을지."

"그, 그럴까?"

화무옥의 말에 다소 힘을 얻은 듯 풍각초가 입을 열자 구석에 있던 번쾌가 이죽거렸다.

"네 실력으로 죽지 않으면 다행이지."

풍각초가 다시 고개를 떨구었다.

아무리 천패궁이라지만 회회교와의 전투는 흉험한 전투가 될 것이 자명했다. 십이각과 분타원들의 차출을 위주로 짜인 정벌대에 낀다는 것은 확실히 위험한 일이었다. 더구나 적에게 익숙한 지형으로 가야 한다는 것은 확연한 부담. 무림인들이 벌이는 비무나 결투와는 다른 전쟁의 양상을 띠게 될 것이 분명했다.

"왜 나만……."

"실력이야."

번쾌가 자신의 술을 홀쩍 들이키고는 술잔을 풍각초에게 내밀었다.

"빌어먹을!"

자신의 술잔을 비운 풍각초는 번쾌와 자신의 술잔에 술을 따랐다.

풍각초와 번쾌의 잔이 다시 비워졌다.

월강의 눈에 의외라는 빛이 떠올랐다. 번쾌가 나름대로 풍각초를 위로 하고 있다는 것을 발견한 것이다. 싸움닭처럼 볏을 곤두세운 번쾌에게 그런 잔정이 있다는 것이 의외였다.

"회회교는 틀림없이 지형을 이용해 흑루탄을 쓴 매복 작전을 주로 펼칠 거야. 운남의 산악을 이용하겠지. 풍 형의 무기는 도끼니까 불리할 거야. 운남에 가는 도중 권각술도 다듬으라구."

화무옥의 말에 풍각초는 말없이 고개를 주억거렸다.

밀림의 전투에서 자신처럼 중병기를 휘두르는 자가 불리하다는 것은 진리에 가까웠다.

"우리 중 누가 또 전장으로 불려갈지도 모르오. 터나 잘 닦아놓으시오."

월강의 말에 풍각초는 피식하고 공허하게 웃었다.

"왜 웃소?"

"당신이 내게 그런 말을 해주다니… 고맙소이다."

"누구에게나 일어날 수 있는 일이오."

번쾌가 큭큭거리며 웃었다.

"우옥경 봉공을 아주 꽉 잡았다며? 과연 얼굴값을 하는구만. 자네가 운남으로 갈 일은 없을 테니 걱정 말라구. 천패궁이 결단날 정도의 위기가 아니라면 운남으로 봉공들이 출동할 일은 없을 테니 말야."

"회회교가 봉공들이나 궁주를 움직일 정도로 버틸 것이라곤 나도 생각하지 않소."

화무옥의 말이 끝나자 잠시 술좌석에 침묵이 흘렀다.

떠나는 자와 남은 자의 극명한 차이가 드러났기 때문이다.

풍각초가 갑자기 호탕하게 술잔을 치켜들며 너털웃음을 터뜨렸다.

"그 따위 얘기는 관둡시다! 오늘은 내 환송회 아니오. 이런 자리가 있을 거라곤 생각도 못했는데 감사할 따름이오. 술이나 진탕 마십시다!"

곧 자리가 떠들썩해졌다.

주로 떠드는 이는 말주변이 좋은 화무옥과 술좌석의 즈인공인 풍각초였지만 동복과 번쾌도 말을 받아주고 월강도 가끔 술을 쳐주어 가벼운 분위기로 술좌석이 돌아가기 시작했다.

월강은 문득 의형들이 생각났다.

언제 이렇게 의형제가 모두 모여 술을 나눌 수 있을까.

이런 술좌석을 그들과 가질 수 있을까.

그러나 흥겨움은 잠시였다.

"이런 젠장! 여기 지들만 있는 줄 아나!"

갑자기 옆 좌석에서 큰 소리가 울렸다. 쾅 하고 탁자를 치는 굉음이 주루 안에 울려 퍼졌다. 주루 안의 모든 이들이 각자의 대화를 멈추고 돌아볼 만큼 커다란 목소리였다.

월강의 일행도 술잔 든 손을 멈추고 소리가 난 곳을 바라보았다.

번쾌가 싸늘한 얼굴로 일어섰다.

동복이 그런 번쾌를 말리고 나섰다.

"오늘은 풍 형을 보내는 자리일세. 말썽을 일으키지는 말자구."

동복을 힐끗 바라본 번쾌가 자리에 앉으려 할 즈음, 다시 큰 소리가 터져 나왔다.

"그래도 주제는 잘 아는구만! 찌그러져 있어!"

자리에 앉으려던 번쾌가 다시 무릎을 폈다. 이번엔 동복도 말리지 않았다.

그러나 화무옥이 더 빨랐다.

잽싸게 몸을 일으킨 화무옥이 넉살 좋게 옆 좌석으로 다가갔다.

"우리를 잘 아는가 보오?"

화무옥이 말을 건넨 상대는 두 번이나 큰 소리를 내 술자리의 흥을 깬 그 사내였다.

옷깃이 터질 듯 장대한 체구를 한 우락부락한 얼굴이었다.

"지금 개기는 거냐?"

화무옥이 부채를 꺼내 손가락을 톡톡 치며 슬슬 웃음을 흘리기 시작했다.

"아무래도 우리가 누군지 모르는가 본데?"

"니놈들 따위 관심없어. 조용히 찌그러져 술이나 먹고 가라. 지금 어르신 기분이 극히 좋지 않으니."

화무옥의 얼굴에 웃음이 짙어졌다.

"어르신? 그 어르신의 함자나 좀 압시다."

"꼴에 자존심은 있다 이거냐? 이 옷을 보고도 몰라? 나는 천패검수대 소속이다."

천패검수대. 궁주의 직할 부대였다.

화무옥은 눈을 동그랗게 떴다.

"아ㅡ! 그 궁주님 직할이라는 검객들의 단체 말이오?"

"맞다. 알면 찌그러져 있어."

"이제 보니 호랑이 위세를 빌린 여우 새끼였구만. 요즘 여우는 크기도 하지. 가죽을 팔면 돈푼깨나 만지겠네."

사내의 횡포에 가까운 고함을 못마땅해하던 주루의 무사들이 일제히 웃음을 터뜨렸다.

"이 자식이 죽으려고 아주 피똥을 싸는구나!"

버럭 고함을 지르며 사내가 일어섰다.

그의 손이 번개같이 허리춤에 매단 검을 잡아채 갔다.

일촉즉발의 순간.

그러나 사내의 손보다 화무옥이 더 빨랐다.

사내가 채 검자루를 잡기도 전, 화무옥의 부채는 사내의 목을 정확히 누르고 있었다.

사내와 같이 앉아 있던 네 명의 검객들이 훌쩍 일어서며 칼자루를 잡아갈 때, 화무옥의 목소리가 울렸다.

"이자가 죽는 꼴 보고 싶지 않으면 멈춰!"

나머지 사내들이 멈칫할 때 화무옥은 재빨리 말을 이었다.

"내 부채는 무척 특이한 놈이야! 단추 하나만 누르면 이놈 목에 단단한 쇠꼬챙이가 박힐 거다."

"이… 이런 비겁한 놈……."

비난에도 아랑곳없이 네 명의 사내들을 바라보며 화무옥은 빙글빙글 웃음을 흘리기 시작했다.

"어어, 움직이지들 말라구. 난 술에 취하면 가끔 손을 떨거든. 당신들이 움직이면 놀라서 단추를 누를지도 몰라. 자리에들 앉아."

검자루를 움켜쥔 채 네 명의 사내가 자리에 앉자 화무옥은 피식거리며 부채로 제압한 사내에게 이죽거렸다.

"너, 이름이 뭐니?"

경동맥을 정통으로 눌러 부채를 통해 사내의 맥박 움직임이 미묘하게 전달되었다. 화무옥은 그 감촉을 즐기며 사내의 얼굴을 바라보고 있었다.

"으으…… 네놈이 이러고도 무사할 줄 아느냐?"

사내의 말에 피식 웃은 화무옥은 제압한 부돌혈에 진기를 주입하기 시작했다. 사내가 꼼짝 못하고 부들부들 몸을 떨었다.

"니 이름을 물었잖아? 너 여기서 진짜로 피똥 싸게 해줄까?"

주입하던 진기를 거두자 사내가 완연히 떨리는 목소리로 입을 열었다.

"호… 호굉……."

"호굉? 호랑이 닮은 고양이라는 거냐? 그럼 여우 맞잖아! 이 자식 진짜 껍질 벗겨서 팔면 돈 나오는 거 아닐까?"

화무옥의 말에 다시 주루에 웃음이 터져 나왔다.

그때, 맞은편에서 침착한 음성이 흘러나왔다. 웃음으로 떠들썩한 주루에 분명히 울려 퍼지는 음성. 정심한 내공의 소유자가 분명했다.

"그쯤 해둡시다."

화무옥이 고개를 돌리니, 주루의 가운데 탁자에 앉은 백의인들이 보였다. 말을 건넨 이는 그중에 있는 듯했다.

화무옥의 얼굴에 짙은 웃음이 떠올랐다.

"이게 누구십니까? 천패검수대의 대주, 패검 용절상 선배 아니십니까?"

화무옥의 말에 주루의 이목이 온통 화무옥이 지목한 사내에게 쏠렸다.

백의인들 가운데 머리에 죽립을 눌러썼던 사내가 천천히 몸을 일으키며 죽립을 벗었다.

"조용히 술이나 마시러 왔더니. 화 형의 이목은 정말 날카롭구려."

죽립을 벗은 중년 사내의 얼굴을 확인한 주루에는 일순 소란한 동요가 흘렀다.

패검 용절상.

천패검수대를 이끄는 대주.

절대 척무절의 주위를 떠나지 않는다는 그가 천패루에 모습을 드러낸 것이다.

주루의 무인들이 소란해진 것도 당연한 터.

혹자는 궁주가 직접 이 자리에 있는 것 아니냐는 말까지 꺼내고 있었다.

"그쯤 해둡시다. 여기서 술 마시기는 틀린 듯하니, 그 녀석들은 내가 데리고 가겠소."

화무옥의 대답이 있기 전, 번쾌의 날카로운 목소리가 좌중을 갈랐다.

"우리 모두에게 저 친구가 사과한다면 보내주겠소."

용절상의 시선이 천천히 번쾌를 향했다.

“지금까지 호굉이 받은 모욕만으로도 충분하다고 보는데, 따로 사과가 필요한가?”

번쾌의 눈썹이 꿈틀했다.

화무옥에겐 반공대를 하던 말투가 하대로 바뀐 것이 그의 심기를 거슬렀다.

“그렇다.”

“그렇다?”

용절상의 눈빛이 싸늘하게 가라앉기 시작했다.

번쾌의 복장을 보니 패일로의 직할단인 주작단 소속임이 분명했다. 직할단의 단주라 할지라도 자신을 무시할 수는 없었다. 하물려 일개 단원이야!

“내가 허락하지 않는다면 어쩔 셈인가?”

용절상의 몸에서 무서운 패기가 뭉쳐 솟구쳤다. 패검이라는 별호다운 강렬한 기세.

번쾌도 지지 않고 용절상을 마주 보고 있었다.

화무옥이 그런 둘 사이에 끼어들었다.

“자자, 왜들 그러십니까? 내 이자를 풀어주겠소. 동기 한 명이 운남으로 가게 되어 위로주를 마시는 중인데 이런 소란까지 벌어졌구려. 두 분 다 제 얼굴을 봐서 그만 합시다. 모두 같은 천패궁도 아니오이까?”

용절상은 화무옥의 말에 전신에 돋우던 기세를 풀기 시작했다.

“내 화 형의 얼굴을 보아 참겠소. 너희들은 따라오거라.”

번쾌에게는 눈길도 돌리지 않고 용절상이 몸을 돌렸다. 그의 뒤를 따라 호굉 등이 주루를 나섰다.

욱하며 일어서려는 번쾌의 어깨를 동복이 단단히 움켜쥐고 있었다.

“지금은 자네가 참는 게 좋아. 풍 형을 보내는 자리란 걸 잊지 말게.”

월강은 화무옥의 뒷모습을 바라보고 있었다.

정녕 신비한 자였다.

장강옥룡이라는 별호에 궁주의 직할대주인 패검에게도 양보를 유도할 만한 무게가 과연 있을까. 월강의 의문은 그것이었다.

지나치게 천패궁에 대해 자세히 알고 있고, 지나치게 천패궁 내에 인맥이 넓었다. 타고난 성정에서 발 빠른 행보를 보였다 치기엔 지나친 감이 없지 않았다.

경계해야 할 인물.

그렇게 화무옥에 대해 생각하는 동안, 월강은 호굉의 뒤를 따르며 힐끔힐끔 자신을 돌아보는 백의인의 시선을 놓치고 말았다.

천패검수대의 막내뻘인 사내.

그 사내의 이름은 냉우였다.


냉우는 자신의 앞을 걷고 있는 호굉에게 말을 건넸다.

"호 형님, 재수가 없었다 생각하십시오."

"니미럴! 이게 무슨 꼴이냐! 요즘은 정말 풀리는 일이 하나도 없구나. 내일 대주께서 직접 검식을 지도하신다니, 정말 피똥 싸고 말겠다."

맘먹고 꼬이던 여자가 결국 다른 사내의 품에 안기자 기분이나마 달래려고 천패루를 찾았던 호굉이었다.

처음 보는 놈들이라 간단히 생각하고 호통 친 것이 실수였다.

대주마저 알고 있는 고수인 줄 누가 알았겠는가.

다 견문이 얕은 탓이었지만 호굉은 자신의 재수없음을 탓할 뿐이었다.

뒤따라오던 냉우가 다시 물었다.

"그런데 그놈들 누구일까요? 그 정도 고수들이라면 우리가 모를 리 없을 텐데. 보아하니 내궁 소속인 것 같고. 몇 놈은 봉공 직할단인 것 같았습니다.”

“아마 새로 들어온 놈들이겠지. 어떤 놈들인지 철저히 조사해서 반드시 뜨거운 맛을 보여주고 말 테다.”

“제가 조사해도 될까요?”

“네가? 웬일이냐? 네놈이 무공 말고 다른 데에 관심을 두게?”

“아무래도 그놈들 중 얼굴 검은 놈이 걸립니다.”

“그 구석에 조용히 찌그러져 있던 회족 놈 말이냐?”

“예.”

“칼이나 복장을 보니, 회족이 분명한데 네가 그놈이 왜 걸려?”

“모르겠습니다. 그런데 어디선가 본 놈이 분명합니다.”

“그래? 어쨌든 잘되었다. 그놈들 네가 조사해 둬. 틀림없이 기회가 올 거다. 아주 뜨거운 맛을 보여줘야지. 그 부채든 놈하고 계속 시비 걸던 삐쩍 마른 놈 철저히 조사해 둬라.”

“알겠습니다, 호 형님.”

냉우는 자신의 마음과는 달리 흔쾌히 대답했다.

그가 궁금한 자는 얼굴 검은 회족 놈뿐이었다.

분명히 어디선가 본 얼굴인 듯한데, 기억이 나질 않았다.

한 가지 느낌만 들었다.

그것은 아주 불쾌한 느낌, 승부욕이 솟아나는 기분 나쁜 적개심이었다. 도저히 그냥 지나칠 수 없을 만큼 더러운 기분이 드는 얼굴. 그러나 기억이 날 듯 말 듯한 얼굴.

‘철저히 조사해 주지. 분명 어디서 본 놈이야.’

한 번 본 얼굴은 절대 잊지 않는 냉우의 다짐이었다.


월강 등의 술자리는 이제 별다른 말이 오가지 않았다.

그저 묵묵히 서로의 술잔을 채우고 비울 뿐이었다.

각자 생각에 잠겨 눈앞에 보이는 술을 비우는 자리. 그러나 분위기는 나쁘지 않았다.

일장박투가 벌어지진 않았으나 한차례의 다툼이 그들의 사이를 분명 부드럽게 만들었기 때문이다.

묵묵히 자신의 술잔을 비우던 월강의 눈이 번쩍 빛났다.

이곳에서 보리라고 전혀 생각지도 않았던 인물이 눈에 띈 것이다.

느릿하게 이층에서 걸어나오는 흔들리는 발걸음.

꺼칠하게 마른 얼굴. 깎지 않아 텁수룩한 수염.

흔들리는 헐렁한 왼팔 소매.

개봉에서 그가 처음으로 사귀었던 친구.

그는 분명 독비, 단엽이었다.

'정녕… 정녕… 당신은 천패궁의 수족이었나……? 친구가 되자고 하지 않았었나……?

단엽은 흔들리는 발걸음으로 천천히 주루를 벗어났다.

그의 뒷모습을 바라보던 월강은 조용히 몸을 일으켰다.

동복이 불쾌한 얼굴로 월강에게 말을 던졌다.

"왜 일어나는가?"

"할 일이 생각났소."

번쾌가 옆에서 이죽거렸다.

"우옥경 보러 가겠지."

월강의 얼굴에 오랜만에 피식하고 싱거운 웃음이 떠올랐다. 오늘 번쾌가 뜻밖에도 괜찮은 사람이라고 느껴서인지 그의 빈정댐이 그리 불쾌하지 않았다.

"구멍 파는 일만큼 중요한 일도 없어."

“어?”

화무옥이 뜻밖이라는 듯 월강을 올려다보았다. 월강이 이런 감정이 실린 말을 던진 것은 처음이었기에.

좌중에 와자한 웃음이 터져 나왔다.

“그렇지, 그렇게 중요한 일도 없지! 아암!”

“그럼 오늘 우리도 구멍이나 파러 갑시다.”

“좋아, 풍 형은 마지막이니 내 천패궁의 특별한 청루로 모셔주지!”

모두 일어서려는데 동복이 말리고 나섰다.

“자자, 구멍이 정해진 월 형은 먼저 가라 하고 우린 남은 술 비우고 가야지! 술을 남기면 재수가 없는 법이야!”

동복의 만류에 월강을 제외하고 모두 자리에 앉았다.

월강은 풍각초에게 가볍게 두 손을 말아 쥐었다.

“그럼 보중하시오. 마지막 인사가 되겠구려.”

풍각초가 고개를 끄덕였다.

“어디선가 다시 볼 수 있으면 꼭 손 한 번 다시 섞읍시다.”

월강의 얼굴에 작은 웃음이 떠올랐다.

“언제든지.”

술벌레가 된 넷을 뒤로하고 월강은 주루를 나섰다.

저만큼 휘청거리며 걸어가는 외팔이 단엽의 모습이 눈에 들어왔다.

월강은 조용히 단엽의 뒤를 따르기 시작했다.

32장 암류(暗流)

휘청이던 단엽의 발걸음이 주루의 골목으로 사라지자 월강의 몸이 팟 하고 사라졌다.

단엽이 사라진 골목.

전각의 지붕에 순간적으로 내려앉은 월강은 눈을 빛냈다. 단엽의 몸이 휘장을 드리운 이인교(二人轎) 안으로 사라지는 것을 본 터였다.

'요인이라 이건가?'

천패궁에서 가마를 이용하는 이는 극히 드물었다. 우옥경이 궁 내를 다닐 때나 사용할까?

가마를 든 두 명의 건장한 사내가 휙 하고 몸을 날려 전각의 지붕으로 향했다.

반대 편 전각의 용마루 뒤에 은신해 있던 월강은 잠행을 위해 몸을 숙였다.

두 명의 가마꾼이 휙휙 몸을 날려 내궁으로 향하기 시작했다.

'상당한 고수들이군.'

가마의 뒤를 쫓는 월강은 잠행을 위해 최대한 공력을 끌어올려 옷자락 스치는 소리까지 죽였다.

달도 없는 허공에 둥둥 뜨다시피 달려가는 가마의 모습은 경탄을 불러일으켰다. 더구나 가마는 흔들림이 거의 없었다. 그것만 보아도 가마꾼인 두 사내의 공력이 대단함을 알 수 있었다.

'저 정도의 고수들이 가마꾼이라……'

단엽.

고화를 구해 여우랑에게 인계한 후 개봉의 허름한 술집에서 만났던 사내.

단엽은 친구는 아무것도 따질 필요가 없다 했다. 그래서 서로 친구라 불렀던 것 아닌가.

월강에게는 처음 사귄 친구였다.

단엽에게 들은 대로 이무력을 죽이러 달려갔다 천패궁이 친 함정에 빠졌다. 그 싸움으로 인해 유성혼이 두 눈을 잃고 진영이 사경을 헤맸다.

월강은 지그시 입술을 깨물었다.

'네가 나를 속인 거라면…… 그래서 두 형님이 그렇게 된 것이라면, 너는 오늘 내 손에 처참하게 죽을 것이다.'

단엽을 태운 가마는 내궁의 문을 피해 오른쪽으로 둥근 성곽을 따라 돌기 시작했다.

성곽 주위의 관목을 따라 번개같이 초병을 따돌리고 이동하는 것이다.

'이놈들은 내궁의 경계 무사들 위치까지 파악하고 있다!'

점점 단엽의 신분이 의심스러웠다.

이제 그가 천패궁의 요인 중 요인임은 의심할 여지가 없었다.

도대체 신분이 무어란 말인가.

그러나 한 가지는 분명했다.

월강이 처음 사귄 친구.

독비 단엽은 분명한 천패궁의 사람이었다.

월강의 눈빛이 차갑게 가라앉았다.


이인교가 사라진 전각을 바라보는 월강의 눈빛은 의혹 어린 것이었다.

부용전.

'여기는 궁주의 손녀가 있는 곳 아닌가.'

전에 왔던 것과는 달리 경계가 어딘가 느슨해져 있었다.

월강은 이인교가 사라진 담 밑에 조심스레 어깨를 붙였다.

'어차피 조사해 보기로 했던 곳, 들어간다!'

빠르게 옷을 뒤집어 입자 월강의 옷은 검회색의 암행복으로 바뀌었다.

품속에서 복면을 꺼내 뒤집어쓰자 월강의 모습은 어둠에 동화되어 은밀해졌다.

몸을 날려 담 위의 기와 지붕에 찰싹 붙었다.

구름이 잔뜩 끼어 잠행에 더없이 적합한 날이었다.

지붕 위에서 보니 부용전의 내부가 한눈에 들어왔다.

이름에 걸맞게 정원의 가운데 검푸른 연못이 파여 있었다.

살얼음이 언 연못을 중심으로 남향의 전각과 좌우로 시비들의 거처가 붙어 있다.

연못의 중심에 서 있는 정자를 바라보던 월강은 가운데 전각의 앞에 놓인 이인교를 발견할 수 있었다.

두 명의 시녀가 휘장을 들추고 단엽을 부축해 끌어내는 중이었다.

묵묵히 서서 단엽을 지켜보는 가마꾼 두 명.

그들을 중심으로 경계망은 확실히 느슨해져 있었다.

월강은 스치듯 담벼락을 타고 내려와 은밀히 바닥에 엎드렸다.

적은 인원임에도 밀도 높았던 경계가 느슨해진 지금이 기회였다.

월강의 몸이 바닥을 따라 스르르 움직이기 시작했다.


'이곳으로 올 것인가?'

시녀들의 모습이나 이인교를 들고 온 사내들의 태도로 보아 단엽은 부용전의 중요한 인물임이 분명했다.

바닥을 따라 후원으로 몸을 돌려 세운 월강은 전각에서 가장 깊숙한 곳에 위치해 있는 것으로 보이는 방 밑에 있었다.

몸을 은신하고 오감을 열어 전각에서 들리는 소리에 정신을 집중했다.

시녀들이 부축해 단엽을 옮기는 소리가 분명히 들려왔다.

'이 방이 맞군. 예상이 맞았다는 말인가?'

시녀들의 목소리가 월강의 귀에 가늘게 들려왔다.

"정말 꼭 이렇게 하서야 해요?"

"향아! 흐흐! 네 가슴은 갈수록 커지는구나!"

"참나, 아가씨 가슴도 만만치 않아요! 제발 그놈의 남자 목소리 좀 내지 마세요!"

"흐흐, 이 얼굴에 그럼 여자 목소리가 어울리냐?"

"그 보기 싫은 인피면구 벗기는 걸 또 잊었네! 용아! 네가 벗겨!"

"알았어. 이런 걸 왜 얼굴에 뒤집어쓰시는지, 참나. 아가씨 얼굴이 얼마나 예쁜데 이러시는 거예요?"

"손대지 마!"

까악 하는 비명 소리가 들려왔다.

점점 목소리가 커지는 것으로 보아 월강이 은신해 있는 방까지 다 온 모양이었다.

"나가! 나가란 말야!"

"아가씨, 저희들이 목욕시켜 드릴게요. 물도 다 받아놨어요!"

"다 나가! 이 술 다 마시고 내가 닦을게! 제발 나가! 제발—!"

절규에 가까운 목소리였다.

시녀들이 걱정하면서도 방에서 나가는 소리가 들렸다.

나직한 흐느낌과 광태 어린 웃음소리가 흘러나왔다.

쿠당탕 하는 소리가 들리며 무언가 깨지는 소리가 날카롭게 방 안에 울렸다.


월강은 침상에 누워 눈을 감고 있는 단엽의 얼굴을 물끄러미 바라보고 있었다.

술에 취한 와중에도 아직 술이 부족한지 더듬거리며 술병을 찾던 단엽은 술병이 손에 잡히지 않자 뜨기 싫은데 뜬다는 듯 힘겹게 눈을 떴다.

쾡한 눈.

그 눈 속에 들어온 것은 술병이 아니라 침상 옆에 서서 자신을 바라보고 있는 검회색의 복면인, 월강이었다.

단엽은 놀라지 않았다.

"무슨 볼일이지? 날 구경하러 왔나?"

단엽은 취기 때문에 제대로 가누지 못하는 몸을 억지로 일으켰다.

"너… 내가 누군지 알고 이곳에 들어온 거냐? 별일이네……. 끄윽! 거기 술병이나 집어줘! 구경하려면 실컷 하고 죽이려면 빨리 죽여!"

완연한 여자의 목소리.

술에 취해 흔들리는 목소리는 여자의 그것이었다.

월강은 침상의 옆에 놓인 술병을 들어 단엽에게 건넸다.

거침없이 술병을 받아 든 단엽은 목구멍에 쑤셔 넣듯 술병을 기울였다.

꿀꺽거리며 목젖을 타고 술이 넘어가는 것이 보였다.

사내치고는 작고 여인이라기엔 도드라진 목젖.

"친구는 잘 있나?"

월강의 물음에 술에 취했음에도 단엽의 눈이 반짝였다. 술기운 때문일까. 눈물이 고인 탓일까. 억지로 술을 삼키느라 눈물이 난 것일까. 단엽의 눈은 물기로 번들거렸다.

"친구? 내게 그런 거 없어."

"정말 없나?"

"없…… 아니, 아니. 따악 한 명 있어."

월강은 가만히 단엽을 지켜보기만 했다.

단엽은 월강이 묻지도 않았는데 주절거리기 시작했다.

"심의령이라고…… 천패궁주를 원수로 아는 친구가 있지. 크큭. 궁주의 원수여서 그랬나? 개봉에서 만났는데 멍청하게 공짜 술을 사줬지. 내가 친구 하자 그랬더니, 친구라고 부르더라구. 원수의 손녀인데 친구 하자 그러더라구. 걔가 나한텐 유일한 친구지. 거기다 원수의 손녀야. 멋지지? *끄윽.*"

"그 친구는 진짜 친구라고 생각하나?"

"친구면 친구지, 진짜 가짜가 어딨어? 내가 멋모르고 원수 놈 있는 델 가르쳐 줬는데… 그 후로 소식이 없어. 어쩌면 그때 죽었는지도 모르지. 걔가 죽었으면 이제 친구 하나 없는 거야. 아하하!"

단엽은 다시 술병을 입으로 가져갔다.

월강이 조용히 술병의 진로를 막았다. 그의 손이 병목을 움켜잡고 있었다.

단엽의 시선이 월강을 향했다. 잔뜩 풀어진 눈빛.

"뭐야? 줄 땐 언제고, 왜 가져가? *끄윽.*"

"친구라면 술은 나눠 마셔야지."

어느새 변성이 아닌 자신의 목소리로 이야기하던 월강은 복면을 벗고 술병을 입가로 기울였다.

술을 먹는 월강을 보며 단엽은 떠듬떠듬 주정을 했다.

"친구? 뭔 말이야. 내 친군 하나뿐이라니까."

"친구라면 얼굴 정돈 알아봐야지. 좀 변했어도 말야."

월강이 맨얼굴을 드러내고 씨익 웃었다.

멍청히 월강의 얼굴을 바라보던 단엽은 미간을 몇 번이나 찌푸리며 초점을 잡으려 애를 썼다.

서서히 초점이 맞아 월강의 얼굴이 똑바로 보였다.

단엽의 눈이 점점 커졌다.

입이 벌어졌다.

그리고 새된 비명이 터져 나왔다.

"까아악—!"


척소단의 침실은 부산스러웠다.

술을 먹겠다고 시중을 거절하는 일은 워낙 잦았던지라 별말없이 물러나왔지만, 날 선 비명에 시녀인 용아와 향아, 경계를 서고 있던 호위까지 한꺼번에 침실로 들이닥친 것이다.

"아가씨! 왜 그래요?"

"아가씨, 괜찮아요?"

시비들이 침상에 앉아 양 옆에서 척소단을 안고 있는 사이, 방 안 구석구석을 확인하는 호위.

척소단은 용아와 향아의 팔을 뿌리쳤다.

"잠깐 잠이 들었다가 악몽을 꾼 것뿐야. 다들 나가—!"

“그러니까 목욕하고 쉬시라니까요. 저희가 시중들게요.”

“나가! 나— 가—!”

척소단의 짜증스런 고함에 별수없이 두 시녀가 침실에서 몸을 일으켰다.

별다른 이상을 발견하지 못한 호위와 함께 두 시녀가 방을 나서려 하자 척소단은 빽 하고 소리를 질렀다.

“오늘 절대 오지 마! 절대! 부르지 않으면 오지 말란 말이야—!”

“알았어요, 알았어요! 대신 꼭 닦고 주무셔야 해요.”

문을 닫은 인기척이 점점 멀어져 갔다.

방 안이 조용해지자 척소단은 무릎을 당겨 가슴팍에 끌어안았다.

침상 밑에서 스르륵 월강이 기어나왔다.

“왜 소리는 지르고 그래?”

“노… 놀랐잖아.”

더듬대지만 확실히 술은 깬 듯했다.

“나인지 모를 때는 하나도 안 놀랐잖아.”

“자네라서… 아니, 너라서… 놀란 거… 야.”

잠시 침묵이 흘렀다.

척소단이 먼저 입을 열었다.

“어, 얼굴은 왜 그래?”

“여자가 남자로 변하기도 하는데 얼굴 색깔 좀 변한 게 대수냐?”

척소단은 무릎에 얼굴을 고였다.

“미… 미안해…….”

“뭐가?”

“그때, 이무력이 미끼인 줄 몰랐어. 그냥… 소문만 듣고. 조금만 생각했으면 이상하단 걸 알았을 텐데… 미안… 해.”

“친구라며?”

“뭐?”

“친구끼리 미안할 거 뭐 있냐.”

척소단이 고개를 들었다. 얼굴을 마주 보며 월강이 씨익 웃었다.

“내 얼굴은 이미 알고, 니 얼굴 좀 제대로 보자.”

“나, 나… 못생겼어.”

“걱정 마. 예뻐도 안 잡아먹을 테니.”

척소단은 침상에서 몸을 일으켜 동경이 있는 화장대 앞에 앉았다.

그릇에 담긴 용액을 수건에 묻혀 얼굴과 목에 꼼꼼히 바른 척소단은 목뒤에부터 서서히 인피면구를 떼어내기 시작했다. 오른손 하나만으로도 놀랄 만큼 능숙한 손놀림이었다.

납작하게 눌린 머리가 볼품없이 드러났다.

수건으로 꼼꼼히 얼굴을 닦고 빗으로 머리를 대강 손질한 척소단이 월강에게 몸을 돌렸다.

그러나 차마 고개를 들진 못하고 있었다.

“얼굴 보여줘야지.”

척소단은 천천히 고개를 들었다. 떨리는 기색이 역력했다.

월강은 처음 보는 척소단의 얼굴을 바라보았다.

못생기지 않았다.

예뻤다.

화용월태니 하는 미사여구를 붙일 만한 얼굴은 아니었지만 귀엽게 생긴 얼굴이었다. 눈가에 드리운 짙은 그늘만 없다면 어디에 내놔도 예쁘다는 말을 들을 수 있는 얼굴이었다.

“예쁘기만 하네.”

척소단의 얼굴이 살짝 달아올랐다.

“고… 고마워.”

“남장은 왜 하고 다니는 거야?”

척소단의 얼굴에는 우울한 빛이 가득했다. 숙인 눈빛은 자신의 공허한 왼팔에 가 닿아 있었다.

“날… 여자라고 할 수 있을까?”

소매처럼 공허한 목소리였다.

월강은 아차 싶었다. 우옥경에게 들은 척소단이 어릴 때 당한 사고가 떠올랐다.


“궁주의 아들 척운경은 외유가 잦았어요. 궁주가 강호 통치에 바쁜 동안 척운경은 이리저리 강호를 쏘다녔어요. 그러다 어느 날, 딸이라며 데려온 아이가 소단이었어요. 어미가 누구인지도 밝히지 않아 궁주는 그 앨 혈육으로 인정하지도 않고 돌아보지도 않았죠. 그러던 중 다시 외유를 나간 척운경의 종적이 감쪽같이 사라졌어요. 후계자가 사라진 사건이라 다들 난리가 났죠. 내외궁을 오가는 마차가 하루 종일 끊이질 않았었으니까요. 보호자가 없어진 소단이가 혼자 내궁을 나올 때까지 누구도 몰랐어요. 내궁 근처의 성벽에서 놀다가 떨어졌어요. 생명은 건졌지만 왼팔의 뼈가 산산조각났죠. 의술로 어떻게 할 수가 없었어요. 뼈가 조각이 나서 이어 붙일 수도 없고. 나날이 썩어 들어가는 걸 보다 못해 팔을 잘랐죠. 그냥 두었으면 죽었을 거예요. 그 후였죠, 궁주가 그 앨 끔찍하게 돌보기 시작한 것은. 아무도 그 애한테 거스르지 못해요. 그럴수록 비뚤어지고 있지만요. 그 애처럼 찬란한 배경을 가진 아이가 외팔이라니, 기구한 운명이죠. 아름다운 연꽃임에는 틀림없지만 꽃잎이 모자라 볼품없는 꽃이에요.”


월강이 아무 말도 없자 척소단이 고개를 들었다.

“그런데… 네가 왜 여기 있지?”

“친구 집에 온 건데, 안 되나?”

월강의 목소리는 조금 가라앉아 있었다.

단엽이 척소단일지도 모른다는 생각은 부용전의 앞에서 시비들이 부축하는 것을 보며 언뜻 예상한 일이었다. 처음엔 자신의 생각이 말도 안 된다 여겼지만 후원을 돌아 내실로 잠입한 것은 어느 정도 가능성이 있다 생각했기 때문이었다.

척소단의 술에 취한 대답에서 자신을 일부러 속인 것이 아니라는 점을 깨달았다. 단엽에 대한 의혹과 분노가 그 한마디에 갑자기 사라졌다.

“친구면 친구지, 진짜 가짜가 어딨어.”

친구…….

월강의 생애 중에는 참으로 낯선 단어였고 그로선 단엽이 처음 사귄 친구였다.

그 친구가 여자라는 것이 놀라웠고 천패궁주인 척무절의 손녀라는 것이 의외였지만 월강의 마음은 이상하게 담담했다.

친구는 아무것도 따지지 않는다.

새삼 단엽이 술을 먹으며 했던 말이 떠올랐고 친구라는 말의 정겨움이 살아났다. 그런 감정은 두 여동생이 죽고 난 이후 처음이었다. 고화와 입을 맞추며 느꼈던 평온과는 전혀 다른 감정.

부자연스럽기 그지없는 이 상황이 이상하게도 월강에게는 자연스러웠다.

“천패궁에 몰래 들어온 거니? 복수… 하러?”

척소단의 말에 월강은 고개를 끄덕였다.

“그래.”

“여동생들 복수?”

“그뿐만은 아니야. 연좌를 함께했던 사람들도 거의 다 죽었지. 천패궁
때문에.”

척소단의 눈빛이 갑자기 반짝이기 시작했다.

“천패궁을 무너뜨릴 거야?”

“가능하다면.”

“궁주를 죽일 거야?”

잠시 침묵을 지켰던 월강이 대답했다.

“가능하다면.”

“나도 도울게!”

“…네게는 조부야.”

“그…… 는 아버지를 죽인 원수야.”

뜻밖의 말.

남옥당에게도 우옥경에게서도 듣지 못한 말이었다.

“무슨 말이야, 그게?”

“말 그대로야. 어렸지만 분명히 기억해. 아버지는 할… 아니, 궁주를
미워했어. 그래서 계속 밖으로 나가고 싶어했지. 아버지가 사라지던 날
도 궁주랑 대판 싸우고 난 후였어. 아버지가 가기 전에 그랬어. 내가 죽
든 그가 죽든 결판이 날 거라고. 아버지도 그를 궁주라고만 불렀어. 그리
고 실종되셨지. 난 그가 아버지를 죽였다 믿고 있어. 살아 계셨다면 반드
시 날 보러 오셨을 거야.”

“궁주는 널 끔찍하게 아긴다고 하던데?”

“가식이야.”

짧지만 단호한 대답으로 척무절에 대한 척소단의 감정을 분명히 알 수

있었다.

“인륜을 거역하는 일이야.”

“아버지는 천패궁을 싫어했어. 그건 분명해. 천패궁을 무너뜨리는 데
내 도움이 필요하다면 거들게. 현재론 내가 제일계승자니 나도 궁에선
무시할 수 없는 위치야. 그 때문에 병신인 나한테도 청혼이 잇따르지. 분
명히 도움이 될 거야.”

자조적이면서도 열심히 말하는 척소단은 안쓰러웠다.

월강은 고개를 끄덕였다.

“좋아, 네 말을 믿지. 도움이 필요하면 얘기할게.”

“좋아.”

월강의 대답에 만족한 척소단은 귀엽게 웃었다. 볼에 엷게 보조개가
생겨 귀여웠다.

월강은 알 수 없었다. 그 웃음이 팔과 아버지를 잃고 난 후 처음으로
웃은 것이라는 사실을.

“그런 얼굴로 잘도 남자 행세를 했군. 대단한 인피면구야.”

“재미가 없는 생활이라서. 열심히 연습했지.”

“오늘은 가봐야겠어. 늦었다.”

“친군데 뭐 어때? 자고 가.”

“들킬 수 있어. 내 신분 그대로 천패궁에 들어왔다고 생각하는 것은
아니지? 그리고 친구래도 넌 여자잖아. 남녀가 함께 자자니 말이 되냐?”

“원하면 다 줄게. 친구니까.”

월강은 피식하고 웃었다.

“그런 말 함부로 하는 게 아냐.”

“왜? 원수의 혈육이라서 내가 싫어?”

월강은 고개를 저었다.

“분명히 척무절은 내 원수야. 하지만 넌 아니잖아. 네가 싫진 않아. 더구나 우린 친구잖아.”

“그럼 친구끼리니 작별 인사로 입 맞춰줘.”

“너 떼쟁이구나.”

“나 원래 그걸로 궁 안에서 유명해.”

월강은 손가락을 입에 댄 후 가볍게 척소단의 입술에 눌렀다.

“간다.”

“이게 뭐야?”

“친구끼리 누가 입을 맞추냐? 그 정도도 엄청 대접해 준 거야.”

월강은 복면을 뒤집어썼다.

“잠깐, 천패궁에서 이름을 뭐라고 하고 있어?”

“월강.”

짧게 대단한 후 월강은 휙 하니 방 안에서 사라졌다.

텅 빈 방 안을 바라보며 척소단은 침상 위에 앉아 무릎을 곧추세웠다.

“월강… 내게 정말 친구가 생긴 날이구나.”

척소단의 두 볼이 보기 좋게 달아올랐다. 눈가의 그늘을 없앨 만큼 건강한 빛이었다.

2

"정말 계획대로 될까?"

"큰형님 말씀이 어긋난 적이 있습니까?"

"우리 둘한테만 정심맹을 맡기다니, 사흑련이 그렇게 센가?"

"그게 아니잖아요. 그만 좀 투덜거리쇼."

"알았다. 네가 맡기고 와."

"나처럼 눈에 띄는 장님한테 표국에 가라 그러쇼? 이런 건 눈에 안 띄는 평범한 사람, 류 형님이 하는 거요. 예전부터 그랬잖아요!"

"어휴! 귀찮아 죽겠네. 동생 있으나마나 아냐."

"그러라고 있는 동생이 아니외다."

"빌어먹을!"

*　　　　*　　　　*

정심맹의 군사인 와제갈 신립은 두꺼운 나무 상자를 앞에 두고 고심에 빠져 있었다.

꾸준히 거래하던 중원표국을 통해 배달된 물목인 하나의 나무 상자가 그를 고심케 하고 있었다.

상자와 함께 동봉된 편지에는 짤막한 글귀가 적혀 있을 뿐이었다.

꼼꼼하게 독물의 유무를 검사한 후 읽은 글귀 한 자락이 신립을 괴롭히는 것이다.


**달의 이빨에 물어뜯긴 머리를 찾고 싶으면 정심맹주 홀로 삭망**(朔望) **자시**(子時)**에 북망산 장군묘로 오라.**


나무 상자 안에는 섬뜩한 초승달 모양의 병기, 달의 이빨이라 불리는 월아자(月牙刺)가 한 개 놓여 있었다.

신립은 멍하니 월아자를 노려보았다.

이십 년.

스무 해 만에 보는 병기.

이 병기를 쓰는 자를 신립은 알고 있었다. 날카로운 월아의 귀퉁이에 새겨진 번개의 문양. 그것은 정심맹의 수뇌라면 잊을 수 없는 문양이었다.

이 병기에 죽은 자 또한 신립은 잘 알고 있었다.

신립은 상자 안에 편지를 넣고 조용히 몸을 일으켰다. 뚜껑을 닫은 후 나무 상자를 든 신립은 걸음을 옮겼다.


"이게 뭐요? 군사."

정심맹의 맹주 정휘도는 야밤에 은밀히 방문한 신립과 독대했다.

신립의 기색이 평소와는 너무도 달랐다.

"편지를 보십시오."

갑자기 오래된 고(古)병기인 월아자를 들고 온 신립의 의도를 몰라 어리둥절하던 정휘도는 천천히 편지를 읽기 시작했다.

곧 편지를 든 그의 두 손이 와들와들 떨리기 시작했다.

두려움은 아니었다. 그 흔들림은 분노와 흥분이었다.

"이, 이것은!"

"맞습니다. 그자입니다. 이십 년 전, 맹주님의 선친이신 선대 맹주님의 목을 베어간 그자의 병기입니다."

정휘도는 벌떡 몸을 일으켰다.

흥분을 감추지 못한 기색으로 그는 탁자의 앞을 왔다 갔다 했다.

다시 한 번 편지를 들어 천천히 읽던 그는 와락 편지를 구겼다.

"드디어 이십 년 전의 그 한을! 삭망이라면 보름달이 뜨는 열흘 후가 아니오! 당장 가겠소!"

"침착하십시오."

"무슨 말이오! 그자가 정심맹의 수뇌부를 도륙하고 선친의 목을 가져간 치욕을 잊었단 말이오? 그자는 불구대천의 원수외다! 그놈이 시신을 훼손해 나무로 머리를 깎아 장사 지낸 그 치욕을 벌써 잊었단 말이오!!"

"잊을 리가 있습니까? 본 것이라곤 그자가 쓰던 두 자루의 번개 문양이 새겨진 월아자뿐. 남은 자들은 살육의 이유조차 알 수 없었지요. 그 병기를 쓰는 자를 찾아 십 년이나 종적을 헛되이 추적했습니다. 결국은 발견하지 못하고 포기해야만 했던 그 치욕을 어찌 잊겠습니까. 그자로 인해 오늘날 맹의 위상이 이렇게 실추되었다 해도 과언이 아니거늘."

"당장 가겠소!"

"아니 됩니다."

“뭐요?”

신립은 간곡한 목소리로 정휘도를 설득했다.

“일단 진정하시고 자리에 앉으십시오.”

목덜미까지 시뻘게진 정휘도가 억지로 자리에 앉았다. 그런 정휘도를 바라보는 신립의 마음은 씁쓸했다. 정휘도는 분명 맹주의 자질을 타고난 자가 아니었다.

이십 년 전의 그 사건으로 정파의 기둥들이 모여 있던 정심맹의 원기는 완전히 꺾이고 말았다.

정파를 대표한다던 정심맹의 수뇌부가 몽땅 한 사람에게 암살당한 처참한 지경이었다.

무엇 때문에 그런 살육을 저질렀는지도 알려지지 않았다. 그런 사정을 알 만한 자들은 몽땅 죽었기에.

전대의 수뇌부가 모두 암살당한 후 정심맹은 새롭게 물갈이를 할 수 없었다.

욱일승천하듯 일어난 천패궁에 밀려 대부분의 주력을 빼앗겼기 때문이었다.

구파로 상징되던 정파의 기둥들은 정심맹에 한두 명씩만 파견하는 것으로 자파의 보존을 생각해야 했다.

달자들과 연합한 현무교의 남하는 그런 엄혹한 시기를 가져왔던 것이다.

그 결과 역량이 부족한 자들이 정심맹의 수뇌부에 대거 자리를 잡게 되었다.

천패궁이 통치한 이십 년.

정파의 역량은 그 강제된 평화에 힘입어 크게 두터워졌으나 아직도 구심점이 되어야 할 정심맹은 갈팡질팡하는 중이었다. 선대의 치욕을 딛고 버텨온 현 수뇌부를 갈아엎어 버릴 수 없었기 때문에, 구태가 청산되지 못한 채로 점점 문제가 커져 가는 것이 현 정심맹의 상황이었다.

특히나 선대 맹주의 아들이라는 이유만으로 맹주가 된 정휘도는 크게 역량이 부족했다. 하지만 아직도 원로들의 지지를 받고 있었다. 오직 선대 맹주의 아들이라는 그 이유만으로.

머리가 모자라면 손발이 고생하는 법.

개봉 연좌라는 천패궁을 밀어붙일 절호의 기회는 명분에 붙잡힌 원로들과 얄팍한 계산에 부화뇌동한 수뇌부로 인해 날아가고 말았다.

그 결과 이렇게 천패궁에 질질 끌려가 회회교 정벌에 원군을 보내는 상황이 되고 만 것이다.

신립은 대세를 주도할 머리는 모자랐으나 그런 현실을 진심으로 안타까워했다. 그러나 신립은 대국을 짤 모사형의 군사라기보다는 맹주를 보필하는 참모형의 군사에 가까웠다. 그것이 또한 그의 한계였다.

"군사, 왜 말리는 거요?"

신립은 짜증이 섞인 정휘도의 말에 상념에서 깨어났다.

"그자가 모습을 감춘 지 이십 년, 우리가 추적을 포기한 지 십 년이 지났습니다."

"그래서요?"

"그런데 이제 와 목을 되찾고 싶으면 맹주님 홀로 나오라고 합니다. 당연히 의심이 가지 않습니까?"

"이 월아자가 가짜로 보이오?"

"제가 보기엔 진짜입니다."

"아버님을 머리 없이 장사 지냈다는 것이 공공연한 사실이오?"

"현 수뇌부도 거의 알지 못하는 극비의 치욕이지요."

정휘도는 쾅 하고 탁자를 내리쳤다.

손바닥 자국이 탁자에 고스란히 박히는 위맹한 장력이었다.

"이 편지의 신빙성 여부를 제외하더라도 아버님을 해친 그자와 연관이 있는 것이 분명하외다! 난 반드시 가야겠소!"

"맹주님은 선대 맹주님의 아드님일 뿐만 아니라 정심맹의 한 분뿐인 맹주님입니다. 그 사실을 잊지 마십시오. 맹주님이 직접 가신다는 것은 말이 되지 않습니다."

"내가 가지 않아서 찾을 수 있는 목을 찾지 못한다면? 군사가 책임질 거요?"

정휘도의 눈을 바라보던 신립은 길게 탄식했다. 더 이상 말릴 수 없음이 분명했다.

천패궁이 회회교를 공략하려는 지금, 난데없이 등장한 선대 맹주의 원한 문제로 맹을 비운다는 것은 말이 되지 않는다. 그러나 이 용렬한 맹주를 말릴 수 없다는 것 또한 자명했다.

"그러면 수호령의 단원들을 이끌고 가십시오."

"되었소! 척무절 말고는 천하에 본 맹주를 당할 자가 있을 것이라 믿지 않소! 나 혼자 가겠소!"

정휘도가 상자에서 월아자와 편지를 꺼내 들었다. 그가 분연히 자리를 털고 일어난 후, 신립은 멍하니 맹주의 집무실에 홀로 앉아 있었다.

"이건 어떤 세력의 음모임이 분명하다……."

천천히 자리에서 일어난 신립은 머리를 조용히 흔들다 무언가 결심한 듯 발걸음을 옮기기 시작했다.

"맹주는 맹주. 어쩔 수 없는 일이지. 수호령을 움직여야겠군. 휴우……. 북망산이라……."

*　　　　*　　　　*

북망산.

낙양의 북쪽에 위치한, 명성에 비해서는 보잘것없이 작은 산이다.

주(周)를 비롯해 후한(後漢), 서진(西晉), 후당(後唐) 등 여러 나라의 도읍이었던 낙양이기에 역대 제왕과 귀인, 명사들의 무덤이 산재한 곳이 바로 이 북망산이었다. 죽음, 혹은 저승을 의미하는 북망산천이라는 말의 의미는 이 같은 연유에서 생겨난 것이다.

북망산이 멀리 보이는 휘황한 보름달이 뜬 밤, 홀로 몸을 날리는 이는 정심맹주 정휘도였다.

낙양을 떠난 지 얼마 후, 조금 있으면 북망산에 당도할 터였다.

"북망산에서 장군묘라 지칭할 곳이 한두 곳이 아닌데… 늦지 않으려나 모르겠군."

신립에게 호언한 대로 정휘도의 경공은 일대의 고수로서 나무람없는 장중함을 보여주고 있었다.

달밤 아래 빛나는 북망산은 죽음의 냄새보다는 고요한 평화를 드러내었다.

'그리 넓지도 않은 곳이니 몇 군데 뒤져 보면 나오겠지.'

빠르게 몸을 날려 정휘도가 사라지자 관도 옆 언덕에서 그림자 하나가 천천히 솟아올랐다.

땅을 파고 은신했던 듯 툭툭 몸을 털고 정성스레 수건으로 얼굴을 닦는 이는 깔끔한 것을 좋아하는 반류였다.

"성미 급한 멍청이가 혼자 왔네그려."

어처구니없다는 듯 헛웃음을 지은 반류는 미리 준비한 듯 은신해 있던 구멍에서 커다란 자루와 얼기설기 잔가지가 달린 소나무 가지를 꺼냈다. 가지에는 솔잎이 잔뜩 달려 있었다.

"그럼 멍청한 호랑이, 아니지……. 호랑이는 무슨. 살쾡이쯤으로 하자. 멍청한 살쾡이 사냥이나 가볼까? 루루……."

반류는 콧노래를 나직하게 흥얼거리며 자신이 은신해 있던 구멍의 자취를 신중히 없앴다.

그 후, 관도로 내려선 반류는 정휘도가 발걸음을 찍은 자국을 따라 소나무 가지로 자취를 없애갔다. 반류의 손놀림은 익숙하기 짝이 없어 경지에 이른 장인의 손길처럼 추호의 흐트러짐도, 한 올의 낭비도 없었다.

자신의 발자취까지 없앤 반류는 자루 속에서 무언가를 꺼내 바닥에 뿌리기 시작했다.

관도 변에 잔뜩 떨어져 있는 마른 솔잎들이었다.

오늘도 장례 행렬이 지나간 듯 부산스런 발자취가 가득한 관도에는 무거운 발걸음에 찍힌 솔잎들이 땅바닥을 파고들어 있었다.

무림인, 특히 추적의 달인이나 발견할 법한 정휘도의 발끝만 내디딘 경공의 자취는 반류에 의해 철저히 지워져 갔다.

텅 빈 관도에는 누렇게 떨어진 솔잎들만 바람에 휘날렸다.


장군묘 가는 길.


정휘도는 경공을 멈추고 산길의 바닥 한편에 꽂혀 있는 표지를 노려보고 있었다.

벌써 세 번째 표지판이다.

"원래 있던 표지인가, 함정을 위한 음모인가."

나직하게 중얼거린 정휘도는 고개를 저었다.

함정은 이미 예상한 바였다. 군사 신립이 말린 이유는 정휘도도 공감하고 있었다.

원수에게서 이십 년 만에 갑작스레 온 홀로 오라는 편지.

누구라도 그 진위를 의심치 않을쏜가.

하지만 정휘도는 기억하고 있었다.

염을 하기 전, 나무로 머리를 조각해 몸뚱이에 붙인 부친의 시신을.

목 없는 부친의 시신을 부여잡고 오열하던 자신을.

그 뼈저린 아픔을 기억하기에 정휘도는 올 수밖에 없었다.

분명 군사가 자신의 뒤를 따르리라.

장소마저 분명히 정해진 이상, 그가 함정에 빠진다 할지라도 곧 원군이 도착할 것이라 믿어 의심치 않았다.

그 정도마저 버틸 시간이 없을 정도로 흉험한 함정이 있으리라고 정휘도는 믿지 않았다.

그는 정파무림의 지주, 정심맹의 현 맹주인 것이다. 자신의 실력에 정휘도는 절대적인 자신감을 갖고 있었다.

"가주지."

정휘도는 표지판이 가리키는 방향을 따라 몸을 날렸다.

얼마 후, 반류가 조심스레 정휘도가 멈춰 섰던 자리에 날아 내렸다.

"여기서 잠시 멈췄군."

반류는 땅바닥에 꽂혀 있는 표지판을 가볍게 뽑아 들었다.

어깨에 짊어진 자루에 표지판을 넣은 반류는 바닥에 뻥 뚫린 구멍을 발로 다져 없앴다.

그 위에 솔잎을 솔솔 뿌리니 역시 감쪽같이 자취가 지워졌다.

"시간을 급하게 주었더니 역시 혼자서 먼저 왔군. 형님 말씀대로 정말 용렬한 자군. 뒤에 출발한 수하들은 살쾡이 가죽이나 한참 있다 발견할걸?"

반류는 고개를 들어 산세를 일별했다.

정휘도는 눈치를 채지 못했으나 북망산의 주산세에서 정휘도는 조금씩 벗어나고 있었다. 표지판이 그렇게 유도하는 것이다. 뒤따르는 원군의 지원을 교란하기 위해 진영이 내린 일책이었다.

"이렇게 되면 이책이나 삼책은 쓸 필요도 없겠는데? 나도 슬슬 준비하러 가야겠군."

정휘도가 접어든 길은 이제 잘게 부서진 자갈과 모래로 이뤄져 쉽게 발자취가 남는 길이 아니었다.

북망산의 묘지가 집중해 있는 곳들을 더듬어 가자면 이곳은 제일 늦게 찾을 수밖에 없는 후미진 곳.

반류는 마지막으로 자신의 자취를 지우고 하늘을 나는 날다람쥐처럼 나무들 사이를 사뿐히 박차며 능선을 타고 오르기 시작했다.

정휘도가 빙빙 돌아 올 곳을 일직선으로 질러가는 것이다.

반류의 몸이 달빛 사이로 아득히 사라졌다.


보름달이 환한 가운데, 북망산의 초입에는 수호령의 단원들 이십여 명을 대동한 신립이 잔뜩 미간을 찌푸리고 서 있었다. 추적과 무공에 능통한 수하들만 가려 뽑은 수호령의 정예 중 정예. 지금 그들은 앞서 간 맹주의 자취를 찾을 수 없어 애를 태우고 있었다.

"군사, 다시 한 번 보아도 마찬가지입니다."

"없느냐?"

"예, 아무 자취도 없습니다. 맹 특유의 표지도 남기지 않으신 듯합니다."

신립은 음 하고 신음성을 냈다.

이렇게 아무런 자취도 없다니. 불안했다. 맹주의 성격상 정심맹도들만 알아볼 수 있는 표지를 남기지 않았다는 것은 있을 수 있었다. 이제까지의 여정이 그러했다. 그것은 맹주의 용렬한 자존심이라 할 수 있었다.

그러나 추적의 달인들조차 발견할 수 없을 만큼 자취를 없앤다는 것은 있을 수 없었다.

더구나 북망산에 들어서기 전까지는 분명 맹주의 자취를 따라오지 않았던가.

"예감이 좋지 않습니다. 지금이라도 맹주령을 내려 북망산을 완전히 포위함이 낫지 않을까요?"

"포위? 그사이에 맹주님께 변이라도 생긴다면? 그건 사후 조치일 뿐이다. 흉수는 잡을 수 있을지라도 맹주님을 보호할 수는 없어. 빨리 맹주님을 따라잡는 것이 순서다."

앞서서 면밀히 발자취를 살피던 중년 무인이 신립에게 다가왔다. 그는 수호령의 현 영주인 권일이었다.

"신 군사, 우선 북망산에 산재한 장군묘들부터 일일이 수색하는 것이 나을 듯싶소. 맹주님의 자취를 발견한 사람이 신호탄을 쏘는 것으로 합시다."

"그러지요. 그래도 답답하군요. 너무 시간이 걸리는 방법입니다."

"일단 명을 내리고 나는 따로 행동하겠소."

"예? 무슨 방책이라도……?"

"사실은 나만 맡을 수 있는 천리향을 맹주님의 옷깃에 살짝 묻혀놓았소."

권일의 말에 신립의 안색이 활짝 펴졌다.

"대단하십니다. 과연 영주십니다. 그렇다면 무엇 하러 인원을 나눕니까?"

"그것이……."

난감한 듯 권일은 고개를 흔들었다.

북망산을 등진 그의 옷깃이 신립 쪽으로 펄럭였다.

　―형님, 혹시 정심맹 쪽에서 천리향 같은 물건을 사용한다면 자취를 지운 것은 아무 소용이 없지 않을까요?
　반류와 함께 정심맹주의 출현을 기다리던 유성혼이 무언가 생각난 듯 묻자 반류가 주먹을 들어 성혼의 머리에 꿀밤을 먹였다.
　―아얏! 뭐 하시는 겁니까?
　―야! 네놈이 그러고도 산에 기대 살았다 하겠느냐? 산에서 바람이 어디에서 어디로 부느냐?
　―그거야 낮과 밤이 다르고 지형에 따라서도 다르지 않습니까? 애매한 것을 묻고 그러세요?
　―어쭈! 이놈 안 본 새에 많이 컸네. 그럼 간단히 묻자. 밤에 부는 산바람의 방향이 어떠하냐?
　―그거야 산꼭대기에서 평야로 불지요."
　유성혼이 억 하는 소리를 냈다.
　―형님, 큰일 났습니다.
　―뭐가?
　―지금 밤 아닙니까?
　―그래서?
　―산정에서 골짜기로 바람이 불 것 아닙니까? 만일 정심맹주가 천리향을 발랐다면 그 냄새가 북망산 어귀에 도착했을 정심맹 놈들에게 갈 것 아니겠습니까?
　―참 빨리도 깨달았구나.
　―형님!

권일의 말에 신립은 이해가 가지 않는다는 듯 고개를 흔들었다.

"그게 무슨 말씀이십니까? 이렇게 우리 쪽으로 바람이 부는데 냄새가 나지 않는다니요? 천리향을 바르시긴 한 것입니까?"

"틀림없이 발랐소. 낙양까지만 해도 맹주님의 냄새를 분명히 맡을 수 있었소이다. 수호령 추적자들의 훈련을 위해 발설하지 않았을 뿐이오. 그런데… 북망산에 접어들 즈음부터 냄새가 희미해지더니 지금은 딱 끊겼소."

"허……. 그럴 리가."

"예상할 수 있는 것은 한 가지뿐이오."

"무엇입니까?"

"이곳으로 바람이 불어오지 않을 곳에 맹주님이 계시다는 것이오."

"그렇다면 북망산에 안 오셨다는 말씀이십니까?"

"여기까지는 자취가 분명히 이어졌으니 북망산 어디에 계신 것이 자명하오. 땅속으로 들어가셨거나 바람이 가로막힌 산세로 들어가셨을 거외다."

"땅속!"

신립은 아차 싶었다.

장군묘.

충분히 지하의 묘지일 가능성도 있지 않은가.

"그럼?"

"맞소이다. 군사는 장군묘 중 지하로 통할 가능성이 있는 곳을 수색하시오. 나는 북망산 중 산세가 막힌 곳을 수색하겠소. 먼저 발견하는 쪽이 신호탄을 씁시다."

"영주도 단원들을 데려가십시오."

"산을 수색하는 것이니 혼자 가는 게 더 빠를 거요. 더구나 군사가 맡을 곳이 인원이 더 많이 필요할 거외다.”

“알겠소. 서두릅시다.”

의논을 마친 신립과 권일은 빠르게 경공을 전개해 북망산에 오르기 시작했다. 신립의 뒤로 수호령의 단원들이 잔뜩 따라붙었다.


―아니, 그러면 그렇다고 말을 해줘야 할 것 아닙니까? 왜 잔뜩 걱정하게 하는 거요?

유성혼이 투덜대자 반류가 흐흐 하고 웃음을 흘렸다.

―너 앞으로 산꾼이라고 하지 말아라. 그래 갖고 어디 가서 사냥한다는 말이라도 꺼내겠냐? 바람도 읽지 못하는 산꾼이라니, 원.

―근데 확실한 거요? 마지막 표지판이 있는 곳부터는 바람의 방향이 전혀 달라진다는 게? 이곳은 분지에 가까워서 바람이 산 밑으로 퍼지지 않는다는 거 말이오.

―그래, 이놈아. 이곳은 지형이 특하나 괴상한 곳이라 겨울에 고드름이 하늘로 치솟는다.

―말이 되는 말을 해야지. 어떻게 고드름이 하늘로 치솟습니까?

―바람이 하늘로 치솟는다니까!

―관둡시다.

―아니, 이 자식이!

―쉿!

돌연 성혼이 날카롭게 경고음을 발하자 지분대던 반류의 동작이 딱 굳었다.

눈을 잃은 후 성혼의 청각이 얼마나 날카로워졌는지 재회한 후 수차례 확인한 반류였다.

―왔냐?

─왔소.
─나 간다.
─잘 하쇼.
─걱정 마, 이 자식아.


은근히 배후가 걱정스러운 정휘도는 맹도들만 알고 있는 정심맹의 표지를 남기고 올 것을 그랬나 하는 마음이 들었다.

그러나 정휘도는 불안을 떨치려는 듯 한 차례 고개를 저었다.

장군묘라 할 곳은 이곳 외에는 없었다.

사방이 산봉우리로 둘러싸인 분지의 입구.

한가운데 돌무더기를 쌓아 올린 봉분처럼 보이는 돌탑이 우뚝 솟아 있었다.

그 뒤로 수십 장은 족히 됨 직한 아득한 바위 봉우리들이 하늘을 떠받치는 장군들처럼 어깨를 나란히 했다.

정휘도는 서서히 돌탑을 향해 접근했다.

어느 곳에서도 인기척은 느껴지지 않는다.

살기도 없었다.

그러나 감이 좋지 않았다.

누군가 그를 기다리고 있다는 느낌이 강하게 들었다.

월아자를 보낸 자가 말한 곳은 이곳이 틀림없다고 정휘도는 단정했다.

분지의 중앙을 지나 돌탑으로 접근할수록 등골이 오싹해졌다.

잠시 걸음을 멈추었던 정휘도는 불길한 예감에 품 안의 신호탄을 쏘아 올릴까 망설였다. 그러나 신립에게 호언장담했던 자신의 말이 떠올랐다.


천하에 척무절 말고 나를 곤란케 할 자가 있다고 보지 않는다!

그것은 마지막 남은 정휘도의 자존심이었다. 정휘도는 신호탄에 대한 미련을 끊고 천천히 돌탑 앞에 서서 주의 깊게 돌탑을 바라보았다.

돌탑의 중앙부에 파묻힌 나무 상자가 언뜻 보였다.

월아자가 들어 있던 상자와 같은 크기의 상자였다.

정휘도는 품 안에서 녹피로 만든 장갑을 꺼내 손에 끼었다. 혹시나 있을지 모를 독물을 우려한 조치였다.

천천히 상자를 꺼내니 돌탑에 쌓인 돌들이 조금씩 무너져 내렸다. 완전히 무너지리라 여겼는데 견고하게 쌓아놓은 탑인 듯 상자를 꺼낸 공간이 그대로 남아 있었다.

정휘도는 주위를 다시 한 번 경계했다.

분명 아무도 없음을 확인한 정휘도는 서서히 상자의 뚜껑을 열었다.

암기나 폭발 장치가 있을 것을 우려했으나 뚜껑은 무사히 열렸다.

“아버… 님……?”

상자 안에는 지나간 세월의 흔적이 잔뜩 묻어 있는, 살점 하나 없는 흙 묻은 해골이 담겨 있었다.

경추의 두 마디가 해골 밑에 놓여 있었다.

떨리는 손으로 경추를 집어 든 정휘도는 잘려진 절단면을 확인했다.

날카로운 절단면이나 병기에 상한 면이라기보다는 매끈하게 강기(罡氣)에 의해 잘린 면이 분명했다.

정휘도의 얼굴이 무너져 내렸다.

“아버님—!”

붉게 상기된 눈시울을 하고 정휘도는 천천히 상자 안에서 두 손으로 해골을 조심스레 잡았다.

손에 들고 상자 안에서 꺼내는 참이었다.

갑자기 미약한 방울 소리가 들렸다.

해골 속에서 은밀하게.

딸랑.

방울 소리와 함께 작은 폭음이 과룽 하고 터졌다.

"헛!"

정휘도는 폭음을 듣는 순간 번개처럼 삼 장을 후퇴했다.

폭음이 있었지만 섬광이나 폭탄의 잔해는 없었다.

다만, 상자의 밑에서 해일처럼 검은 연기가 폭풍우가 몰아치듯 급작스레 퍼져 나갔다.

"우욱! 이것은 흑루… 탄!"

흑루탄과 함께 펼치는 매복 공격은 천하 최강이라 할 수 있었다.

흑루탄의 연기 반경에서 재빨리 벗어나려 했건만 갑자기 어디선가 화살이 쏟아져 내려 정휘도는 몸을 피하지 못했다. 그의 돋뚱이도 검은 연기에 순식간에 파묻혔다.

슈슉― 쎄액―

허공에서 비가 내리듯 수직으로 내리꽂히는 화살을 정휘도는 정신없이 쳐 나갔다. 어느새 그의 손에는 정심맹의 상징, 정의검이 들려 빛살처럼 화살을 퉁겨내고 있었다.

분지 전체가 뭉클뭉클 피어오른 거센 연기의 폭풍에 휘말려 검게 물들었다.

화살을 쳐내던 정휘도는 사수들 역시 자신의 모습이 보이지 않을 것이라는 데 생각이 미쳤다.

한꺼번에 화살을 퉁겨내고 재빨리 돌탑 쪽으로 몸을 날렸다.

분지를 둘러싼 산봉우리의 한 정상에서 쇠뇌를 장치한 반류가 수십 명이 화살을 쏘듯 수십 대의 화살을 연달아 발사하고 있다는 사실을 정휘도는 알 수 없었다.

그렇기에 화살이 뜸한 지역을 돌탑으로 한정해 놓은 치밀한 계산을 정휘도는 알 수 없었다.

하늘로 치솟는 바람을 기다리면 곧 흑루탄의 검은 안개가 걷힐 것이라는 사실을 당황한 정휘도는 알 수 없었다.

돌탑으로 정신없이 후퇴하던 정휘도는 그때까지도 안고 있던 아버지의 해골 속에서 딸랑하고 미약한 방울 소리가 들리는 것을 미처 의식하지 못했다.

화살을 피해 몸을 날린 돌탑.

나무 상자를 파낸 돌탑의 빈 공간에 귀두도를 움켜쥔 유성혼이 웅크리고 있었음을 정휘도는 알지 못했다.

두 눈을 잃어 시각에 좌우받지 않는 유성혼에게 흑루탄의 연기가 아무 장애도 되지 못함을 알지 못했다.

해골에 장치해 놓은 미약한 방울 소리를 따라 유성혼의 귀두도가 그의 성명절기 유성탄을 그려 올렸다.

츄팟—

공기를 찢는 날카로운 소리는 유성혼의 귀두도가 정휘도의 심장과 폐를 한꺼번에 갈라 버린 후에 울려 퍼졌다.

딸랑.

미약한 방울 소리가 나며 정휘도가 들고 있던 해골이 바닥에 떨어져내렸다.

"아… 버……."

유성혼은 귀두도를 뽑아내며 그 여세를 빌어 단숨에 정휘도의 목을 잘랐다.

정휘도의 가슴과 목에서 폭죽 터지듯 동시에 터져 나온 핏줄기.

유성혼의 몸은 이미 피비의 영역에서 성큼 벗어나 있었다.

바닥에 귀두도를 털어 피를 털어낸 유성혼은 귀두도를 도갑에 넣었다.

검은 안개 속을 성큼성큼 걸어간 유성혼은 정휘도의 머리를 잃은 몸뚱이를 뒤지기 시작했다. 그의 품에서 진영의 월아자를 찾아낸 유성혼은 품속에 월아자를 넣었다.

—머리 위 왼편이다.

반류의 전음에 따라 유성혼은 몸을 일으킨 후 팔을 휘저어 밧줄을 잡았다.

산정에서 반류가 던진 밧줄을 타고 유성혼의 몸은 날 듯이 산봉우리를 달려 올라갔다.

산정에는 쇠뇌를 챙긴 반류가 포대 속에 쇠뇌를 집어넣고 있었다.

—수고했다. 너도 하나 들어.

재빠른 손놀림으로 밧줄을 감아 올려 어깨에 건 유성혼과 함께 반류의 몸은 봉우리 반대 편으로 순식간에 사라져 갔다.

어느덧 분지를 가득 덮었던 검은 안개는 하늘로 자욱히 치솟아오르고 있었다.

뒤늦게 신호탄이 펑펑 터져 오르고 있었으나 분지 안에는 싸늘히 식어 가는 정휘도의 목 잃은 시체만이 뒹굴 뿐이었다.

나무 상자 안에 담겨 있던 오래된 해골의 옆에 눈을 부릅뜬 정휘도의 머리가 뒹굴었다.

# 33장 살행의 시작

“사실인가?”

“그렇습니다. 거의 동시에 정심맹의 맹주와 사흑련의 련주가 목숨을 잃었습니다. 지금 두 곳은 비상 체제로 돌입해 흉수를 찾는 데 매진하고 있습니다. 그들은 귀주에 파견했던 원정대에도 귀환을 명했습니다. 회회교 정벌에서 손을 뗀다고 곧 통보할 것으로 보입니다.”

척무절은 자신의 앞에 무릎을 꿇고 보고하는 암영의 고개 숙인 뒤통수를 바라보고 있었다.

암영이 이렇게 모습을 드러내고 보고하는 것은 처음이었다. 사태가 그만큼 급하게 돌아간다는 반증에 다름 아니었다.

“원로파의 소행으로 보이던가?”

“아닙니다. 아직까지 원로파에 별다른 움직임은 없었습니다.”

“그들이 아니라면 당금 무림에서 누가 그런 일을 해치울 수 있다는 말인가? 현무교나 회회교에는 그런 힘이 없어.”

“짐작 가는 곳이 있기는 합니다.”

“어딘가?”

“조 봉공님과 명부전주님을 해한 그들… 이 아닐까 사료됩니다.”

척무절은 고개를 갸웃했다.

“그들에게 그런 힘이 있다고 보는가?”

“사실… 저 역시 불가능하다고 봅니다.”

“그런데도 그런 결론을 내린 이유는?”

“정심맹주나 사흑련주를 암살한 수법이 그들과 유사합니다. 지형을 이용한 매복, 본 궁에서 훔친 흑루탄을 사용한 흔적, 화살이나 쇠뇌를 적극적으로 이용하는 점…… 현 무림에서 그런 무리는 그들밖에 없습니다.”

“그들을 흉내 냈을 수도 있지 않을까?”

“배제하지 않고 조사 중입니다.”

척무절은 고개를 끄덕였다.

별다른 감정이 엿보이지 않았다.

“그 두 명이 죽은 것이 어떤 영향을 미칠 것 같은가?”

“일단 정심맹과 사흑련을 혼란시켜 회회교 정벌에 지장을 주었습니다. 원로파나 회회교, 현무교 쪽이 바라는 바대로 되었지요. 이대로라면 내궁의 힘까지 동원해야 회회교 공략이 가능할지도 모릅니다.”

“흠… 암영, 자네 판단인가?”

“밀전의 전주와 부전주가 그리 결론 내린 듯싶습니다. 곧 보고할 것입니다.”

“알았다. 물러가도록.”

“존명!”

암영이 고개를 숙이고 몸을 날리려 할 즈음, 척무절의 음성이 그를 붙

들었다.

"그 녀석은?"

"부용전 밖으로도 잘 다니십니다. 다시 가출하시지는 않을 듯합니다. 많이 밝아지셨습니다."

"그래?"

뜻밖이라는 듯 척무절은 되물었다. 대답을 기대하지 않은 듯 척무절은 다시 물었다.

"그 밖의 점은?"

"요즘은 부용전 밖으로 나가실 때에도 인피면구를 쓰지 않으십니다. 싫어하시던 의수도 부착하십니다."

"그게 사실인가?"

"그렇습니다."

"그 애가 변하게 된 동기는?"

"아직 파악 중에 있습니다. 천패루에서 술을 드신 후인 듯한데 당시 접촉한 궁인들을 조사 중에 있습니다."

"제일 시급히 파악하도록."

"존명!"

암영이 사라지자 척무절은 수염을 쓸어내렸다.

"인피면구를 쓰지 않는다고? 그 애가?"

우옥경의 목소리가 울렸다.

"도대체 어쩌실 참이에요?"

"뭘?"

"그 애 말예요."

"누구?"

“절 바보로 아세요? 부용전에 대해 물으신 게 언제예요? 벌써 소단이를 만나고 오셨죠?”

아양이라도 떨 듯 교태 섞인 목소리를 내는 우옥경은 갈수록 나이를 거꾸로 먹는 것처럼 보였다. 봉공으로서 수하들 앞에서 면사를 쓰고 권위를 자랑할 때와 월강의 앞에서 맨얼굴을 드러냈을 때의 우옥경은 전혀 달랐다.

어쩌면 섭혼대법으로 제압당한 월강의 앞에서 보이는 모습이야말로 피로 점철된 생애를 살아온 그녀의 본모습일지도 몰랐다.

월강은 여동생처럼 구는 우옥경이 징그럽기도 했지만 어머니뻘인데도 불구하고 그녀가 귀엽기도 했다.

척무절에 대해 물었던 그때 보인 그 표정이 아니었다면 이렇게 마음을 열지는 않았을 것이다.

요사이 천패궁에서 생활하며 월강은 천패궁에 대한 자신의 복수심이 점점 퇴색해 가고 있음을 은연중 느끼고 있었다.

천패궁도 결국 사람 사는 곳이었다.

이곳에도 아픔이 있고 나름의 의기가 있었다.

요즘 들어 심명조가 말했던 용기와 한광후와 진영이 말했던 대의를 다시금 생각해 보는 의령이었다.

그런 참이었기에 살갑게 대하는 우옥경이 싫지 않으면서도 퉁명스럽게 대하고 있었다.

“궁 밖에 좀 나갔다 올 테니 봉황령이나 줘.”

“또 합비에 놀러 나가시려구요? 다녀오신 지 얼마나 되었다구요? 도대체 천패궁에 들어오신 목적은 완전히 잊으신 거예요? 이제 움직여야죠!”

월강의 몸이 멈칫 굳었다. 눈빛이 섬뜩한 한기를 머금었다.

우옥경이 말한 천패궁에 들어온 목적과 할 일은 원로파를 위해 궁주파를 뒤흔드는 그것을 가리키는 것이었지만, 월강의 귀에는 그 말이 전혀 다르게 들렸다.

월강은 칼날을 씹어뱉듯 또박또박 끊어 말했다.

"그래. 잘 말해 주었어. 내가 요즘 잊으려 하고 있었지. 천패궁에 내가 왜 들어왔던가. 잊지 말아야지!"

월강의 기색이 달라진 것을 느끼지 못했는지 우옥경은 품속에서 봉황의 조각이 화려하게 새겨진 옥패를 꺼내 월강에게 건넸다. 봉황패였다. 언제든지 궁 밖 출입이 가능한 신패.

"백월을 타고 가세요. 요즘 달려주질 않아 그 녀석도 몸이 근질거릴 거예요."

"그러… 지."

"빨리 와요—!"

월강의 뒷등을 향해 우옥경이 콧소리로 배웅했다.


다각다각.

천천히 말을 몰던 월강은 외궁의 문을 나서 호성하를 건너자 말 배를 걷어찼다.

"하—!"

우옥경의 말[馬].

잡털 하나 섞이지 않은 백마, 백월이 지상을 스쳐 나는 근두운처럼 지축을 울렸다.

흔들리는 시야.

공기를 가로 찢는 날카로운 칼바람이 월강의 볼을 때렸다.

바람을 가로질러 휠휠 날아가는 듯한 기색이었지만 월강의 가슴은 답답했다.

'내가 잊고 있었던가. 왜 천패궁에 들어왔는지…….'

한시도 잊은 적은 없었다. 그러나 당초 가졌던 마음의 결의가 느슨해진 것은 틀림없었다.

우옥경과 함께 지내며, 때로 척소단을 만나 술을 마시며, 동복과 번쾌와 흉금을 털어놓고 아무 말 없이 대작하며 그의 복수심은 분명 점점 옅어졌다.

본격적인 행사를 위한 준비하는 시간이었다. 하지만 마음이 풀어진 건 사실. 월강은 그것을 용납할 수 없었다.

얼마나 달렸을까.

어느덧 광활한 호수가 눈앞에 펼쳐졌다.

소호(巢湖)였다.

말을 몰아 단숨에 호숫가에 당도한 월강은 달리는 말 등에서 그대로 몸을 날렸다.

펑!

달려온 말의 속도 때문에 거센 물보라가 일어났다.

월강은 충격을 그대로 받아 안으며 머리부터 거꾸로 수면을 가르고 들어갔다.

차가운 겨울 물이 시리도록 정신을 일깨웠다.

물속에서 몸을 뒤집어 세워 팔짱을 낀 월강은 천근추의 수법으로 몸을 무겁게 가라앉혔다.

삽시간에 차가운 호수의 바닥으로 월강의 몸은 가라앉아 갔다.

무엇을 위해 천패궁까지 들어왔던가.

단순히 진영을 살리기 위해 현무교의 요구를 들어준 것만은 아니었다.

복수를 위해 이곳까지 온 것이다.

구천을 떠돌 원혼들의 넋을 풀기 위함이다.

그들을 해친 자들을 남김없이 도륙하기 위함이다.

무엇이 대의란 말인가.

대의 따위는 필요없다고 외치지 않았던가.

차가운 물속에서 월강은 다시금 자신의 결의를 떠올렸다.

어디선가 진영의 날카로운 외침이 들려왔다.


대의를 잊지 마라!


월강은 꿈틀하고 미간을 찌푸렸다.

할아버지 심명조는 대의를 따라 사는 인간이 되라 그를 가르쳤다.

마음의 스승으로 삼고 있는 죽은 한광후도 만백성을 생각하는 대의를 따르라 했다.

진영 또한 그렇게 하라 한다.

월강도 그렇게 살고자 했다.

그러나 대의가 무엇인가?

대의를 위해 친인들마저 죽이는 것이 진정 대의를 따르는 것이라 한다. 그것이 대의멸친(大義滅親)이 아니던가.

월강은 알 수 없었다.

미령과 효령이 죽었을 때, 황법의 수호를 위해 천패궁의 이가려를 관에 고발한 것이 과연 대의를 따른 것이었는지. 그때, 진영의 제안에 따라 이가려 등을 암살하는 것이 보다 희생을 줄이는 방법 아니었을까.

그들이 죄없다 판결받고 할아버지마저 잃었을 때, 연좌를 조직해 학사들과 백성들, 무인들까지 끌어들인 것이 대의를 따른 것이었을까. 그 수많은 목숨들을 죽음의 길로 내몬 것이 과연 대의를 따른 것이었을까.

천패궁을 이 땅에서 없애기 위해 온갖 짓을 다 벌여도 그것은 대의를 따르는 것일까. 한광후가 남긴 황하의 농민 조직을 이 싸움에 끌어들여도 대의를 따르는 것일까.

월강은 그것을 알 수 없었다.

그놈의 대의에 사로잡혀 원혼들의 무거운 짐을 잔뜩 짊어졌고 두 손을 피로 물들였다. 앞으로도 수많은 피를 흘릴 것이다.

그것이 대의를 따르는 길인가.

그런 대의는 따르고 싶지 않다.

더 이상 친인들의 피를 보고 싶지 않다.

대의멸친은 개나 주어라!

나는 내가 진 목숨 빚의 원혼만을 풀겠다!

난 잊지 않아!

절대!

월강의 손이 팔짱을 풀고 벼락 치듯 앞으로 내뻗었다.

호수의 물이 월강의 손길을 따라 강렬한 소용돌이를 만들어냈다.

월강의 몸이 소용돌이를 타고 박차 올랐다.

"푸우―!"

수면 위로 올라온 월강의 미간은 펴 있었다.

다시 냉철한 월강의 그 표정으로 돌아와 있었다.

―뭐 하는 거예요? 물속에서라도 만나자는 거예요?

낭랑한 전음이 수면에서 물살에 따라 흔들리는 월강의 귓전에 울렸다.

"하하!"

월강은 맑은 웃음을 터뜨렸다. 몸을 뒤집어 하늘을 향해 수면 위에 누웠다. 시린 하늘과 시린 호수. 차갑고 시원했다.

―빨리 나와요! 감기 걸려요!

물살을 가르고 백월이 서 있는 호숫가로 헤엄을 쳤다.

맑은 목소리.

지난번, 합비에서 만나 오늘 다시 여기서 만나기로 한 사람.

그에게 마음의 평화를 가르쳐 준 여자.

고화였다.


소호변의 갈대 숲 사이에 모닥불이 불타올랐다.

고화는 가부좌를 틀고 내공을 끌어올려 옷을 말리는 월강을 물끄러미 바라보았다.

점점 말라가는 머리칼 사이로 듬성듬성 작은 물방울이 햇빛에 반짝였다. 아름다웠다.

월강에게는 아직 알리지 말라며 여러 전언을 진영에게 받은 참이었다.

고화도 진영의 생각에 동의한다.

천패궁을 치는 데 현무교, 회회교, 낭인들, 황하의 농민들까지 동원하는 것을 월강은 허락하지 않을 것이다.

그는 피를 싫어한다. 그가 손에 피를 묻히는 것은 좋아서 하는 일이 아니다. 혼자 뒤집어쓰고 천패궁에 복수하려 할 것이다. 그러다 혼자 죽으려 할 것이다. 더 이상 친인들의 희생을 바라지 않을 것이다.

고화가 아는 월강은 그런 사람이었다.

월강이 눈을 떴다.

마음속에서 생각하는 것과는 다른 말이 고화의 입에서 튀어나왔다.

"도대체 나이를 어디로 먹는 거예요? 월강은 스물아홉이라구요. 스물아홉! 스물아홉 먹은 사람이 겨울 호수에 뛰어드는 일이 가당키나 해요?"

"그런가?"

피식 웃는 월강에게 고화는 더 이상 말을 하지 못했다.

월강이 고화의 옆으로 자리를 옮긴 탓이다.

말없이 자신을 바라보는 월강의 눈에 고화의 가슴이 두근두근 소리를 내기 시작했다.

월강의 얼굴이 가까워지자 고화는 눈을 감았다.

모닥불의 따사로움도 느껴지지 않을 만큼 달콤하고 뜨거웠다.

사람의 입술이란 어쩌면 그리도 부드럽고 촉촉한 것일까. 입술과 입술이 만나고 혀와 혀가 만나는 것은 어쩌면 그리 자연스러운 평화를 안겨 주는 것일까.

월강과 고화의 입맞춤은 길게 길게 이어졌다.

끝나지 않을 만큼 긴 침묵의 대화였다.

"하아. 점점 솜씨가 느는 게 수상하네요. 나 말고 다른 여자랑도 했죠?"

고화가 달아오른 볼을 손바닥으로 감싸며 불퉁거리자 월강은 가볍게 웃었다.

"꼭 그렇게 말할 필요 있소? 그냥 좋았다고 하면 그만이지."

고화가 빽 소리를 질렀다.

"무슨 소리예요! 왜 그렇게 맘대로 해석해요!"

크게 웃음을 터뜨린 월강은 고화의 어깨를 가볍게 감싸 안았다.

"미안하오. 그래, 진영 형님 소식은 왔소?"

입술을 삐죽이면서 고화가 대답했다.

"곤란하면 형님을 찾는군요?"

"하하. 그러지 말고 가르쳐 주오."

월강의 목소리가 은근해지자 고화의 얼굴은 진지해졌다.

"많이 좋아지신 모양이에요. 이젠 침상에서 일어나 수아가 부축해서 조금씩 걷기도 하신다네요.”

“잘되었소. 정말 다행이야.”

월강의 음성에는 진영의 회복을 진심으로 기뻐하는 기색이 역력했다. 친형제보다 더한 우애라는 생각이 들었다.

“그래, 내가 부탁한 물건은 가져왔소?”

고화는 옆에 놓아둔 보퉁이를 월강에게 건넸다.

“주문이 까다로워서 여 아저씨도 많이 고생하신 모양이에요. 마음에 드실 거라고 자신하시던데요?”

보퉁이를 펼쳐 보지도 않고 월강은 고화의 허벅지를 베고 드러누웠다.

“뭐예요? 물건은 보지도 않을 참이에요?”

“틀림없겠지. 믿소. 잠시만 이렇게 누워 있다 갑시다. 잠시만.”

눈을 감은 월강의 얼굴은 평온해 보였다.

고화는 긴 손가락을 들어 차분히 월강의 머리를 쓸어내렸다.

‘이제 시작하려 하는구나.’

고화는 느낄 수 있었다.

피 속에 빠져들기 전, 잠시라도 평화를 맛보고 싶어하는 월강의 마음을.

고화는 고개를 숙여 월강의 입술에 살며시 얼굴을 가져갔다.

짧은 평화였다.

2

월강은 호롱불 아래 책자를 펼쳐 들고 있었다.

그윽한 묵향과 함께 용사비등한 월강의 필체로 쓰인 작은 책자.

빽빽하게 인명과 소속이 적힌 책자였다.

제목 없는 책자를 덮은 월강은 호롱불을 껐다.

옷을 뒤집어 입은 월강의 모습은 어둠과 동화되어 잘 구분이 가지 않았다. 구릿빛 피부로 인해 더욱 그러했다.

책자를 품속에 갈무리한 월강은 휘장이 드리워진 침상을 잠시 바라보았다.

그 안에 우옥경이 누워 있었다.

"다녀올게."

"다녀오세요."

봉황각의 사람들은 이 밤, 월강이 우옥경과 평상시처럼 밤을 보낼 것이라 믿을 것이다.

월강은 침상의 맞은편에 서 있는 서가의 한편을 가볍게 건드렸다.

스르륵 하는 작은 소리와 함께 장정이 겨우 드나들 만한 동혈이 뚫렸다.

월강의 몸이 스며들 듯 동혈 속으로 사라지자 천천히 서가는 제자리로 돌아왔다.

"꼭 돌아오세요."

꿈을 꾸듯 속삭이는 우옥경의 목소리가 작게 울렸다.

*　　　　*　　　　*

천패궁의 내궁 서북 편 가장 안쪽.

천하를 통치하는 무인의 아내가 머무는 곳이 있다.

화용전.

궁모라 존칭을 받으며 궁주를 제외하곤 천패궁에서 누구보다도 존귀한 여인이 사는 전각.

이가려가 밤을 보내는 침실의 바로 앞 복도를 두 시녀가 걷고 있었다.

옥주전자와 옥배 두 잔이 놓인 쟁반을 들고 가던 시녀가 작게 소곤거렸다.

"이거 뭐가 담겨 있는지 알아?"

목합을 들고 가던 시녀가 작게 속삭였다.

"왜? 먹어보기라도 하려구?"

"아니, 그냥 궁금해서……."

"지금은 그냥 술이지. 먹어도 돼. 들키지 않을 자신만 있다면."

"지금은? 그게 무슨 말이야?"

좌우를 살핀 시녀는 누가 들을까 걱정된다는 듯 쟁반을 든 시녀의 귀에 입을 가져갔다.

"침실에 들어갔다 나오면 그냥 술이 아냐."

"그럼?"

"얼마 전에 침실을 치우다 옥배에 남은 게 있어서 내가 홀짝 마셨지 뭐야."

"먹어봤다는 거야?"

"응."

"그런데?"

"그거… 하고 싶어지는 술이었어. 엄청나더라구."

"정말?"

"그래서 어떻게 했는데?"

"어떻게 하긴……. 외궁에 몰래 나가서 슬쩍 하고 왔지."

쟁반을 든 시녀는 꼴깍 침을 삼켰다.

동료의 믿기지 않는 무용담이 상상력을 자극했기에.

"그, 그래서?"

"뭘 그래서야. 밤새도록 하고 왔다니까."

"이, 이 술 마시면 그렇게 된다는 거야?"

"지금은 아냐."

"확실해?"

"응. 침실에 들여놓기 전에 내가 또 먹어봤거든. 그냥 술이었어."

"너 정말 대단하다."

"뭘 이 정도 갖고. 너도 경력이 쌓이면 조금씩 여러 즐거움을 맛볼 수 있다구."

그때 무언가 뒤쪽에서 달칵 하고 소리가 났다.

깜짝 놀란 두 시비는 뒤를 돌아보았다.

자신들의 은밀한 대화를 누가 듣기라도 했다면 목이 날아갈지도 모를 일이었다.

다행히 아무도 없었다.

두 시녀는 안도의 한숨을 내쉬고 다시 돌아섰다.

그리고 두 시녀는 선 채로 의식을 잃었다.

조용한 목소리가 두 시녀의 귓전에 파고들었다.

깊은 심연 속 내면을 건드리는 목소리.

—이 순간 일어난 일은 모두 잊는다. 잊는다.

잠시 후, 두 시녀는 아무 일도 없었다는 듯 침실로 향했다.

그사이 일어난 일을 두 시녀는 알지 못했다.


화용전의 깊숙한 내실에선 때 아닌 비명과 신음이 난두하고 있었다.

"아악!"

짜악, 짜악—!

"더! 좀 더!"

"아악—!"

사고라도 난 듯해 누군가 들이닥칠 듯도 했건만 방 안은 끈끈한 열기와 비명 소리만이 가득할 뿐 누구도 접근하지 않았다.

그 누가 궁모의 침실 문을 함부로 열겠는가.

이가려는 채찍을 손에 들고 가쁜 숨을 몰아쉬었다.

"좀 더!"

그녀의 손에서 뱀가죽을 꼬아 만든 채찍이 춤을 추었다.

짜악!

"아악!"

침상 위에는 나체의 여인이 벌거벗은 등을 꿈틀거리며 비명을 지르고 있었다.

이가려의 춤추는 채찍은 여인의 등과 엉덩이에 온통 붉은 자국을 찍찍 남기고 있었다.

엎드린 채 잔뜩 허리를 젖힌 여인의 두 팔이 바르르 떨렸다.

"궁… 궁모님! 더, 더 이상은……."

"좀 더 버텨!"

휘익 하고 채찍이 허공을 갈랐다.

날카로운 채찍 소리와 함께 마침내 여인의 엉덩이에서 핏줄기가 솟구쳤다.

"아아악!"

여인의 팔이 더 버티지 못했다.

엉덩이를 하늘로 치켜세운 채 여인의 팔이 꺾였다.

침상에 상체를 틀어박은 채 여인의 몸이 파들파들 떨렸다.

농염은 중년에 달한 여체가 시뻘건 채찍 자국에 감싸여 침상에 엎드린 모습. 그런 여인을 내려다보며 이가려는 만족한 듯 채찍을 바닥에 집어 던졌다.

이가려는 침상에 앉아 여인의 깊게 파인 채찍 자국을 따라 손가락을 움직였다.

이가려의 손가락이 등줄기를 따라 내려갈수록 여인의 몸은 움찔움찔 떨었다.

마침내 피가 튄 엉덩이의 상처를 이물질이 쑤시는 느낌이 오자 여인은 엎드린 채로 억눌린 비명을 내뱉었다.

"우… 윽!"

이가려는 침상에 파묻은 여인의 얼굴을 옆으로 돌려 다정하게 머리를 쓸어 올렸다.

곱게 단장한 중년 부인은 얼굴이 땀에 젖어 숨을 헐떡였다.

여인의 얼굴을 내려다보던 이가려는 사랑스럽다는 듯 얼굴을 쓰다듬었다.

이가려의 얼굴에 진한 웃음이 떠올랐다.

"이제 시작해 볼까?"


"또 시작일까?"

"쉿! 소리를 낮춰!"

"걱정 마. 저 방은 워낙 방음이 잘되어 있으니까. 이 정도로 속삭이는 목소리는 들리지도 않는다구."

이가려의 방에서 조금 떨어진 복도 한 켠에 서 있는 두 명의 시녀가 서로 소곤거리고 있었다. 쟁반과 목합을 날랐던 그 두 시녀였다.

"도대체 총관님은 어떻게 버티시나 몰라?"

조금 안심한 듯 풀어진 목소리로 한 시녀가 말하자, 커다란 수건을 든 시녀가 고개를 끄덕였다.

"아마 맞는 게 더 좋은가 보지."

"그런 사람이 있을까?"

"뭐, 우리도 한 번 해볼까?"

"미쳤어? 죽어도 싫어!"

수건을 든 시녀가 킥킥거리며 웃었다.

"농담이야, 농담."

"그나저나 궁모님은 언제까지 저러실까? 점점 심해지시는 것 같아."

"어디 가서 그런 소리 입도 뻥긋 하지 마. 쥐도 새도 모르게 사라지는 수가 있으니까. 침실 시중을 들던 애들이 몇 명이나 사라진 줄 알아?"

"궁주님도 너무하시지. 독수공방도 정도가 있지. 이십 년이 뭐니? 난 궁모님을 이해할 수는 없지만 나도 그렇게 오랫동안 혼자 지내면 저럴 수도 있을 것 같아. 요즘은 아예 화용전 밖으로 나가지도 못하게 하시니."

"남자 맛도 모르는 게 그런 말을 하니?"

"누가 몰라?"

"너 경험 없다고 했잖아!"

"그게 언제 얘기라구. 여자는 삼 일을 못 보면 괄목상대한다는 말도 모르니?"

"그 말이 그런 뜻이었니?"

"큭큭."

서로 옆구리를 찌르며 웃고 있는 시녀들은 복도의 천장에서 자신들을 내려다보는 시선을 느낄 수 없었다. 그 시선이 은밀히 이동하고 있음은 더욱 느낄 수 없었다.


이가려의 침상은 꿈틀대는 두 여체의 광란 어린 향연장이었다.

귀를 찌르는 신음 소리가 점점 급하게 고조되어 갔다.

어두운 실내에는 황촉 하나만이 빛나 흔들리고 있었다.

"학학!"

무언가를 핥는 쩝쩝대는 소리가 계속 울렸다.

"궁모님, 약을!"

땀에 젖은 팔을 뻗어 이가려는 침상 옆에 놓인 옥주전자를 들어 옥배에 기울였다.

호박색 액체가 옥배에 반쯤 차며 진한 주향이 실내에 퍼졌다.

이가려는 옥배를 단숨에 입 안에 머금었다.

그녀의 입은 총관의 입으로 향했다.

두 여인의 목이 꿀꺽이며 입에서 입으로 약을 탄 술이 넘어갔다.

두 사람의 향연을 위해 쓰는 가벼운 춘약.

점점 강한 약을 쓰고 있었으나 아직 몸에 위험할 정도는 아닌, 그런 정도의 음약이었다.

총관에게 약을 탄 술을 입으로 먹인 이가려는 다시 옥배에 가득 술을 부었다. 잔을 기울여 단숨에 술을 목으로 넘겼다.

"빨리!"

물에서 갓 건져 올린 빙어같이 하얗게 빛나는 풍만한 총관의 팔이 이가려의 목을 끌어안았다.

이가려는 자신의 밑에 누워 있는 총관의 목덜미에 머리를 가져갔다.

평소처럼 총관의 목을 핥던 이가려는 목덜미를 물어보고 싶다는 강한 충동을 느꼈다.

단숨에 콱 물었다.

"아흑!"

총관의 입에서 새된 교성이 흘러나왔다.

총관의 손톱이 이가려의 등을 깊숙이 파고들었다. 하얀 등줄기에 손톱이 푹푹 박혀들었다.

"컥!"

평소보다 훨씬 강렬한 총관의 반응에 이가려는 저도 모르게 신음이 터졌다.

할퀴는 정도가 아니라 등을 완전히 파고든 총관의 손톱은 점점 깊숙이 찔러오고 있었다.

등줄기를 꿰뚫는 고통 속에서 이가려는 한줄기 희열을 느꼈다. 그때까지 느껴보지 못한 쾌감이 전율처럼 등골을 타고 흘렀다. 머리 속에서 폭죽이 터지는 듯했다.

이가려는 총관의 목덜미를 문 채 턱에 힘을 주었다.

"크억!"

입 안에 비릿한 피비린내가 퍼졌다. 그런데 어떤 향기보다 달콤하게 느껴졌다.

이가려는 정신없이 총관의 목을 물어뜯었다.

"악!"

비명을 지른 총관은 이가려의 등에 박힌 손톱을 확 끌어 내렸다.

핏줄기가 튀었다.

밭고랑을 파듯 깊숙이 패인 이가려의 등에는 여덟 줄기의 핏빛 빗살무늬가 새겨졌다.

등줄기가 화끈거렸지만 이가려에게는 그 화끈함이 너무나 매혹적이었다. 강렬한 쾌감. 처음 경험하는 쾌감. 입 안에 퍼지는 피비린내.

이가려는 총관의 목을 더욱 강하게 물었다.

우득 하는 소리와 함께 무언가 터지는 느낌이 들었다. 입 안으로 들어오는 피의 양이 많아졌다.

이가려는 꿀꺽이며 피를 마셔보았다.

맛있었다.

더욱 깨물었다.

그때였다.

이가려는 누군가가 침상 곁에 서서 옥배에 술을 따르는 것을 얼핏 보았다. 그런데 그것이 하나도 이상하지 않았다. 몽롱한 의식 속에서 그것은 너무나 자연스러웠다.

검은 야행복에 복면까지 눌러쓴 괴한은 옥배에 술을 따라 침상으로 다가왔다.

괴한은 이가려의 밑에 깔린 총관에게 옥배의 술을 조금씩 먹였다. 한 방울도 흘리지 않으려는 듯 총관은 필사적으로 옥배의 술을 꿀꺽 꿀꺽 삼켰다.

괴한은 총관에게 머리를 기울여 말을 건넸다.

낮은 속삭임이었다.

"너도 물어."

명령에 따르는 수하처럼 총관이 잽싸게 이가려의 목을 물었다. 총관이 이가려의 목을 무는 기세에 이가려의 입은 총관의 목에서 떨어졌다.

콰득!

이가려처럼 천천히 강도를 높인 것이 아니라 총관은 단숨에 힘껏 물었다.

이가려는 눈앞에서 불꽃이 터지는 환상을 보았다. 온몸이 정신없이 경련을 일으켰다.

목덜미를 빨리는 것이 이렇게 강렬한 충격을 주는 것인지 처음 알았다.

우득!

자신의 목에서도 총관과 같은 소리가 났다. 그 또한 이가려에겐 기쁨이었다.

피가 빠져나가는 것이 느껴지며 온몸의 기운이 스멀스멀 스러져 갔다.

침상 곁에 선 괴한이 천천히 복면을 벗었다.

아름다운 이국의 사내 모습, 월강이었다.

이가려는 월강에게 팔을 뻗었다. 그러나 월강은 잡아주지 않았다.

냉랭한 눈으로 이가려를 보던 월강은 천천히 입을 열었다.

"피 속에서 죽어. 너다운 죽음이다."

이가려는 월강에게 무언가 말을 하려 했으나 총관에게 목을 물어뜯겨 피를 빨리고 있었기에 목소리가 나지 않았다.

꾹꾹 하는 이가려의 신음을 들으며 월강은 천천히 복면을 뒤집어썼다.

빗장이 튼튼히 걸린 창에 다가선 월강은 천천히 빗장을 풀어 창문을 열고 밖으로 나갔다.

이가려는 사라지는 월강의 모습을 안타깝게 바라보았다.

누군지 알 수 없었으나 너무나 매혹적인 사내가 그냥 사라져 간다.

어디서 본 듯한데 기억이 나질 않았다.

창문이 닫히고 누가 손도 대지 않았는데 저절로 빗장이 조용히 걸리는 것이 보였다.

이가려는 월강이 창밖에서 격공섭물의 수법으로 창문을 격해 빗장을 걸고 있다는 것을 알 수 없었다.

목덜미를 문 총관이 고개를 양 옆으로 흔들었다.

무언가 잡아뜯기는 느낌과 함께 쾌감이 배가되었다.

이가려는 다시 눈앞의 총관에게 열중했다.

총관의 입을 목에서 떼어내고 덥석 총관의 목을 물어뜯었다.

경동맥이 터진 두 여인의 목에서 분수 같은 핏줄기가 솟구치는 침상.

서로 목에서 흘러나오는 피를 마시고 물어뜯으며 침실 가득 피비린내와 주향이 뒤섞여 코를 찌르는 밤이었다.

# 34장 단죄(斷罪)

피비린내 가득한 방 안에는 공야단과 척무절이 서 있었다.

하얀 침상이 온통 붉게 물들어 있었다.

침상에 드리운 휘장에서는 떨어지다 만 피가 방울방울 매달려 있었다. 휘장도 시뻘겋게 피가 튀어 추욱 늘어진 상태였다.

척무절은 냉정한 눈초리로 침상에 뒤섞여 쓰러져 있는 이가려와 화용전의 총관을 바라보고 있었다.

둘 다 벌거벗은 그대로 온몸에 피칠갑을 하고 뒤엉킨 채였다.

온몸에 채찍 자국이 가득한 총관과 등줄기에 줄줄이 파여 있는 손톱자국을 훈장처럼 짊어진 이가려. 뜯겨 나가 시뻘건 속살이 드러난 두 여인의 목줄기는 너덜너덜했다.

척무절은 몸을 굽혀 피로 물든 이가려의 얼굴을 닦아냈다.

고통이 아니라 희열에 가득한 표정이었다.

"이렇게 즐거운 얼굴을 한 것은 처음 보는군."

척무절은 시립하듯 뒤에 서 있는 공야단에게 고개를 돌렸다.

"사인(死因)은 뭔가?"

주눅이 든 듯 공손히 서 있기만 하던 공야단이 천천히 대답했다.

"…피를 너무 많이 흘린 것으로 보입니다."

"과다 출혈이라 이건가?"

"직접적인 사인은 그것으로 보입니다."

"내가 보기엔 서로 물어뜯어 죽인 것으로 보이네만."

"맞습니다."

"궁모가 이 정도로 상태가 심각했던가?"

"그것이……."

"아는 대로 솔직하게 보고하게."

"총관과 내연의 관계가 된 것은 꽤 오래된 것으로 조사되었습니다. 이런… 관계를 매일 밤 가졌다고 들었습니다."

"이렇게 서로 물어뜯는 관계를 말인가?"

"그 정도는 아니었다고 들었습니다. 궁모님이… 채찍으로 총관을 때리는 정도였다고 합니다."

"누구에게 들었는가?"

"처음 침실의 참상을 목격한 담당 시녀들을 조사한 결과입니다."

"사후 조치는?"

"일단, 화용전의 전 인원을 감금해 놓은 상태입니다."

"좋아. 물러가도록."

"어떻게 공표를 해야 할까요?"

조심스레 묻는 공야단에게 척무절은 탁 끊어 단번에 대답했다.

"밀전의 조사는 이것으로 멈춘다. 장례 절차를 서두르고 흔적은 깨끗이 지워라. 사인은 적당히 꾸며 급사(急死)로 처리해!"

“존명!”

공야단이 고개를 숙이고 조용히 물러갔다.

“암영!”

척무절의 부름에 천장에서 음울한 대답이 들려왔다.

“여러 가지로 수상합니다.”

“침입의 흔적은 발견했나?”

“전혀 없었습니다.”

“전혀?”

“그렇습니다.”

척무절은 나직한 신음 소리를 냈다.

이가려에게 특별한 감정은 없었다. 그녀의 죽음이 안타깝거나 아쉬운 것도 아니었다. 척무절의 관심은 다른 곳에 있었다.

“중독의 가능성은 있나?”

“광란의 환각에 빠지게 하는 춘약이나 미약류를 사용했을 수도 있습니다. 하지만 그렇더라도 입증하기 힘들 것입니다.”

“왜?”

“궁모님과 저 총관은 장기간 춘약을 복용해 약에 중독된 상태입니다. 손톱 끝에서 검은 반달 자국을 발견했습니다.”

“누군가 춘약을 사용했어도 독살을 집어낼 수는 없다 이런 것인가?”

“예. 침실에 남아 있던 옥배에서 약물이 검출된다고 해도… 누가 사용한 것인지 단기간에 알아내는 것은 힘들 듯합니다. 궁모님 친정에 어찌 알릴지가 문제겠습니다.”

“그런 것은 상관없다. 이씨세가야 이미 이용 가치가 떨어졌으니 적당히 응대해 주면 돼. 나는 이가려가 이런 식으로 자살할 여자라고는 생각하지 않는다. 지옥 끝까지라도 살아서 갈 여자야. 우발적 사고도 아닐 것이다. 분명 누군가 개입해 있을 것이다."

"그 방향으로 조사하겠습니다."

"원로파의 동향을 예의 주시하고 수상한 인물은 철저히 알아보도록 해. 필요하면 전면에 나서도 좋다. 가라!"

"존명!"

암영마저 떠나간 것을 확인한 척무절은 이가려의 시신을 내려다보며 비릿하게 웃었다.

"죽어서야 부덕(婦德)을 발휘하는군. 덕분에 계획이 앞당겨지겠어."

척무절은 몸을 돌렸다.

이가려는 여전히 극상의 환희를 맛본 즐거운 표정을 하고 있었다.


"궁모님 장례가 곧 끝나겠군요."

월강의 앞에 선 우옥경은 방 안에 들어와 면사를 벗었다.

"그런가?"

"풍운각주가 회동을 제의했어요."

"당신들 회의인가?"

"예."

"언젠가?"

"오늘 밤이에요."

"다녀와."

"당신도 오라고 하던데요?"

"오늘 밤 결행할 거야. 나한테는 회의 결과만 통보해. 난 혼자 움직이게 했다 하고."

"알겠어요. 그들은 제가 당신을 조종하는 줄 알고 있으니, 별말 안 할 거예요. 다만……."

“다만?”

“당신은 천패궁에 조금씩 노출되고 있어요.”

“무슨 말인가?”

“당신에 대해 조사하는 사람들이 있어요.”

“궁주파인가?”

“그런 듯해요.”

“그냥 둬.”

“괜찮을까요?”

“오늘 밤이 지나면 천패궁은 달라지기 시작할 거야. 당신들이 어떻게 하느냐에 달려 있지. 개인에게 초점을 맞출 시간은 없을 거야.”

“알았어요.”

우옥경은 월강에게 다가와 목을 끌어안았다.

월강의 어깨에 얼굴을 묻은 우옥경은 작게 속삭였다.

“오늘도… 무사히 돌아오세요.”

“당신도.”

“예.”

똑똑.

돌연 들려온 창문을 두드리는 소리에 월강과 우옥경은 동시에 떨어졌다.

“누구냐?”

면사로 얼굴을 가린 우옥경의 날카로운 목소리가 울렸다.

문도 아니고 창문을 두드리던 손님이 대답했다.

“나예요.”

“나?”

우옥경이 어이없다는 듯 소매를 휘두르자 닫혔던 창문이 안으로 열렸다. 과하게 손을 쓰지 않은 것은 목소리의 주인공을 우옥경이 알고 있었기 때문이다.

냉큼 방 안에 뛰어든 사람은 가벼운 경장을 걸친 여인이었다.

귀여운 얼굴의 여인. 가슴에 댄 왼팔은 손가락 끝이 간신히 보일 만큼 소매가 길었다. 의수를 단 척소단이었다.

척소단은 월강을 향해 반갑게 손을 흔들었다.

"나야. 푸랏트!"

"푸랏트?"

척소단을 알아본 우옥경이었지만 월강에게 한 푸랏트라는 말이 무슨 뜻인지 알지 못해 고개를 갸웃거렸다.

척소단은 우옥경의 앞에 서서 오른팔을 들었다. 곧게 뻗은 손가락이 시원해 보였다.

"월강의 회족 이름이 푸랏트예요. 푸랏트! 강철(鋼鐵)이라는 뜻이에요. 몰랐죠? 회족 이름은 친구한테만 가르쳐 주는 거라구요."

"정말이에요?"

다소 원망스러운 듯 묻는 우옥경에게 월강은 침묵을 지켰다.

우옥경은 손을 들어 월강의 뺨에 댔다. 그녀의 눈은 부드럽게 물결쳤다.

"이제 알았으니…… 괜찮아요."

월강이 침묵을 지키자 우옥경은 쓸쓸한 기색으로 뺨에서 손을 뗐다.

"저는 처리할 일이 있어 먼저 가볼게요. 손님 접대 잘 하세요."

우옥경이 문을 나서기 직전, 월강의 입이 열렸다.

"이따… 봅시다."

"예."

고개를 돌리지 않고 잠시 멈춰서 대답한 우옥경은 조용히 문을 열고 나갔다.

닫힌 문을 계속해서 바라보고 있는 월강에게 척소단이 다가왔다.

"뭐 해? 친구는 보지도 않고!"

"네가 오면 어떻게 해?"

"내가 찾아오는… 게 싫어?"

"사정은 너도 알잖아."

"호위는 다 따돌려 놨어. 내 가출 경력이 얼마나 되는지 몰라? 내가 맘먹으면 날 찾아낼 사람은 없다구!"

월강의 대답이 없자 척소단은 휙 몸을 돌렸다.

"나 갈래!"

창문까지 걸어간 척소단은 걸음을 멈추었다.

"진짜 간다!"

월강은 낮게 탄식했다.

"휴…… 창문이나 닫아."

월강의 말에 척소단은 기쁜 웃음을 지었다. 뒤를 돌아보지 않아 월강은 볼 수 없었다.

창문을 닫은 척소단은 다시 새침한 표정을 했다.

"우 봉공이랑 도대체 어떤 사이야? 아줌마가 창피한 줄도 모르고. 흥!"

"그렇게 말하지 마. 내게 제압당했지만 좋은 여자야."

"편드는 거니? 난 네 친구라구!"

월강은 물끄러미 척소단을 바라보았다.

이대로 척소단을 방치하는 것은 사실 위험했다. 천패궁에서 자신의 정체를 알고 있는 유일한 사람이 바로 척소단이었다. 더구나 엄중하게 보호를 받는 요인 중의 요인. 신분이 노출될 위험이 다분했다.

그럼에도 섭혼대법으로 척소단을 제압하지 않은 것은 친구였기 때문

이다. 하나밖에 없는 친구. 그 친구가 여자라는 사실이 우스웠지만 이미
서로 마음을 터놓고 과거에 대해 말해 준 상태였다.

척소단이 월강에게 물었다.

"뭘 그렇게 봐? 반했냐?"

피식하고 웃은 월강은 손을 올려 척소단의 머리카락을 휘저었다.

"징그러운 소리 하지 마. 우린 친구라는 걸 잊지 말라구. 그나저나 웬
일이냐? 위험하다는 건 너도 알 텐데."

척소단은 싫지 않은 표정으로 귀엽게 웃었다.

어릴 때, 아버지가 늘 이렇게 머리를 헝클어놓곤 했다. 이런 따스한 손
길은 참으로 오랜만이었다.

"좋은 생각이 났거든."

"뭐가?"

"천패궁을 무너뜨리고 싶다 했지?"

"음."

"복수도 해야 하지?"

"다른 게 아냐. 내겐 하나야."

"하지만 피는 싫어하지?"

"…그래."

척소단은 월강의 어깨를 툭툭 쳤다.

"피를 가장 적게 흘리면서 천패궁을 무너뜨릴 수 있는 방법이 있어."

"뭐냐?"

월강은 별 기대를 하지 않고 반문했다.

"천패궁에 거의 사문화되었지만 궁주를 탄핵할 수 있는 권리가 십이
각주들에게 있다는 거 알고 있지?"

"어. 입궁하던 날 들었다."

“지금 봉공 자리가 하나 비어 있는 거 알지?”

“그래.”

“우 봉공은 네 편이지?”

“응.”

“네가 봉공이 되는 거야.”

“뭐?”

“조 봉공이 죽고 나서 주력이 무너진 백호단은 나머지 삼 개 단에 흡수됐어. 천패궁에 봉공은 세 명인 상태지. 네가 봉공이 되면 네 명의 봉공 중 둘 이상이라는 조건이 충족돼. 삼전의 전주들과 십이각주들의 동의를 끌어내면 궁주를 그 자리에서 끌어내릴 수 있어. 물론 그럴 만한 실력이 필요하겠지만. 그 후에 내가 궁주가 되는 거야. 그리고 천패궁을 쪼개는 거야. 평범한 군소방파로 만드는 거지. 이거야말로 피를 흘리지 않고 천패궁을 무너뜨리는 방법 아닐까? 네게도 맞고.”

열심히 설명한 후 척소단은 기대에 찬 눈으로 월강을 바라보았다.

“너 혼자 생각한 거냐?”

“응. 어때?”

“생각해 볼게.”

“정말?”

“그래.”

“하아……. 다행이야. 말도 안 되는 생각이라고 구박받을까 봐 얼마나 쫄았다구.”

월강은 안심한 듯한 척소단의 머리를 툭툭 쳤다.

“며칠 후에 의논하러 가지. 얼른 돌아가. 오래 있으면 내가 곤란해.”

“알았어.”

활짝 웃은 척소단은 창문을 열고 사방을 휘휘 둘러본 후 훌쩍 몸을 날렸다.

사라지는 척소단을 내려다보던 월강은 무언가 생각에 잠긴 듯 심각한 얼굴로 창가에 기대어 섰다.

그래서 미처 발견하지 못했다.

은밀히 월강을 관찰하는 머언 시선을.

2

"어때? 좀 알아봤냐?"

일과를 마치고 침상에 들 준비를 하고 있던 호굉은 맞은편 침상에서 검을 손질하는 냉우에게 말을 건넸다.

검을 닦는 냉우의 눈초리는 사뭇 날카로웠다. 검을 다 닦기 전엔 대답하지 않을 것이다. 말을 건넨 것은 미리 질문을 던진 것에 불과했다.

'이놈… 많이 변했어.'

스물이 되어서일까. 하지만 그런 나이 탓은 아니었다.

냉우의 눈빛은 그전의 어딘가 어리숙한 독기만 뿜어대던 그런 것이 아니었다.

마우간 봉공과 패일로 봉공을 따라 개봉 연좌를 진압하러 파견된 후일 것이다. 천패검수대 중에서도 말석에 가까웠던 냉우가 어느덧 자신과 어깨를 나란히 하게 된 것은.

천추서림이라 했던가.

고향인 개봉에 파견되는 것이라 특별히 차출되었던 냉우는 천추서림을 초토화하는 작전에서 돌아온 이후 변하기 시작했다.

처음엔 멍한 상태로 돌아왔다.

무슨 큰일이라도 겪은 사람처럼 충격을 입고 돌아온 대원들이 한둘이 아니었고, 냉우도 그중 하나였다.

하지만 그 상태에서 벗어나며 냉우는 변했다.

눈빛은 날카로워졌고 분명한 살기를 검에 실을 수 있게 되었다. 그의 검은 이전과는 판이하게 달라질 정도로 성장했다.

그러더니 어느덧 자신의 위치에까지 올라섰다.

무공을 탐내는 냉우의 성격으로 보아 자신을 추월할 날도 얼마 남지 않았을 것이다.

침상에 기대 비스듬히 누운 호굉이 이런저런 생각을 하는 동안 냉우는 검을 검집에 끼워 넣었다.

달칵.

빼고 넣는 것을 몇 번 되풀이한 후에 마침내 만족한 듯 냉우는 호굉에게 시선을 돌렸다.

"그 다섯 놈, 아니, 운남으로 간 한 놈 빼고 네 명에 대한 조사를 거의 마쳤습니다."

"그래? 어떤 놈들이더냐?"

"한 놈을 빼곤 다 강호에서 꽤 알려진 고수들이더군요. 우리에게 시비를 걸었던 삐쩍 마른 놈이 섬전비보 번쾌라는 놈인데 신법을 위주로 빠른 무공을 펼치는 자입니다."

"내 목에 그 빌어먹을 부채를 댔던 자는?"

"장강옥룡 화무옥이라는 자인데 명성으로만 따지면 연파검 동복이라는 자와 함께 제일 높더군요. 심기가 대단하고 천패궁에도 대단한 연줄을 갖고 있나 봅니다. 교우 관계가 상당하더군요. 형님도 보셨듯이 대주님도 그자를 인정하니까요."

"젠장할! 우리가 손대기엔 너무 높은 자라는 건가?"

"그렇지만도 않습니다."

"오! 무슨 좋은 방법이라도 있느냐?"

호굉이 반색을 하자 냉우는 고개를 까딱거렸다.

"그 곰 같은 놈이 운남으로 간 후, 나머지 네 놈은 심심하면 뭉쳐 술을 마셔댑니다. 즉 그놈들은 동색(同色)이라 할 수 있지요. 그런데, 그놈들 중 한 놈이 아주 수상합니다."

"누구냐?"

"월강이라는 자입니다."

"월강?"

"예. 제가 어디서 본 듯하다고 말했던 그 회족 놈입니다."

"어디가 이상하더냐?"

"출신부터가 수상합니다. 그놈 출신은 다른 곳이 아니라 회회교더군요."

"회회교?"

회회교라면 당면한 주적 아닌가. 호굉은 조금 혼란스러웠다.

"그놈이 어떻게 여기 있지?"

"원래 우리 쪽 간자였던 모양입니다. 밀전 전주 추천을 받아 들어왔더군요."

"간자야 쓰고 버리면 그만인데, 무슨 영입까지……?"

"그것이 이상한 점입니다. 게다가 지금 그놈은 밀전에 있는 게 아니라 봉황단 소속입니다."

"우 봉공의?"

"예. 우 봉공의 이거라는군요."

냉우가 냉소적으로 새끼손가락을 펴 흔들었다.

"그걸 잘하는가 보군. 회족 놈들이 정력이 세다는 말은 들었다."

호굉이 입맛을 쩍쩍 다셨다.

그에게는 우옥경이야 언감생심 찔러나 볼 감이겠는가.

"그래서인지 그놈은 봉황각에서 아무 일도 안 합니다. 하루 종일 빈둥 거리기만 하죠."

"허―! 빌어먹을 놈. 팔자가 늘어졌구만. 우린 매일 고된 훈련의 연속 인데."

"그리고 가끔 밤에 외출을 할 뿐입니다."

"외출? 뒤를 밟아봤나?"

"외궁에 나가서 술을 먹을 뿐입니다."

호굉은 고개를 저었다.

"네 말대로라면 뭐가 이상하다는 거냐? 그저 운 좋고 팔자 좋은 제비 같은 놈 아니냐?"

냉우는 단호히 고개를 저었다.

"하지만 이상하지요."

"뭐가?"

"그놈이 밤 외출을 나가는 것은 많이 봤지만 돌아오는 것은 한 번도 본 일이 없습니다. 그런데도 아침이면 멀쩡하게 봉황각에서 볼 수 있거 든요."

"흐음……."

"어쩌면 그놈은 여전히 회회교의 간자일지도 모릅니다. 보다 확실히 조사할 필요가 있어요. 결정적인 증거만 잡으면 대주를 통해 궁주님께 직접 보고할 수 있습니다. 그렇게 되면 그 네 놈을 한꺼번에 엮어 끝장낼 수 있을 겁니다."

호굉은 새삼 냉우를 다시 보았다.

무섭게 컸다는 것은 알고 있었지만 심기마저 이렇게 지독스러울 줄은 몰랐다.

적으로 삼고 싶지 않은 놈이었다. 한 번 물면 놓지 않는 집념이 엿보였다.

"더구나… 어디서 분명히 본 놈입니다. 분명해요. 꼭 그놈의 정체를 제 손으로 밝혀내고 말 것입니다."

침상에 누우며 혼잣말하듯 다짐을 하는 냉우였다.

호굉은 그런 냉우를 보며 으스스한 한기가 드는 것을 어쩔 수 없었다.

*　　　　*　　　　*

주작전의 주변을 서서히 도는 두 명의 번초를 내려다보는 시선이 있었다.

내궁의 동쪽.

봉공 패일로가 주작단을 이끌고 머물고 있는 전각들을 한데 묶어 주작전이라 불렀다.

번초의 경계를 내려다보던 번쾌는 투덜거리며 콧구멍을 후볐다.

"젠장, 내궁에 남긴 했는데…… 이건 너무 심심하군."

따분하기 짝이 없었다.

차라리 운남으로 간 풍각초가 부러울 지경이었다.

활달한 성정에 섬전비보라는 별호 그대로 번개처럼 움직이는 것을 좋아하는 번쾌에게 맡겨진 임무는 경계 감시.

그의 성미에 맞을 리 없었다.

느는 건 술뿐이요, 점점 더러워진 성미뿐이다.

그나마 함께 입궁한 동복이나 화무옥, 월강 등과 어울리는 것이 유일한 낙이 되었다.

"빨리 뭔 일이 터져야 살맛이 나지, 다리에 곰팡이라도 쓸겠구만. 젠장할!"

투덜대던 번쾌는 벌떡 몸을 일으켰다.

주작전 전체를 직접 순찰이라도 할 요량이었다.

가만히 앉아 오가는 번초들을 지켜보자니 속만 터졌다.

엉덩이를 털고 일어 난 번쾌는 휘익 몸을 날렸다.


휙―휘익―

경쾌하게 휘파람을 불며 패일로는 물을 끼얹었다.

목욕하며 휘파람을 부는 것은 패일로의 오랜 버릇이었다. 휘파람을 불만큼 패일로의 마음은 가벼웠다.

은근히 경쟁자로 여기던 조홍이 죽고 단주가 죽은 백호단의 알맹이 주력을 흡수한 것은 자신의 주작단이었다.

그것은 곧 자신의 힘이 천패궁에서 그만큼 커졌다는 것을 의미했다.

개봉에서 알게 된 후 군사로 영입되었던 주소추도 죽었다.

주소추의 죽음은 그에게 각별한 즐거움을 주었다.

이무력 앞에서 당했던 모욕은 평생 잊을 수 없는 것이었기에.

자수성가한 패일로는 모욕에 민감했다.

장부는 모욕을 참지 않는다.

그런 생각은 패일로에게 없었다.

패일로는 다만 기억할 뿐이었다.

언젠가는 모욕을 준 상대의 뒤통수를 반드시 후려칠 작정을 가슴 깊이 되새기며.

그런 패일로였기에 궁모인 이가려의 죽음은 쾌감마저 안겨주었다.

자신이 직접 손을 댄 것은 아니었지만 즐거움은 같았다.

손대지 않고 코를 풀었을 때의 시원함. 그런 기분이었다.

따지고 보면 개봉에서 두 계집애를 죽이고 설익은 처리 때문에 주소추에게 모욕을 당했던 것, 궁주의 눈 밖에 났던 것, 그 모두가 이가려 때문이었기에.

얼마나 괴롭힘을 당했던가.

그 사건 이후로 늘 궁모에게 쥐어 살다시피 한 패일로였다.

절로 휘파람이 나올 만했다.

"루루……."

뿌연 수증기 사이를 뚫고 일어선 패일로의 몸은 중년의 나이답지 않게 탄탄했다.

이제 귀여운 아이들을 만나러 갈 시간이었다.

옷을 입는 패일로의 몸짓은 경쾌했다.


고개를 숙인 패일로의 얼굴은 너무나도 다정하고 자상했다.

"아빠! 안녕히 주무세요."

"안녕히 주무세요."

패일로는 합창하듯 침상에 누워 인사하는 두 딸의 머리를 차례로 쓰다듬어 주었다. 채 열 살이 되어 보이지 않는 귀여운 여아들이었다.

패일로의 손길은 딸들에 대한 애정이 가득해 보였다.

"그래, 잘 자거라."

가볍게 손을 내려 차례로 두 딸의 눈을 감겨준 패일르는 조용히 황촉을 불어 끄고 방문을 닫았다.

패일로의 발걸음이 멀어질 무렵, 두 딸은 반짝 하고 눈을 떴다.

"아빠 갔어?"

"응."

"그 유령 오빠 오늘도 올까?"

"올 거야. 온다고 했잖아."

"왔다."

언제 나타났을까. 어디에서 나타난 것일까.

패일로가 좀 전까지 서 있던 바로 그 자리에 검은 야행복을 입은 사내가 정말 유령처럼 나타났다.

"안녕."

유령의 목소리답지 않게 맑았다.

"유령 오빠, 안녕?"

"안녕?"

유령은 아닌 듯했다. 복면을 벗는 것을 보니 인간이다.

"오빠, 사람이에요?"

"글쎄……?"

"자기가 사람인지 아닌지도 잘 몰라요?"

"그걸 아는 사람은 별로 없단다. 너희 아빠도 모를걸?"

두 아이는 고개를 갸웃거렸다.

"약속대로 어른들한테 말하지 않았구나. 착한 아이들이야."

"우리끼리 비밀이라고 했잖아요. 우린 의리가 있다구요."

사내가 씨익 웃었다.

피부 색과 유난히 대조되는 하얀 이.

"아빠가 방금 왔다 갔어요."

"그래, 너희들이 말한 그대로더구나."

“그럼요. 아빠는 정말 정확하게 같은 때에 오시거든요. 정확하게 목욕
하시고 정확하게 독서하시고 정확하게 주무세요. 그게 우리 아빠예요.”
아이의 음색에는 자랑스러움이 묻어났다.
“아빠를 존경하니?”
“그럼요. 세상에서 제일요.”
“궁주님보다 더?”
“우리 아빤걸요.”
사내의 얼굴엔 여전히 웃음이 걸려 있었다.
“아빠도 세상에서 너흴 제일 사랑하겠지?”
“그럼요.”
“너흴 잃으면 아빠는 무척이나 슬프겠지?”
“그럼요. 엄마가 죽고 난 후 아빠한텐 우리뿐이라 그러셨어요.”
“그렇구나……”
잠시 아이들을 내려다보던 사내는 낮게 물었다. 조금 갈라진 목소리였
다.
“죽는 게 뭔지 아니?”
“알아요. 죽으면 안 움직여요.”
“피도 나요.”
“아프기도 하데요.”
사내가 고개를 끄덕였다.
“그래……. 아프단다. 피가 나기도 한단다. 죽는 사람만 그런 게 아니
고 그 사람을 좋아하는 사람도 아프단다. 보이지 않지만 피가 나기도 한
단다.”
아이들은 다소 겁을 먹은 듯했다.
캄캄한 밤에 유령이라 믿었던 사람과 죽음에 대해 이야기한다는 것이

무서운 듯했다.

"너희가 죽으면 아빠는 아플 거야. 보이진 않아도 피도 날 거야……."

"아빠가 죽으면 우리도 그럴까요?"

"엄마가 죽었을 땐 어땠니?"

"그땐 어려서 잘 몰라요."

사내는 고개를 끄덕였다.

"그럴… 거다."

사내의 손이 서서히 아이들의 머리 위로 드리워졌다.

꿈결 같은 목소리로 사내는 속삭였다.

"자…… 이제 자야지?"


정해진 일과대로 목욕을 마치고 아이들을 재운 후 서재로 쓰고 있는 방에 온 패일로는 '논어(論語)'를 펼쳤다.

아이들에게 무식한 아빠로 남고 싶지 않아 시작한 공부였다.

그만큼 패일로는 아내가 남기고 간 딸들을 사랑했다.

그 애들을 위해서는 무엇을 주어도 아깝지 않았다.

이렇게 살아남기 위해 아등바등하는 것도 다 두 딸을 위해서였다. 번 듯한 무가의 자제들과 짝 지워줄 때까지는 무슨 수가 있어도 이 자리를 버텨내야 한다.

그것이 굴욕을 참으면서도 바득바득 버티는 패일로의 진심이었다.

문을 두드리는 소리가 들렸다.

패일로는 미간을 찌푸렸다.

이 시간만큼은 아무에게도 방해받지 않으려고 경계조차 허락치 않거 늘. 도대체 누구란 말인가.

"물러가!"

신경질을 내며 소리쳤지만 아랑곳없이 문이 열렸다.

"어떤 놈이……!"

벼락을 치려던 패일로는 나머지 말을 잊지 못했다.

열려진 문으로 들어온 팔뚝 하나가 보였다.

그 손에는 눈에 넣어도 아프지 않은 딸자식의 노리개가 들려 있었다.

"조용히 해!"

노리개를 보여 패일로의 동작을 간단히 막은 사내가 천천히 서재로 들어섰다.

검회색 야행복에 두건까지 눌러쓴 사내.

"그, 그걸 어떻게……?"

사내는 손을 뒤로 돌려 문을 닫고 여유있게 문에 기대섰다.

"과연 천하의 패일로가 자식한테는 꼼짝 못한다더니. 그 말이 맞았군."

벌떡 몸을 일으키는 패일로를 사내는 가벼운 손길로 저지했다.

"멈춰!"

노리개를 움켜쥔 손을 패일로의 눈앞에 내민 것.

그 간단한 동작만으로도 패일로의 몸은 얼어붙듯 굳었다.

"과연, 과연! 정말 좋은 아빠로군."

"그 애들을 어찌 했느… 냐?"

"묻는 건 네가 아니라 내가 한다. 알겠나?"

패일로는 위압적인 사내의 말에 고개를 끄덕이는 한편, 재빨리 머리를 굴려 계산했다.

저 노리개는 큰딸에게 자신이 사준 것이었다.

아이들 방에서도 분명 보고 나온 것, 저자는 자신이 서재에 들어온 후 아이들 방에 들렀다 온 것이 분명했다.

방해받지 않기 위해 특별히 만든 서재였기 때문에 창문도 통풍을 위해 최소한도로 뚫어놓은 밀실에 가까운 방이었다. 수하들은 이 시간에는 절대 이 방의 근처에도 오지 않는다. 다 그의 지시였다.

"아이들을 걱정하는군 그래. 쓸데없이 잔머리 쓰지 않는 게 좋을 거야. 일단 앉아!"

복면사내의 위협에 패일로는 서서히 의자에 앉았다.

지금은 기회를 노릴 때였다. 사내의 태도로 보아 아직 희망은 있었다. 딸들은 볼모로 잡혀 있을 것이다. 패일로는 필사적으로 그렇게 믿었다.

"무얼 원하나?"

여유를 되찾으려 던진 질문은 싸늘히 거부되었다.

"닥쳐! 질문은 내가 한다고 했다!"

패일로는 입을 다물었다. 일단 저자의 뜻에 따라야 한다.

"딸들을 사랑하나?"

당연한 질문을 하는 복면사내를 패일로는 힘껏 노려보았다. 네놈의 의도가 무엇이든 뜻대로 되지는 않을 것이다.

"사랑… 한다. 내 생명보다도!"

단호한 대답에 복면사내는 고개를 끄덕였다.

"그런가?"

"그렇다."

"네 딸들을 죽인다면 어떻게 할 건가?"

패일로는 사내의 말에 심장이 멎는 듯한 충격을 맛보았다. 침착해야 한다. 단순한 위협일 거야. 목적이 없다면 이렇게 날 찾지 않았을 것이다.

"죽인다면… 이라면, 아직 내 딸들은 무사하다는 말이겠군?"

복면사내가 고개를 저었다.

"내가 질문하지 말라고 했을 텐데? 질문은 내가 하는 것이라 했지 않나? 잔머리 쓰지 마라. 양손을 탁자에 얹어!"

패일로는 머뭇거리다 양손을 탁자에 얹어갔다. 지금이라도 저 사내를 공격하는 것이 옳을까? 그러다 한 패가 있어 딸들을 다른 곳으로 납치했다고 한다면? 저놈을 인질로 잡으면 되지 않을까?

탁자에 손을 얹는 짧은 순간 동안 여러 생각이 교차했으나 패일로는 대항을 포기했다. 칼자루를 쥔 쪽은 저쪽이었다. 조금만 더 상황을 지켜보자.

얌전히 탁자에 손을 얹었다.

"이제 양 발도 얹어."

"무, 무엇이?"

"얹어!"

흔들림없는 사내의 목소리에 패일로는 굴복하고 말았다.

천천히 양손의 옆에 양 발을 얹었다.

의자에 엉덩이를 붙인 채 양손과 양 발을 탁자에 얹은 패일로의 꼴은 사냥을 당해 장대에 네 발이 묶인 노루새끼 같았다. 이 상태로는, 출수(出手)는 꿈도 꿀 수 없었다.

"양손으로 발끝을 잡아."

시키는 대로 따를 수밖에 없었다. 중심이 완전히 엉덩이에 쏠려 더 이상 옴쭉도 할 수 없었다. 이 상태에서 공격을 하려면 공력을 모아 의자를 부수고 몸을 뒤집어 탁자를 뚫고 나가는 수밖에 없을 듯했다.

패일로는 희망을 버리지 않고 출수의 수순을 머리 속에 재빨리 그렸다.

"다시 대답해. 네 딸들을 죽인다면 어떻게 할 거냐?"

굴욕적인 자세를 하고서 패일로는 증오 어린 눈으로 사내를 노려보았다. 한 자 한 자 씹어뱉듯 말했다.

"만일… 내 딸들에게 손을 댄다면, 네놈의 구족을 몰살시키고 십팔대
조상의 묘까지 파헤쳐 부관참시(剖棺斬屍)하겠다!"

사내는 고요한 눈으로 패일로를 지켜보았다.

"너라면 그렇게 하겠단 말이지?"

"그. 렇. 다!"

"그럼, 내가 네 딸들을 죽여도 아무 할 말이 없겠군."

발끝을 잡은 패일로의 손끝에 뭉클 힘이 들어갔다. 자신에게 개인적인
원한이 있는 자가 분명했다.

이 상태에서 손가락을 펼쳐 지풍을 날려 선기를 제압한다면 어떨까?
아직 사내의 실력을 보진 못했지만 자신은 천패궁의 봉공이었다. 마우간
에게야 조금 못 미치지만 아직까지 척무절 외에는 패배를 몰랐던 패일로
였다.

도대체 누구일까?

원한 관계를 따지자면 한도 끝도 없을 터였다. 그러나 기억해 낼 수
없었다. 이렇게 천패궁에 침입해 갈 크게도 자신의 딸을 인질 삼아 협박
할 정도의 실력자를 원수로 삼았던 기억은 없었다. 패일로는 나름대로
가려서 사람을 죽였다. 복수할 힘이 없거나 복수할 여지가 없을 만한 놈
들만.

"내가 네놈의 딸들을 해쳤나?"

사내는 고개를 저었다.

"이번만 특별히 네 질문에 대답해 주지. 내가 묻고 싶었던 것이니. 네
가 해친 것은 내 두 여동생이다. 네 딸들처럼 그 애들도 둘이었고, 네 딸
들처럼 그 애들도 사랑스러웠다. 네놈만큼, 아니… 네놈보다 더 간절히
내 동생들을 사랑했다. 그리고 네놈은 내 가족들을 깡그리 해쳤지. 네놈

이 발가락을 잡고 있는 그 더러운 손으로."

사내가 또박또박 물었다.

"아직도 내가 누군지 모르겠나? 개봉의 혈겁은 벌써 잊었나? 패. 일. 로!"

콰광 하고 벼락 치는 듯한 깨달음이 패일로를 사로잡았다.

"네, 네놈은……?"

기억이 났다. 보잘것없는 애들이라 치부하고 마음대로 시신을 유린했던 두 여자 아이. 문제가 점점 커져 궁주에게 치욕적인 대우까지 받게 했던 개봉 연좌. 그가 휩쓸어 불살라 버린 천추서림.

"심… 의… 령……?"

복면사내가 고개를 끄덕였다.

불타는 두 눈은 원한의 불길에 휩싸여 이글이글 노기가 뿜어져 나왔다.

패일로는 최악의 상대를 만났음을 절감했다.

상대는 씻을 수 없는 원한을 자신에게 간직한 자였다. 하룻강아지처럼 여겼던 자가 어느새 이렇게 무거운 상대가 되었단 말인가.

패일로는 최후의 수단을 써보기로 했다. 그가 알기로 심의령은 뼛속까지 유생이었다. 어린 두 여아를 살해할 만한 위인이 결코 아니었다.

"아, 아직… 내 딸들은 무사하겠지?"

"질문은 허락하지 않는다고 했다."

패일로는 양손과 양 발을 탁자에 얹은 채로 볼썽사납게 머리를 조아리기 시작했다.

탁자에 쾅쾅 머리가 부딪쳤다. 탁자가 조금씩 갈라지며 낮아지기 시작했다. 바닥을 파고드는 것이다. 탁자에 올려놓은 팔다리에 조금씩 힘이 들어가 중심이 앞으로 이동하기 시작했다.

"미… 미안하다……. 마차를 몬 것도, 네 동생의 머리를 터뜨려 죽인 것도 내가 아니라 마우간이야……. 나는 그 마차를 같이 탄 죄밖에 없다……. 재판 때도 궁모가 시키는 대로 했을 뿐이…… 야. 천추서림에서도 내가 죽인 사람은 없다……."

쿵! 쿵! 쿵!

"그런다고 내 마음이 풀리지는 않는다. 이무력도 너처럼 머리를 조아렸지만 결국엔 딴마음을 품고 있었어."

쿵! 쿵!

"내, 내 딸들은 어미도 없이 자랐소. 아, 아직 열 살도 되지 않았소이다. 부탁하… 오. 제발, 제발 딸들의 목숨만은 살려… 주시오."

패일로의 눈에선 어느새 눈물이 흘러내리고 있었다.

거짓만은 아니었다. 불쌍한 딸들의 신세를 생각하니 절로 눈물이 솟아나왔다.

"누가 네 딸들이 살아 있다 했느냐. 이미 죽이고 온 참이다. 너도 느껴 봐야 해."

차가운 목소리에 탁자에 머리를 박던 패일로의 동작이 멈칫 굳었다.

머리를 들지 않은 채 패일로는 떨리는 목소리로 물었다.

"거, 거짓말이지? 거짓… 말이지? 네가 그럴 리 없어……. 넌 뼛속까지 유생이잖아……. 네가 아이들을 죽일 리 없어……. 그렇지? 거짓말이지?"

"유생 심의령은 네놈이 천추서림을 불태운 그날, 죽었다. 내 손이 피로 물든 지 이미 오래다."

"카아아아악!"

쾅 하는 소리와 함께 패일로의 머리가 강렬하게 탁자에 부딪쳤다. 그와 동시, 중심을 낮춘 팔다리가 우지끈 탁자를 부수고 내려섰다. 내공을 끌어올린 무서운 힘에 탁자가 산산이 부서져 흩어졌다.

자유로워진 다리로 바닥을 박찬 패일로의 몸이 번개처럼 날아 의령을 덮쳤다.

"죽어―!"

투로도 없는 무차별한 주먹의 난사.

그러나 사대봉공 중 일인이라는 명성처럼 하나하나 경시할 수 없는 권풍이 강렬하게 몰아쳤다.

의령의 몸은 검은 안개처럼 나타났다 사라지며 패일로가 내뻗은 권풍의 사이를 희롱하듯 오가며 피했다. 의령을 지나친 권풍이 문짝과 벽을 가루로 만들었다.

"아프냐? 나도 아팠다. 슬프냐? 나도 슬펐다!"

의령의 말은 놀림처럼 패일로의 귀를 파고들었다.

"살려내―!"

이성을 잃은 패일로의 목소리는 절규와 같았다.

패일로는 허리에 두른 연검을 잊을 만큼 분노한 상태였다. 그런 마구잡이 주먹에 맞을 적이 아니었건만 생명보다 소중했던 딸들을 잃었다는 충격에 패일로는 공력의 소모에 관계없이 마구 주먹을 휘둘렀다.

패일로의 소나기 치듯 쏟아지는 권풍을 피해 의령의 발이 벽면을 박차고 옆으로 돌았다.

의령에게 쏟아 던진 권풍에 서재의 옆을 장식했던 서가들이 산산이 부서져 내렸다.

서가에 꽂힌 서적들이 찌그러지고 찢어져 날아오르고 떨어졌다.

패일로의 주먹을 피하기만 하던 의령이 반격을 시작했다.

벽면을 박차고 부서진 탁자의 잔해에 날아 내린 의령의 신형이 패일로의 눈앞에서 순간적으로 사라졌다.

의령이 발끝으로 쏘아 올린 탁자의 조각들을 쳐내고 맞으며 패일로가
돌진하는 한순간, 사각을 파고든 절대의 속력에 시야에서 놓친 것이다.

의령의 주먹이 아래에서 위로 솟구쳐 올랐다. 수십 개의 잔영을 만드
는 당천포였다. 무릎의 탄력을 이용해 온몸으로 쏘아 올리는 당천포가
패일로의 가슴팍을 두드렸다.

콰콰콰쾅!

주먹에 맞는 육신의 소리라고 믿기지 않는 굉음이 울렸다.

기선을 빼앗겨 연신 뒤로 후퇴하며 패일로는 울컥하고 선혈을 토했다.
갈비뼈가 부러져 폐를 찔렀는지 속살이 갈기갈기 찢기는 느낌이 들었다.

딸들을 잃었다는 절망에 빠져 있던 패일로에게 가슴속을 헤집는 선연
한 아픔은 오히려 정신을 차리는 계기가 되었다.

억지로 부보를 밟아 의령의 공세를 피하며 한숨 돌린 패일로는 그제야
허리에 찬 연검에 생각이 미쳤다.

챙!

하늘거리던 연검이 빳빳이 곤두서며 새파랗게 빛나기 시작했다.

패일로는 검기를 유형화시킬 정도의 고수.

검을 들자 비로소 그의 몸에서 빈틈이 사라졌다. 그것은 장중한 고수
의 기태 대신 피를 갈망하는 살귀의 모습이었다.

"그래야지. 패일로 정도가 시시하게 주먹에 맞아 죽을 수는 없지 않겠
나?"

"너를 절대로 곱게 죽이지 않겠다."

"나도 같은 생각이야!"

둘의 몸이 동시에 앞으로 부딪쳐 갔다.

연검이라고 믿을 수 없는 강검.

검끝에서 한 자나 치솟는 새파란 것은 검강(劍罡)이었다.

패일로는 맨몸으로 닥쳐 드는 의령을 보며 승리를 자신했다. 검강 앞에 맨몸으로 맞선다는 것은 용기가 아니라 자살 행위였다.

한순간에 마흔여덟 번의 변초를 쏟아내던 패일로의 눈앞은 어느새 느릿하게 펼쳐지고 있었다.

최대의 정신 집중의 결과였다.

이런 일체감은 정말 오랜만이었다.

이런 상태에서 패배란 있을 수 없었다.

패일로는 느릿하게 움직이는 의령의 양팔을 보았다. 차앵 하는 둔탁한 소리가 느리게 들리며 의령의 양쪽 팔목에서 무언가 시꺼먼 것이 두 개 날아오는 것이 보였다.

그것만이 느리게 펼쳐지는 검강의 폭풍 속에서 보이지 않을 만큼 빨랐다. 그것만이.

"크아아아악!"

패일로는 바닥을 뒹굴고 있었다. 그의 두 팔은 가루로 부서져 보이지 않았다.

한구석에 날아간 연검이 다시 힘을 잃고 볼품없이 바닥에 누워 있었다.

"그, 그게… 무엇이냐?"

"묵룡섬(墨龍閃)."

"그, 그래……. 정말 검은 용이 내린 불벼락 같군……."

패일로는 더듬더듬거리며 의령을 올려보았다.

이미 심맥이 가닥가닥 끊어져 더 이상 회생의 가망은 없었다.

"하, 하나만……."

간절한 패일로의 얼굴은 그가 무엇을 묻고자 하는지 삼척동자라도 알 수 있을 정도였다.

가만히 패일로의 얼굴을 들여다보던 의령이 마침내 입을 열었다.

"네 딸들은 살아 있다. 난… 너희 같은 짐승이 아냐."

"그, 그럴 줄 알았… 어."

패일로의 입에서 언뜻 웃음이 떠오르는 듯하더니 힘을 잃은 고개가 바닥에 툭 떨어졌다.

패일로가 더 이상 들을 수 없는 몸이라는 것을 알고 있었지만 떠나가는 혼백에게 속삭이듯 의령이 말했다.

"네 딸들은 나를 만난 것을 기억하지 못할 것이다. 너는 그들에게 언제나 좋은 아빠로 남아 있겠지. 이제 내가 그들에게 원수일 것이다."

의령은 두 눈을 부릅뜨고 죽은 패일로의 눈을 가만히 감겨주었다.

"마우간은 너처럼 멀쩡한 얼굴로 남지 못할 것이다."

의령은 몸을 일으켰다.

밖으로 나가 주작전의 지붕에 올라섰다.

시원한 밤바람을 맞으며 허허로이 서 있을 때 삐익 하는 호각 소리가 날카롭게 의령의 뒤에서 울렸다.

이 시간에 패일로의 서재가 있는 전각에는 아무런 경계가 없을 터인데. 방심한 것인가?

몸을 돌리는 의령의 눈앞에 허공에서 날 듯이 내리꽂히는 긴 다리의 분영이 겹쳐 보였다.

미처 피할 새가 없었다.

의령은 양팔을 십자로 교차하며 엄밀히 방어했다.

강렬한 타격감이 양팔을 울렸다.

그 자리에서 방어에 성공한 의령은 오른팔에 차고 있는 묵룡을 풀어 잡았다.

한 수에 끝내야 한다. 시간이 없었다.

달빛을 등진 상대의 얼굴은 보이지 않았다.

속도가 주특기인 듯 빠르게 지붕을 밟으며 좌우로 이동하는 분각을 펼치고 있었다.

순간적으로 사각에 접근한 의령은 상대의 목을 단숨에 움켜잡는 데 성공했다.

"컥!"

비수를 목덜미에 내리꽂던 의령은 머리를 기울여 달빛에 드러난 상대의 얼굴을 그제야 확인할 수 있었다.

그는 주작단으로 들어간 섬전비보 번쾌였다.

의령의 손이 허공에서 멈칫했다.

그 작은 망설임.

그러나 번쾌 또한 빠른 손속으로 강호를 울린 자가 아니던가.

번쾌가 쑤신 비수가 의령의 배에 틀어박혔다.

"큭!"

의령은 묵룡을 내리꽂던 오른손을 빙글 회전해 그대로 번쾌의 얼굴을 후려갈겼다. 목덜미를 잡혀 제압당했던 번쾌는 의령의 주먹을 피하지 못했다. 그대로 지붕을 뚫고 기와 사이에 틀어박혔다.

의령은 번쾌의 칼을 배에 꽂은 채 허공으로 아득히 사라졌다.

번쾌의 비상 신호를 타전받은 주작전의 여기저기에서 삐익, 삐익 하는 호각 소리가 날카롭게 울려 퍼졌다.

# 35장 위기(危機)

삐익— 삐익—

침입자를 알리는 길게 부는 호각 소리.

일과를 마치고 잠자리에 들었던 주작단주 홍승(弘昇)은 난데없는 소란에 벌떡 일어섰다.

빠르게 의복을 갖춰 입고 검을 들었다.

문을 나서려는 순간, 수하 한 명이 다급히 문을 열어젖혔다.

"단주님!"

경황없는 기색에 홍승은 잔뜩 눈살을 찌푸렸다. 대천패궁의 주작단이라는 놈이 이런 경거망동이라니.

"침착해라! 어찌 된 일이냐!"

"부단주님의 전언입니다! 봉공께서 피살되셨습니다!"

"봉공께서!"

"서재입니다!"

홍승은 수하를 밀치고 달리기 시작했다.

지붕을 건너뛰며 패일로의 서재가 있는 전각으로 달리던 홍승은 마주 오는 부단주 잔양(棧揚)을 만날 수 있었다. 반짝이는 대머리를 멀리서도 알아본 것이다.

"부단주! 어찌 된 것인가?"

홍승이 있는 지붕에 내려선 잔양은 침통한 표정으로 고개를 저었다.

"봉공께서 당하셨습니다."

"가망이 없나?"

"숨이 끊어지신 것을 직접 확인했습니다."

홍승은 도저히 믿을 수 없었다. 그러나 잔양은 흥분 때문에 실수를 할 만한 사람이 아니었다. 어떤 경우에도 냉정한 판단을 유지하는지라 부족한 무공에도 부단주를 맡고 있었다.

"호각은 시신을 발견한 자가 울린 것인가?"

"아닙니다. 얼마 전 입단한 번쾌가 흉수를 발견하고 호각을 분 듯합니다."

"번쾌가?"

"하지만 지금 의식이 없습니다. 지붕에 반쯤 파묻혀 있는 걸 발견했습니다."

"그럼 흉수를 본 놈이 하나도 없다는 말인가!"

"유감이지만 그렇습니다. 아직 내궁을 벗어나지는 못했을 테니 빨리 그놈을 찾아야 합니다. 주작전부터 샅샅이 뒤져야 합니다."

"종적이 있나?"

"없습니다. 급한 대로 우선 주작전 봉쇄령만 내려놓은 상태입니다."

"궁주님께 보고하고 외궁까지 비상령을 내려달라 청하게! 이곳은 내가 맡겠네!"

"알겠습니다."

잔양과 홍승의 몸이 엇갈려 사라졌다.

내궁 전체에 비상을 알리는 호각이 울려 퍼지기 시작했다.


의령은 그때, 주작전을 완전히 벗어나지 못한 상태였다.

주작전 외곽에 위치한 한 전각의 현판 뒤.

벽과 현판의 그 아슬아슬한 공간 속에서 의령은 배를 움켜쥔 채 서 있었다.

패일로를 죽인 전각에서는 번쾌를 때려눕히고 무사히 빠져나왔지만 여러 채의 전각으로 이루어진 주작전의 경계를 완전히 넘지는 못한 것이다.

그리 밝진 않지만 달빛이 사방을 비추는지라 지붕을 타 넘어 탈출할 수가 없었다. 두세 개의 전각을 지나치는 데는 성공했으나 주작단의 무사들이 쏟아져 나와 급히 몸을 숨겼던 것이다.

주작단 무사들의 발자국 소리가 소란스럽게 들려왔다.

한시라도 빨리 주작전을 벗어나 봉황각으로 가야 했다.

그러나 그의 배에는 번쾌의 칼이 비스듬히 박혀 있었다.

짧은 단도류의 병기인 남도(南刀)였다. 자루 끝에 둥근 고리가 달린 전형적인 단병기.

하필 그가 번쾌였을 줄이야.

죽였어야 했을까.

왜 망설였단 말인가.

그와 함께 기울인 술이 몸 안에 남아 팔을 멈춘 것인가.

번쾌임을 확인한 순간, 저절로 팔이 멈췄다. 그 한순간의 주저가 지금의 다급한 상황을 가져온 것이다.

'그나마 다행이다……. 복면을 쓰고 있었으니, 얼굴을 알아보진 못했겠지…….'

의령은 혈도를 점해 지혈했다.

간신히 몸에 매달려 있을 정도로 박힌 칼. 그러나 당장 뽑을 수는 없었다. 지금 뽑으면 출혈을 막을 수 없을 것이다.

복면이 얼굴에 달라붙는다. 땀을 흘린다는 것은 좋은 징조가 아니었다. 어서 봉황각으로 돌아가야 했다.

'일단 주작전을 벗어나야 한다.'

의령은 몸을 솟구쳤다.

지붕의 그늘에 찰싹 붙어 몸을 숨긴 의령은 은밀히 이동하기 시작했다.


"단주님!"

"뭐냐!"

"핏자국이 발견되었습니다!"

"뭣이? 가자!"

홍승이 수하들을 이끌고 당도한 곳은 의령이 처음 내려앉았던 주작전 외곽의 전각이었다.

현판의 밑에 떨어져 있는 핏자국은 마르지 않은 상태였다.

홍승은 재빨리 피가 떨어져 있는 바닥에 손을 댔다.

"아직 근처에 있을 것이다! 이곳을 중심으로 수색하라! 혈흔을 발견한 자는 즉시 호각을 불라 전해라!"

"존명!"

수하들이 단주의 명을 전달하기 위해 재빨리 흩어졌다.

홍승은 현판을 올려다보다 훌쩍 몸을 날려 현판 뒤의 빈 공간에 올라섰다.

"이곳에 머물렀군!"

바닥에 떨어진 것보다 많은 핏방울이 남아 있었다.

"반드시 잡아주마!"

홍승은 현판의 뒤와 벽, 지붕을 면밀히 살펴보았다. 흔적은 발견되지 않았지만 도주로를 예상할 수는 있었다.

놈은 은신과 잠입에 능숙한 자가 분명했다.

'전문 살수인가?'

현판 뒤에서 뛰어내린 홍승은 주작전의 경계로 몸을 날렸다.

'이 방향으로 왔다면 북동쪽으로 향하고 있음이 틀림없다.'

주작전 폐쇄령이 내려진 이상, 아무런 충돌도 없이 벗어날 수는 없을 것이다. 홍승은 그렇게 믿었다.


주작전의 북쪽 경계담.

담을 따라 무장한 주작단의 단원들이 삼엄한 경계를 펴고 있었다.

"이게 무슨 일이래?"

"조용히 경계나 서. 내궁 전체에 경계령이 떨어진 모양이야."

"패 봉공님이 한낱 살수에 당하다니……."

"누군지 몰라도 이미 한낱 따위가 아니지."

"닥치고 경계나 서자구. 한눈팔다 우리 쪽으로 지나가기라도 하면 경을 친다구."

"그러세."

담장을 뒤로하고 삼 인이 한 조로 상중하를 모두 경계하는 것이 주작전의 폐쇄령이었다. 시야가 미치지 않는 사각의 담장에는 담벼락 위에 올라선 무인이 눈을 부릅뜨고 있었다.

군데군데 밝혀진 횃불이 후원의 구석구석까지 환히 밝혔다.

지붕 위에서 휘익 하고 신법을 전개해 백의인이 나타나자 제일 먼저 발견한 무사가 소리쳤다.

"위!"

나란히 서 있던 두 명의 무사가 삼인합벽을 위해 품 자 대형으로 뛰어오를 태세를 갖추었으나 백의인의 얼굴을 확인하자 모두 한순간에 멈추었다. 잘 훈련된 경계 태세.

백의인은 주작단주 홍승이었다.

"십일(十一)!"

홍승을 발견한 단원이 오늘 밤 정해진 주작전의 경계 흑화를 물었다.

홍승은 만족스런 웃음을 지었다.

"팔(八)."

홍승의 대답에 모두 각자의 경계 자세로 돌아갔다.

홍승은 자신을 발견하고 흑화를 물었던 단원에게 고개를 돌렸다.

"이상한 점은 없었나?"

"옙! 이곳으로는 개미새끼 한 마리 지나가지 못했습니다."

"좋아."

경계 태세에 만족한 홍승은 사방을 면밀하게 훑어보기 시작했다.

패일로가 당한 전각에서 핏자국을 발견한 전각을 지나면 바로 이곳 북쪽 담이었다. 그의 판단으로는 흉수는 분명 이곳으로 향했을 터였다.

핏자국을 발견하지 못한 홍승은 흉수가 아직 주작전을 벗어나지 못했을 것이라 단정했다.

홍승의 우렁우렁한 목소리가 울려 퍼졌다.

"이곳으로 도주할 가능성이 가장 높다! 모두 경계를 늦추지 말도록!"

"존명!"

명을 내린 홍승은 혹시나 하여 정면에 있는 전각의 현판으로 향했다. 이 현판 뒤에도 사람이 은신할 만한 공간이 있을 터였다.

홍승의 몸이 휘익 뛰어올랐다. 적의 출수를 염려해 삼 장쯤 떨어져 현판 뒤의 공간을 확인만 하려는 의도였다.

'없군.'

현판 뒤에 아무도 없음을 확인한 홍승은 지붕을 잡았던 손을 놓았다. 바닥에 착지한 홍승은 주변을 다시 확인했다.

'내 예상이 틀렸단 말인가?'

홍승의 예상은 틀리지 않았다.

의령은 홍승이 현판을 조사했던 바로 그 전각에 은신한 채 틈을 살피고 있었다.

맞배지붕이 아닌 팔작지붕이라 전각의 지붕 사면에 몸을 숨길 수 있는 공간이 있었음을 간과했던 것이다. 홍승이 딛고 넘은 바르 그 지붕의 오른편 구석에 의령이 있었다.

그러나 언제까지 이곳에 있을 수만은 없었다.

몸을 이동하는 동안 상처가 점점 벌어져 있었다.

더 이상 지혈이 가능하지 않았다.

빨리 칼을 뽑고 치료를 해야 했다.

'조금만 더…….'

의령은 하늘을 바라보았다.

뿌연 달빛이 흐려지는 중이었다.

초승달을 구름이 덮어가고 있었다.

그러나 조금씩 달빛을 잡아먹던 구름은 한끝을 남기고 초승달을 비껴

가는 중이었다. 빠르게 흐르는 구름은 야속하게도 완전히 달빛을 삼키지 않았다.

구름은 결국 달빛을 완전히 가리지 않았다.

'안 되는 건가?'

고개를 저은 의령은 조심스럽게 기와를 마감한 와당 하나를 떼어냈다.

공력을 주입한 의령은 둥그런 와당을 남쪽의 전각을 향해 던졌다.

와당은 파공음도 없이 건너편 전각의 지붕을 향해 빛살처럼 날아갔다.

돌연 와당이 공중에서 퍽 하고 부서지며 건너편 전각의 지붕에 후두둑 떨어졌다.

"엇!"

소리를 들었는지 담의 경계를 서며 전각을 주시하던 무사들이 소리쳤다.

경계가 한순간 느슨해졌다.

홍승이 몸을 날리며 소리쳤다.

"모두 제자리를 고수해! 경계를 늦추지 마!"

홍승은 날렵한 몸놀림으로 땅을 박차며 전각을 돌아 소리가 난 쪽을 향해 달려갔다.

그러나 그는 몰랐다. 담을 경계하던 무사들이 자신의 뒷등만 주시하고 있다는 것을.

그 한순간의 빈틈을 노려 의령은 몸을 날렸다.

최고로 전개한 호접무는 그의 몸을 흐릿하게 만들었다.

그러나 홍승의 뒷등을 보고 있지 않던 무사가 있었다.

금세 눈앞에 적이라도 나타날 것 같아 잔뜩 긴장해 있던 주작단원 한 명이 긴장을 풀기 위해 우두둑 목을 좌우로 꺾었던 것이다.

고개를 들어 좌우로 목을 꺾던 그는 거무스레한 그림자가 흐릿하게 지붕을 건너뛰어 담을 넘는 것을 발견했다.

박쥐라기엔 너무 큰 그림자. 그러나 사람이라기엔 너무 빨랐다. 그림자가 담을 넘어서고야 그는 자신이 본 것이 무엇인가를 깨달을 수 있었다.

뒤늦은 고함이 주작전을 뒤흔들었다.

"적이다—!"


천패궁 전체가 소란스러웠다.

내궁과 외궁의 성벽에는 천패령(天覇令)이 떨어진 상태였다.

천패령.

궁주가 직접 내린 천패궁 최고의 경계령을 의미했다.

내궁에서 외궁까지 천패궁의 전 무사가 수색과 경계에 동원되는 물샐틈없는 비상경계령.

전각군을 연결하는 길들에는 엄중히 강화된 경계가 펼쳐졌다.

이 상태에서 눈에 띄지 않고 천패궁을 빠져나가는 것은 나는 새도 불가능했다.

패일로를 해친 흉수가 아직 천패궁을 벗어나지 못했으리라 판단한 밀전의 부전주 공야단의 지휘로 요소요소에 삼엄한 경계와 수색이 벌어지는 중이었다.

봉황단 전원을 최소의 인원만 남기고 내궁 수색에 투입한 우옥경은 방안을 오가며 면사 아래로 손을 넣어 잘끈잘끈 손톱을 깨물고 있었다.

우옥경이 내궁의 비상 경계 호각 소리를 들은 것은 십이각주와의 회동이 끝나 봉황각으로 돌아오는 길이었다.

우옥경은 월강이 패일로의 암살에 실패했다고 생각하고 즉시 봉황각으로 신형을 날렸다.

그러나 그녀의 예상은 틀렸다.

뒤이어 받은 보고로 패일로가 죽었으며 흥수는 아직 발견되지 않아 수색 중이라는 것을 알았다.

봉황각을 거의 비우고 전원을 수색에 투입한 것은 월강이 돌아오기 쉽게 하기 위해서였다.

암행복을 뒤집으면 봉황단의 복장이 되는 것을 잘 알고 있기 때문이었다. 우옥경이 노린 것은 수색하는 봉황단 무사들 사이에 월강이 자연스레 섞이는 것이었다.

그러나 그녀는 월강이 부상당했다는 것을 모르고 있었다.

"아룁니다."

문밖에서 보고하는 소리가 들리자 우옥경은 날카롭게 물었다.

"뭐냐?"

문을 열고 들어온 총관이 고개를 숙였다.

"궁주님이 비상회의를 소집하셨습니다."

"어딘가?"

"주작전입니다."

"알았다. 물러가라."

척무절이 직접 패일로의 살해 현장으로 간 모양이었다. 패일로의 비중으로 보아 어찌 보면 당연한 처사였다.

우옥경은 동경 앞으로 다가가 매무새를 다듬었다. 그녀의 눈에 언뜻 한기가 스쳤다. 우옥경은 곧 방을 나섰다.


내궁의 동북로를 따라 수색을 펼치는 세 명의 무사들은 봉황단 소속이었다. 우옥경이 내궁 수색에 파견한 인물들 중 셋이었다.

"좀 이상하지 않나?"

“뭐가?”

“이렇게 수색하고 있는데 여태 종적 하나 잡을 수 없다는 것이 말일세.”

“이미 빠져나갔는지도 모르지.”

“그건 아닐 걸세. 아직 어딘가에 숨어 있을 거야.”

“숨을 필요가 없는 자인지도 모르지.”

“무슨 말인가?”

“상층부에 불화가 있다는 것은 비밀도 아니지 않나?”

“내부 소행이란 말인가?”

“내가 언제 단정했나? 그럴 수도 있다 이거지. 패 봉공님 정도의 절정 고수를 해칠 실수가 강호에 있을까? 제일 가능성이 많은 곳은 오히려 천패궁의 간부급들일세.”

“자네 그런 말 함부로 하다가 큰일 나는 수 있네. 그러다 괜히 오해받아.”

“뭐… 우리끼리 있으니 하는 말이지.”

두런두런 말을 주고받는 사이, 세 명의 무사는 동북로의 끝에 있는 죽림(竹林)에 다다랐다.

천패궁이 생기기 전부터 있던 대나무 숲이라 궁을 조성할 때도 일부 보전해 놓은 숲이었다.

눈 맞은 남녀들이 은밀히 만나는 밀회의 장소로도 맞춤인 장소. 내궁 소속 무사들의 명소였다.

“저곳도 빠뜨리지 말아야지.”

“이 길을 수색한 놈들 중 여기 빼먹은 놈들이 하나도 없을 텐데?”

“그래도 수색해야지. 정해진 수색로 아닌가.”

투덜대는 동료를 달래며 삼 인의 봉황단 무사들이 대숲으로 들어갔다.

어른의 팔뚝만한 굵은 대나무 줄기를 손으로 잡아가며 천천히 이동하는 세 명의 얼굴은 대숲에 들어서기 전과는 딴판으로 진지했다.

고요한 대숲에 희미한 달빛이 칼날 그림자를 만들었다.

두 명이 나란히 좌우로 서서 주변을 수색하고 남은 한 명이 뒤를 지켰다.

—이런 상황이라 그런지 이 숲이 전혀 달라 보이는군. 이렇게 위험한 느낌이 나는 곳이었나?

—기분 탓이야.

뒤에서 따라오던 동료가 전음을 보내자 오른쪽을 맡은 키 큰 사내가 고개를 뒤로 돌리며 대답했다. 혀를 내밀어 윗입술을 핥는 맨 뒤에 선 동료를 바라보며 키 큰 사내가 흐 하고 이를 드러냈다.

전면에 큰 바위가 보였다.

맨 뒤에 처져 있던 사내가 앞선 둘에게 전음을 보냈다.

—자네들 둘이 양 옆으로 돌아 바위 뒤를 살펴보게. 이곳에서 숨을 곳이라곤 저곳이 유일할 걸세.

—알았네.

앞선 두 명이 신중하게 바위로 접근하는 모습을 맨 뒤에 남은 사내는 제자리에 서서 지켜보고 있었다.

다소 긴장한 태도로 검을 고쳐 잡으며 바위 뒤로 접근하던 두 사내는 바위 뒤편으로 사라진 후 나타나지 않았다.

—무슨 일인가?

대답이 없었다.

긴장한 사내는 신호용 호각을 입으로 가져간 채 서서히 바위로 접근하기 시작했다.

"이봐!"

소리쳐 불렀으나 대답이 없었다.

긴장으로 등골이 곤두섰다.

호각을 불려던 사내는 눈앞에 무언가 시꺼먼 그림자가 나타난 것을 뒤늦게 발견했다.

단 한 순간이었다.

비명 소리조차 없었다.

“……!”

미간에 비수로 변한 묵룡을 꽂은 사내의 몸이 서서히 뒤로 넘어가 풀썩하고 땅에 쓰러졌다.

“당신들은 정말 운이 없군. 어쩔 수 없었소.”

바위를 짚고 서서히 몸을 일으키는 사람.

복면을 벗은 월강이었다.

힘겹게 주작전의 포위망을 뚫고 죽림에 도착한 월강은 번쾌의 칼을 뽑아내고 이곳에서 은신하고 있던 중이었다.

옷을 찢어 상처를 동여매고 지혈을 하는 동안 은신술을 펼치며 힘을 비축해 왔던 것이다.

몇 차례 수색조가 지나갔으나 대숲의 은밀함을 빌어 들키지 않을 수 있었다.

봉황단 소속의 수색조가 죽림에 들어온 것을 발견한 월강은 모습을 드러내 세 명을 차례로 해치웠던 것이다.

월강은 바닥에 쓰러져 있는 시체를 들어 바위 뒤로 가져갔다.

세 사내 중 자신과 체구가 비슷한 자의 옷을 벗겨 입었다.

암행복을 뒤집은 월강은 옷을 벗긴 시신에 빠르게 입혔다. 암행복을 뒤집으니 봉황단의 옷이었다.

문제는 잔뜩 묻어 있는 자신의 피였다.

월강은 어쩔 수 없다는 듯 고개를 흔들고 시신을 반쯤 일으켜 바위에 기대었다. 번쾌의 칼로 시신의 옆구리를 찔렀다.

그리고 손가락으로 시신의 옆구리를 단단히 누른 후 칼을 빼내었다. 재빨리 복면에 피를 닦은 월강은 칼과 복면을 품속에 갈무리했다.

묵룡을 회수해 팔목에 찬 그는 곧 자리를 떴다.

다음 수색조가 시체들을 발견하기 전, 봉황각으로 돌아가야 했다.


한 구역만 더 가면 봉황각이다.

대숲에서 치료한 것이 효과가 있었는지 출혈은 없었다.

그러나 왼쪽 배의 상처가 걸음을 방해했다. 생각처럼 얕은 상처가 아니었다. 거기다 출혈량이 만만치 않았던지 가벼운 현기증이 났다.

모퉁이를 돌던 월강은 그곳에서 뜻밖의 인물과 마주쳤다.

화무옥이었다.

화무옥은 자신의 소속인 청룡단원들과 함께였다.

"아니, 월 형? 어째서 혼자 행동하는 거요? 천패령이 떨어졌는데 조를 이루지 않고 움직이다니 어찌 된 일이오?"

"우 봉공님이 호출하셔서 돌아가는 길이오."

"번 형이 들으면 또 빈정대겠소이다그려."

우옥경과의 사이를 틈만 나면 추궁하는 번쾌를 들며 화무옥이 허허 웃었다.

"수고하시오."

얼른 이 자리를 피해야 했다. 화무옥은 날카로운 사내였고 월강은 그에게 의혹을 느끼고 있었다. 언뜻언뜻 드러나는 시선에서 자신을 관찰하고 있음을 감지한 지 오래였다. 동복 등과 항상 함께 모이지만 이 화무옥에 대해서만은 경계를 늦춘 적이 없었다. 이 자리를 오래 끌면 상처를 들킬 우려가 있었다.

화무옥이 인사를 건네고 지나치려는 월강을 제지했다.

"월 형, 아직 모르나 보구려. 지금 봉황각으로 가도 우 봉공님을 뵐 수 없을 게요. 궁주님이 주작전에 회의를 소집하셨소. 마 통공님도 그 쪽으로 가셨으니 우 봉공님도 거기 계실게요. 우리와 함께 갑시다. 마침 주작전으로 가는 길이었소."

"그렇소?"

월강으로서는 거절할 명분이 없는 말이었다.

월강은 어쩔 수 없이 화무옥 등과 동행해 기를 쓰고 빠져나왔던 주작전으로 발걸음을 옮겼다.

한 걸음 한 걸음이 점점 무거워져 갔다.

"왠지 안색이 안 좋아 보이오?"

"요즘 몸이 무겁소이다. 너무 수련을 게을리 했나 보오."

"무인으로서 부끄러운 줄 아시구려."

화무옥이 농을 걸었다.

"반성하는 중이오."

짧게 응한 월강은 점차 걸음을 떼는 것이 힘들어져 옴을 느끼고 있었다.

발걸음을 내디딜 때마다 뱃속을 뒤집는 통증이 밀려들었다.

통증은 상처 부위만이 아니라 온몸으로 퍼지기 시작했다. 이마에 땀방울이 맺혀왔다.

화무옥이 눈치 채지 못하게 슬쩍 이마를 긁으며 땀을 닦아냈다.

이러다간 몸의 이상을 감지할 것이 분명했다.

한계였다.

"잠깐!"

수색을 하며 천천히 주작전을 향하고 있던 일행은 날카로운 소리가 들리자 일제히 뒤를 돌아보았다.

그들의 뒤에는 이인교가 멈추어 서 있었다.

"월강 아닌가?"

가마의 휘장이 걷히며 면사를 두른 우옥경의 얼굴이 드러났다.

우옥경은 위압적으로 질문했다.

"어딜 가는가?"

"주작전에 계시다기에 그리 가는 중이었습니다."

"회의는 끝났다. 나는 각으로 돌아가는 중이야. 따라와라!"

월강은 화무옥에게 눈으로 인사하고 서서히 가마를 향해 발걸음을 옮겼다. 가마의 곁에 월강이 다가서자 우옥경은 휘장을 내렸다.

"가자!"

멀어져 가는 이인교와 월강의 뒷모습을 화무옥은 잠시 동안 바라보았다.

곧 그는 동료들과 함께 수색을 계속했다.

2

“눈을 떴군.”

“들리나?”

들리긴 하는데 눈앞이 보이지 않았다.

눈을 깜박였다.

왼쪽 관자놀이에 극렬한 통증이 느껴졌다. 얼굴을 찡그렸더니 더 아프다. 눈을 감았다.

“안 보이나?”

딱딱한 음성.

이곳은 어딘가?

대답을 하려 했으나 목소리가 나오지 않았다.

“으…….”

입술에 무언가 닿았다. 차가우면서 촉촉한 느낌이 들었다.

“천천히 빨아.”

번쾌는 아기처럼 천천히 입술에 닿아 있는 물기를 빨았다.

잔뜩 말라 있는 목구멍 속에 단비가 내렸다.

컥컥대며 잔기침을 토한 번쾌는 그제야 말을 할 수 있었다.

“여기… 가 어디… 오?”

“주작전이다. 자네 이름이 뭔가? 기억이 나나?”

“번… 쾌…….”

“소속은?”

“주작… 단.”

“좋아! 좀 더 물을 마셔.”

입술에 다시 물을 머금은 천이 닿았다. 번쾌는 새삼 갈증을 느꼈다. 쭉쭉 물을 빨아먹었다. 귓가에 두 사람의 목소리가 들렸다.

“보이지 않나 봅니다.”

“일시적인 걸까?”

“아마 그럴 겁니다. 차츰 시력은 회복될 겁니다. 어쨌든 삼 일 만에 깨어난 거니까요.”

시간이 벌써 그렇게 흘렀나?

차츰 기억이 돌아왔다. 어떻게 정신을 잃었는지 생각이 나기 시작했다. 번쾌는 물을 마시며 기억을 더듬었다.

지루함을 달래려고 주작전의 순찰로를 두 바퀴나 달렸다. 여전히 심심해서 단주가 출입을 엄금한 주작전의 금역으로 신법을 전개해 스며들었다. 들키지 않을 자신이 있었다. 자신의 이름을 강호에 알린 것이 신법이니까.

지붕으로 올라가는 그림자를 발견하고 호기심이 생겨 따라 올라갔다. 달빛에 비친 복면을 발견하고 뛸 듯이 기뻤다. 드디어 공을 세울 기회가 온 것이다.

규정대로 호각을 먼저 불고 공격했다. 그러나 불지 말고 공격했어야 할 상대였다.

고수였다. 자신의 각법이 전혀 통하지 않는 상대.

신법을 바탕으로 위치를 이동하며 현란한 각법으로 승부하는 것이 번쾌의 싸움 방식이었다. 그만큼 발에 자신이 있었다.

그런데 복면을 쓴 상대에겐 전혀 통하지 않았다. 전혀.

으드득 이를 가는 번쾌에게 다시 그 목소리가 들렸다.

"번쾌, 나는 부단주다. 어때? 말을 할 수 있겠나?"

부단주? 번쾌는 잔양의 반질반질한 그 대머리를 떠올렸다. 별것 아니라 생각했던 자였지만 자신의 상관이었다. 게다가 경계에 실패해 사흘이나 뻗어 있었다 한다. 이 무슨 꼴인가!

"으득! 복면을 쓴 놈이었습니다."

"복면? 얼굴을 가리고 있었다는 말인가?"

"예."

"사용한 무공은? 무기는?"

한순간의 격돌이었지만 실제로 그자가 사용한 무공은 별로 없었다.

자신의 사각을 순간적으로 파고들었던 절묘한 신법. 분명히 자신보다 훨씬 빨랐다.

목덜미를 움켜쥐던 한 수. 금나수라고 보기엔 단순했다. 그저 피할 수 없을 정도로 빨랐을 뿐. 번쾌는 피하지 못했다. 그리고 갑자기 나타난 검은 비수.

비수를 찌르던 사내는 갑자기 허공에서 손을 멈췄다. 결코 피하지 못했을 것이다. 그런데 멈췄다. 무엇 때문에?

그 틈을 노려 사내의 배를 비수로 쑤셨다. 웬만해선 쓰지 않는 비수까지 사용했다. 너무 안일하게 대처한 것이 잘못이었다. 처음부터 비도술로 상대했어야 했다. 그나마 제대로 찌르지 못했다. 중간에 무언가에 막힌 듯, 자루까지 쑤셔 넣는 데는 실패했다.

그래, 그 후였다. 사내는 비수로 번쾌를 찍는 대신 주먹으로 쳤다. 그 때문에 이렇게 숨을 쉬고 있는 것이다. 모두 기억났다. 도대체 왜? 왜!

"번쾌! 중요한 일이다. 자네가 당한 그놈이 패 봉공님을 암살했다. 목격자는 자네 한 사람뿐이야. 천패령까지 발동했지만 놈을 놓치고 말았다! 그놈의 특징을 본 대로 남김없이 말해야 해!"

"……!"

그랬었나? 그렇게 강한 자였나? 그렇다면 별로 부끄러울 것도 없겠군. 번쾌는 그렇게 자위했다.

"검은 비수를 사용했습니다. 엄청나게 빠른 놈이었습니다."

"검은색이었나? 비수의 특징이 기억나나?"

"…기억나지 않습니다. 제대로 보지 못했습니다."

자신의 목을 노리다 멈춘 비수.

검게 빛나던 칙칙한 빛만 기억날 뿐이었다.

"흉수의 인상착의는?"

"외모는 기억나지 않습니다. 복면에 중키였습니다."

"또 없나? 뭔가 단서가 될 만한 특징은?"

"제가 찔렀습니다."

"뭐?"

잔양은 놀라 반문했다.

"그자가 주먹으로 저를 칠 때, 저도 그자를 칼로 쑤셨습니다."

"자네가 입힌 상처였단 말인가? 어디? 어디를 찔렀나? 얼마나 부상을 입혔나?"

"배입니다. 치명상은 아닐 겁니다."

번쾌를 추궁하던 부단주가 벌떡 몸을 일으켰다.

"수고했다. 겨우 실마리를 잡은 듯싶다. 좀 더 쉬어라."

바쁘게 방을 나서는 소리가 들렸다.

입가에 다시 물을 적신 천이 느껴졌다.

"수고했네. 자네가 그래도 주작단의 체면을 세워줬구만. 패 봉공님을 암살한 자에게 한칼 먹였다는 것은 대단한 일일세. 일단 한숨 자게나. 한결 개운해질 걸세."

번쾌는 잠들 수 없었다.

눈을 감은 채 불끈 주먹을 쥐었다.

부단주에게 거짓말을 했다. 치욕스럽게 목숨을 구걸받은 사실을 곧이곧대로 말할 수 없었다. 동시에 치고받은 것처럼 말한 것이다. 분명 상대는 손에 인정을 남겼다. 비수로 내려치다 멈칫하는 것을 분명 보았다. 그 덕분에 이렇게 살아 있는 것이다.

아는… 자라는 말인가? 누군가? 이런 치욕을 안겨준 자가!

*　　　　*　　　　*

천패궁이 한눈에 내려다보이는 구층 누각에는 척무절이 홀로 서 있었다.

장대히 뻗은 천패궁의 외궁 너머 멀리 소호까지 보였다.

팔짱을 끼고 전방을 응시하던 척무절은 암영을 호출했다.

"암영."

지붕 위에서 스며 나오듯 모습을 드러낸 암영이 척무절의 앞에 부복했다.

"예! 궁주님."

“궁의 분위기는 어떤가?”

“패 봉공님이 당한 것은 궁모님의 죽음과 전혀 성격이 다릅니다. 궁도들이 심하게 동요하고 있습니다.”

“그래?”

“아무래도… 봉공 중 한 명이, 그것도 자신의 처소에서 살해당한 것이니, 그럴 만도 합니다. 조 봉공님이야 함정에 빠져 돌아가셨다지만 패 봉공님은 완벽하게 정면 대결로 패배한 것이니까요. 거기다 천패령을 내렸는데도 흉수를 잡지 못한 영향이 큽니다. 쉬쉬하지만 암살이라기보다는 결투에 가까웠던 현장 모습이 빠르게 퍼지고 있습니다.”

“흉수에 대한 단서는?”

현무교를 상대할 때부터 생사고락을 함께했던 패일로의 죽음에 척무절의 반응은 냉정하기만 했다. 조홍이 죽었을 때 간부들 앞에서 폭언을 퍼부으며 흥분하던 모습과는 사뭇 달랐다.

“죽림에서 시체 세 구가 발견되었으나 그 후로 종적이 완전히 사라졌습니다.”

“역시 내부 소행일까?”

“천패령을 뚫고 천패궁 외부로 탈출하는 것은 불가능합니다. 내부자 소행이 분명합니다.”

척무절은 고개를 끄덕였다.

“원로파일까?”

“패 봉공님의 죽음으로 가장 이득을 볼 자들이 그들입니다. 그들일 가능성이 제일 높습니다. 이제 공석이 된 봉공의 위를 채우자고 제안하겠지요. 자신들이 민 인물이 봉공이 된다면 궁주님의 폐위를 시도할 것입니다.”

봉공의 지위는 천패궁에서 무척이나 특별한 것이었다.

궁주의 직속이라 할 수도 있었지만 삼전과 십이각의 위에 군림하는 옥상옥의 존재들.

조홍이 죽었을 때는 적당히 힘을 분산시키는 것으로 마무리할 수 있었지만 패일로마저 죽은 지금, 새로 봉공을 뽑자는 제안을 거부할 명분은 없었다.

"원로파 쪽에서 승부수를 던져 왔군. 아무래도 계획을 조금 바꿔야겠다. 이번 기회에 궁 내에서 그들을 처리하도록 하지. 은밀히 생사관(生死關)을 준비하도록 하라."

"회회교 공략에 맞추신 일정을 바꾸시렵니까?"

척무절은 고개를 끄덕였다.

"그리해야겠지. 항상 엎드린 채 눈치만 보던 놈들이 이리 과감히 나올 줄은 몰랐다. 회회교 정벌에 원로파 놈들을 모조리 투입하려던 계획을 약간 수정해야겠다."

"어렵게 진행해 왔던 일인데 조금 아쉽습니다. 현무교와 회회교가 손을 잡게 하려고 꽤 많은 희생을 치렀는데……."

"상관없다. 그들을 강력하게 만들어 그들의 손으로 원로파를 제거하려 했지만 상황이 조금 바뀌어도 결과는 동일할 것이다."

척무절의 음색은 확고한 자신감으로 넘쳐흘렀다.

그런 그의 태도는 공야치와 주소추에게 머리를 빌리던 그 화통하기만 하던 모습과는 전혀 딴판이었다.

"정심맹과 사흑련의 움직임은 어떤가?"

"공식적으로 회회교에 대한 지분 포기를 알려왔습니다. 귀주에 파견했던 무리들을 철수시켰더군요. 양쪽 다 권력 투쟁이 한창입니다."

"공야치의 속이 타겠군."

"그럴 겁니다. 궁주님이 진격 명령을 내리지 않는 데다 병력마저 점점 줄어들고 있으니까요."

"현무교가 회회교와 손을 잡지 않는 이상 단숨에 압도적인 승리를 거둘 것이 뻔하지 않나? 그렇게 되어서는 안 되지. 그들은 서로 상잔에 가까운 타격을 입어야 해. 병력이 많이 줄어들었다지만 태양궁이 함께 있으니 아직도 명만 내린다면 회회교만을 공격할 힘은 충분하다. 태양궁의 폭렬탄(爆裂彈)만 있으면 회회교를 상대하는 것은 여반장이야."

"양쪽으로 원로파를 압박하는 방법은 어떻겠습니까?"

암영이 자신의 의견을 밝히는 것은 극히 드문 일이었으나 척무절은 묵묵히 고개만 끄덕였다. 그가 암영에게 보내는 신뢰는 특별해 보였다.

"생사관을 준비해 궁 내 세력을 꺾고, 회회교를 공격하게 해 궁 밖의 세력을 약화시킨다 이건가?"

"그렇습니다."

"생각해 봐야겠다. 그리 급히 정할 문제가 아니다. 자넨 우선 생사관의 준비에 만전을 기하라."

"존명!"

척무절은 자신이 만든 천패궁을 휘이 내려다보며 뒷짐을 지었다.

그의 얼굴에는 엷은 웃음이 매달려 있었다.

36장 귀주의 폭풍

포근히 날리는 눈발을 요동(窯洞)의 창을 통해 바라보는 두 남녀가 있었다.

섬서에 머물러 있는 금지민과 진영이었다.

"도착했나 모르겠군."

진영은 그새 많이 회복되었는지 침상에 똑바로 앉아 있었다. 홀쭉하니 마른 볼은 아직 그의 몸이 정상이 아니라는 것을 말해 주었다. 무공을 회복할 가능성은 거의 없었지만 일상생활을 하는 데 지장이 없을 정도로 회복되는 데도 시간이 많이 걸리고 있었다.

"도착했을 거예요."

금지민의 말에 진영은 시선을 돌렸다.

"고맙소."

"뭐가요?"

"내 뜻을 따라주어 고맙다는 말이오."

“당신의 막내 동생이 생각 이상으로 잘해주었기 때문에 가능했던 일이에요.”

“그렇지. 확실히 시간을 벌었어.”

“네. 그래서 승부수를 띄울 수 있었어요.”

“정말 괜찮겠소?”

“뭐가요?”

“이번에 성공한다고 해도 천패궁의 역습을 당할 가능성은 아직 있소.”

“우리가 특별히 욕심을 내지 않는 한 그렇지는 않을 거예요. 천패궁은 가만히 내버려 둬도 당분간 내부 문제로 시끄러울 거니까요.”

“그리 낙관할 정도는 아니지 않소?”

“그렇지 않아요. 이번에 귀주의 태양궁에 결정적인 타격만 줄 수 있다면, 천패궁은 정심맹이나 사흑련처럼 내부의 고름을 짜내는 데 전력을 다할 수밖에 없는 상황이에요.”

“그동안 힘이 약화될 거란 말이군.”

“그렇죠.”

“천패궁을 없애고 중원에 자리를 잡을 생각이오?”

진영의 말에 금지민은 피식 웃으며 고개를 저었다.

“괜히 떠보려 하지 말아요. 그런 욕심은 버린 지 오래예요. 내겐 중원보다 척박한 초원이 더 편해요.”

“그렇다면 천패궁이 패권의 야욕을 버릴 정도로만 약화되면 되겠군.”

“그래요.”

“다행이오.”

진영은 안심한 듯한 얼굴로 고개를 끄덕였다. 금지민은 눈 내리는 창밖으로 시선을 돌렸다.

“이제 어떻게 할 생각이에요?”

"귀주에서 아우들이 돌아오면 의령이를 도와야겠지. 이번 일이 성공한다면 외곽의 꼬리들은 다 쳐내고 천패궁만 남는 셈이오."

"끝까지 갈 생각이에요?"

"의령이의 뜻에 따를 생각이오. 어차피 그 애 때문에 시작한 싸움이었으니."

"그렇군요."

여전히 진영은 먼 곳만을 바라보는 사람이었다. 금지민이 물은 것은 앞으로 두 사람의 관계에 대해서였지만 진영은 천패궁과의 싸움에 대해 묻는 것으로 알아들었다.

그것이 금지민의 마음을 쓸쓸하게 했다.

그때 벌컥 문이 열렸다.

수아가 급히 들어왔다. 어깨에는 흰 올빼미가 앉아 있었다.

"어디서 온 전서냐?"

흰 올빼미는 고화와 진영의 아우들 양쪽 다 갖고 있었기에 금지민은 전서의 출처를 물었다.

"교연 언니가 보낸 전서예요."

"언니가 아니래도 그러는구나."

"언니라 부르다가 갑자기 고모라고 하려니 어색해요."

수아가 혀를 쏙 내밀며 어색함을 감추었다.

금지민은 전서를 받아 읽어 내려갔다.

"도착했다는군요. 회회교와의 협의도 잘 이루어진 모양이에요."

"다행이구려."

"그들로서는 마다할 이유가 없으니까요. 남 장로께서 직접 가셨으니 매끄럽게 해결되었을 거예요."

"혼자서 이렇게 편히 있으니 남 장로께 면목이 없구려."

“당신의 아우들이 대신 갔으니 잘할 거예요.”
진영은 창밖에 내리는 눈으로 시선을 돌렸다.
“모두 무사해야 할 텐데…….”

2

귀주의 고원 지대에 겨울비가 내리고 있었다.

귀주는 겨울에도 따뜻한 곳이었기 때문에 눈 대신 비가 내렸다.

거기다 이렇게 밤이 되면 세차게 내리는 비가 폭우어 가깝게 변하기 쉬웠다.

따뜻한 날씨와 풍부한 수량, 험준한 산세가 어울려 천험의 요새를 자랑하는 곳이 바로 귀주였다.

수많은 토착 종족들을 품고 사는 품 넓은 땅이었던 것이다.

귀주의 중심, 귀양(貴陽)의 남녘에 우뚝 버티고 선 대홍산(大弘山) 기슭.

계곡의 중간에 자리 잡은 초막의 군락이 있었다.

그중 한 초막으로 깊숙이 죽립을 눌러쓴 사내가 들어갔다.

"그칠 줄 모르는군."

반류였다.

오죽으로 만든 검은 죽립을 툭툭 털며 초막에 들어선 반류가 우비를 벗고 앉았다.

차정선이 반류를 보자 반색했다.

“그래, 뭐 좀 잡았나?”

“이 빗속에서 뭘 잡아? 네 물건이나 잘라 구워 먹으려무나.”

“뭐시여?”

“아니다. 니 건 물건이 실하니, 우리 형제들이 다 먹고도 남겠다. 남은 두 쪽은 국물을 우려내 애들한테 돌리자구.”

“흐흐. 그래도 내 물건이 실한 건 인정하는구나. 잘 말했다. 니 놈 거는 떼어내 봤자 아이년 간식거리도 못 될 거다.”

성혼이 듣다 못해 절레절레 고개를 저었다.

“형님들, 교연이도 있습니다. 그만들 좀 하십시오.”

“잉?”

반류와 차정선의 고개가 동시에 유성혼에게 돌려졌다.

“자식이 이제 대놓고 편드네. 정선아, 어떻게 생각하냐?”

“뭘 어떻게 생각해. 이게 가당키나 한 일이냐? 코 찔찔 흘리는 걸 업어 키웠더니, 이제 다 컸다고 형들을 훈계해? 더럽고 치사스럽다.”

“그렇지? 나도 마찬가지다.”

피식피식 웃으며 반류와 차정선이 농담하는 것을 바라보던 임교연은 불쑥 손을 내밀었다. 반류를 향해서였다.

“뭐여?”

반류가 물었다.

“빨리 잡아온 거나 내놔요. 배고프단 말이에요.”

반류가 킁 하며 고개를 돌렸다.

“없다.”

“정말요?”

“이런 빗속에서 뭘 잡아오겠냐? 저기 안 보여도 귀신같이 위치를 잡아내는 니 그이에게 잡아오라고 그래라.”

반류가 교연을 놀렸으나 오랫동안 형제들에게 시달리며 단련된 임교연은 꿈쩍도 하지 않았다.

“결국 오늘도 건포나 씹어야겠네요.”

먹을 것 이야기가 나오자 차정선이 다시 불퉁거렸다.

“천하 명궁이라는 자식이 빈손으로 돌아와?”

“이 자식아, 그럼 어떻게 하나? 여긴 너무 낯설단 말이다! 거기다 하루 걸러 비가 오는데 나보고 어쩌라구?”

“됐다, 됐어. 핑계없는 무덤 없다더니, 지 실력 모자란 걸 갖고 핑계 대기는.”

“그만들 해라. 소란스럽구나.”

조온이 초막에 들어서며 반류와 정선을 가볍게 꾸짖었다.

죽립과 우비를 벗은 조온은 초막의 가운데 피워놓은 모닥불에 다가 앉았다.

“니들이 전부 여기 모여 있으면 어떻게 하나? 애들도 좀 챙겨줘야지.”

“그놈들이야 우리가 옆에 있으면 불알이 오그라들 거요. 이렇게 떨어져 있는 게 도와주는 겁니다.”

차정선의 말을 반류가 받았다.

“걱정되면 형님이 그쪽 가서 주무시구려. 난 성혼이하고 교연이만 두고 딴 데서 못 자우.”

“그만들 좀 하세요.”

“우리가 뭘?”

성혼은 고개를 절레절레 흔들었다. 하지만 싫은 것은 아니었다. 한동안 떨어져 있다 다시 뭉친 의형제들 아닌가. 싫을 리 없었다. 눈을 잃었어도 그들의 모습은 이목구비 모두 선명했다. 그의 형제들인 것이다.

"회동은 잘 끝났어요?"

임교연의 질문에 조온은 고개를 끄덕였다.

"그래. 역할 분담까지 확실히 해두었다."

"우리가 매복인가요?"

"그렇게 하기로 했다. 아무래도 지형은 회회교 쪽이 정통하니까."

"아무래도 힘든 싸움이 되겠네요."

"빗속에서 싸우게 될 테니 힘들겠지. 하지만 산으로 끌어들일 테니 너무 걱정 마라."

"이 산은 너무 숲이 우거지고 습기가 많아 우리 애들도 힘들겠소."

차정선이 걱정스럽게 말했다.

태행산맥에서 힘을 기르던 낭인들을 이끌고 내려온 참이었다. 차정선은 낭인들을 우리 애들이라 부르고 있었다. 차정선다운 애정의 표현. 물론 차정선의 밑에서 창술을 훈련받은 낭인들은 개 패듯이 두드려 맞으며 강해진 고마움을 절대 잊지 않을 것이다.

"유인은 누가 하는 거요?"

반류가 묻자 조온은 빙긋 웃었다.

천패궁의 분타를 상대할 때, 유인의 역할은 항상 반류가 의령과 함께 전담했었다. 그 기억이 떠오른 것이다.

"현무교와 회회교가 함께 할 것이다."

"무슨 놈의 유인을 두 세력이 함께 맡아?"

"워낙 긴 거리를 끌어와야 할 테니 어쩔 수 없지. 거기다 웬만해선 움직이지 않으려 할 테니까."

"언제 결행하우?"

“우리는 나흘 후 그 장소로 출발해 준비를 한다. 저들은 내일 출발할 거야.”

“아아, 한동안 이놈의 비에 익숙해져야겠군.”

반류가 초막의 천장을 올려다보며 한숨을 토해냈다.

＊　　　　＊　　　　＊

“말리지 않으면 못 쓰겠습니다.”

“그걸 지금 말이라고 하나! 이렇게 계속 비가 내리는데 뭘 어떻게 말려!”

태양궁주 염화(廉火)는 수하의 보고에 버럭 역정을 냈다.

붉은 장포에 빳빳이 일어선 수염이 그의 열화와 같은 성격을 대변했다.

회회교나 현무교처럼 중원에서는 이방인 취급을 받아온 태양궁.

염화의 대에 천패궁과 손을 잡을 수 있었던 것은 태양궁에서 개발한 폭렬탄 때문이었다.

화기 제조의 명가답게 여러 화탄 제조법을 대대로 전수받아 온 태양궁으로서도 폭렬탄의 개발은 우연과 노력이 어우러진 하늘의 축복이었다.

태양궁은 화탄 개량을 실험하다 우연히 폭렬탄을 만들 수 있었다.

단 한 발이 터져도 어떤 폭약보다 많은 불꽃을 토해내는 화탄.

회회교의 흑루탄이 내뿜는 검은 안개마저 단숨에 불태워 버릴 수 있는 화탄이 바로 폭렬탄이었다.

천패궁은 그 점을 높이 사 태양궁과 연수를 한 것이었고, 이렇게 귀주 정벌에도 참여하는 영광을 얻을 수 있었다.

그런데, 지금 폭렬탄을 쓸 수 없다 한다.

햇볕에 말려야만 폭렬탄을 사용할 수 있다 한다.

염화가 격노하는 것도 무리가 아니었다.

"전혀 예상치도 못한 문제 때문에……."

고개를 조아리는 수하의 목덜미에 번질번질 땀이 흐르는 것이 보였다. 그것이 더욱 짜증을 불러일으켰다.

"겨울에도 비가 내린다는 사실을 몰랐다 할 참이냐! 방수 준비를 철저하게 하라고 몇 번이나 당부했지 않느냐!"

수하는 계속 머리를 조아렸다.

"그, 그것이 불가항력이었습니다."

"이게 그 따위 변명으로 덮을 수 있는 문제인 줄 아느냐! 더듬지 말고 정확히 말해!"

"이곳의 벌레들을… 생각하지 못했습니다. 계속 별 이상이 없었는데 어제 확인해 보니 잔구멍들이……. 벌레들이 뚫어놓은 구멍으로 습기가……."

"이런 병신 같은 놈!"

염화의 손이 보고를 하던 수하의 머리를 잡았다.

머리를 잡힌 사내의 얼굴이 공포로 물들었다.

"궁, 궁주님!"

염화의 손이 붉게 달아오르기 시작하자, 머리를 잡힌 사내는 찢어지는 비명을 토했다.

"아악!"

비명 소리와 함께 살 타는 냄새가 요란했다.

정수리를 움켜잡은 염화의 손에서 열화장력이 뿜어져 나온 것이다.

지직— 직.

역하게 귀를 파고드는 소리.

사내가 처절하게 울부짖었다.

"크아아아악!"

사내가 몸부림을 치다 정신을 잃자 염화의 손은 그제야 머리에서 떨어졌다.

바닥에 쓰러진 사내는 정신을 잃었음에도 부들부들 몸을 떨었다.

염화의 날카로운 명령이 떨어졌다.

"치워라!"

흥분이 가시지 않은 살기 어린 목소리에 눈치를 보던 수하들이 후닥닥 쓰러진 사내를 업고 나갔다.

염화의 뒤에 시립해 서 있던 중년인이 조심스럽게 나섰다. 태양궁의 화기 제조를 담당해 온 장문부(張紋夫)였다.

"궁주님, 심각한 사안입니다."

염화는 손바닥을 옷자락에 팍팍 닦으며 고개를 끄덕였다.

방금 수하 한 명을 불에 구워 반(半)시체로 만든 사실은 염화에게 아무 일도 아닌 듯 보였다.

염화의 관심은 폭렬탄이 당장 사용 불가능하다는 그 하나에만 맞춰져 있었다.

"심각한 건 너무나 잘 안다."

"작업장도 없는 곳인데, 큰일입니다."

"직접 열화장(熱火掌)으로 말려볼까?"

장문부는 단호하게 고개를 흔들었다.

"열화장으로 폭렬탄을 다룰 수 있는 자는 이 중에서 궁주님과 저 정도입니다. 하지만 연단화로가 없는 상태에서 감으로만 열기를 조절한다는 것은 자살 행위입니다."

염화는 고개를 끄덕였다. 장문부의 말이 옳다는 것은 그도 잘 알고 있었다. 단시일 내에 복구할 방법은 없다는 것인가?

"무슨 좋은 방법이 없을까?"

"폭렬탄을 사용할 수 없다는 것은 비밀로 해두지요. 어차피 당분간 회회교를 칠 일은 없을 테니까요."

"그 수밖에 없을까? 천패궁이 우리와 손을 잡은 이유는 바로 폭렬탄 때문인데……."

"어쩔 수 없지 않습니까? 공야치가 눈치 채지 못하도록 하는 게 가장 중요할 듯싶습니다."

"완전히 가시방석이로군. 이곳에서 언제 해가 뜨기를 기다린다는 말인가!"

염화는 혀를 찼다.

자신들이 군막을 치고 있는 곳이 어딘가?

이름이 귀양(貴陽)이다.

이름 그대로 햇볕 보기가 참으로 힘든 곳이 바로 이곳이었다.

"시간이 걸리더라도 본궁에서 폭렬탄을 보충해 오는 수밖에 없겠습니다."

끄응 하는 신음이 염화의 입에서 터졌다.

"보름은 족히 걸리겠군……. 어쩔 수 없지. 그 문제는 자네가 알아서 처리해 주게."

"알겠습니다."

"난 공야치나 만나보고 오겠네. 오늘 보기로 했는데 이따위 일이 생기다니……."

염화가 자리에서 일어섰다.

장문부는 말없이 깊이 고개를 숙여 천막을 나서는 염화를 배웅했다.

천막을 나선 염화는 부슬부슬 내리는 겨울비를 바라보다 혀를 찼다.

귀양의 외곽에 위치한 넓은 평원.

험준한 지형으로 이루어진 고원 지대인 이곳에서 이 정도 평원을 만나기란 어려운 일이었다. 그 때문에 운남의 회회교를 치는 전진 기지로 이곳을 선택했던 것. 평원 가득 천막들이 늘어서 있었다.

염화는 천천히 평원의 가운데에 있는 공야치의 천막을 향해 걸음을 옮기기 시작했다.

애초에 이곳에 주둔했던 인원은 이천을 넘었다.

말이 이천이지 무림고수 이천 명의 힘은 작은 왕조마저 뒤엎을 만한 무력이 아니던가.

그런데 갖가지 이유로 운남으로 진격하는 시간이 질질 끌다 늦어지고 말았다.

처음에 운남의 회회교를 치기 위해 천패궁에서 온 총사는 주소추라는 군사였다. 꽤 냉철한 사람이라 신뢰가 갔다.

그가 마지막 보고를 한다며 천패궁으로 향할 때부터 염화는 불길했다.

귀주에서 합비까지 거리가 얼마던가.

그 거리를 다시 돌아가 보고한다는 관료적 발상에 염화는 아연했다.

그의 성격으로는 생각지도 않을 일. 그러더니 주소추는 허무하게 죽고 말았다.

회회교 정벌이 꼬이기 시작한 것은 그때부터였다.

또 다른 총사가 파견되어 올 동안 귀양에 모인 파견대들은 책임자 없이 시간을 허비해야 했다.

겨우 온 것이 늙다리 공야치였다.

노회한 늙은이라 마음에 들지 않았지만 이제는 시작되려나 기대했다.

그러나 그것도 아니었다.

주소추의 무엇이 그리 마음에 들지 않는지 공야치는 주소추가 세운 계획, 그가 종합한 정보들을 하나하나 확인하고 점검했다.

완전히 같은 일을 두 번 하는 셈이었다.

게다가 주소추와는 달리 자신에 대한 대우도 형편없었다. 주소추는 태양궁의 전력을 상당히 중시해 염화를 공경해 주었으나 공야치는 달랐다.

염화는 분통이 터졌으나 꾹 참을 수밖에 없었다.

자신에겐 총사의 의견을 좌우할 정도의 발언권이 없었다. 일궁의 궁주였으나 공야치에게 그는 수하 같은 대접을 받아야 했다. 감수할 수밖에 없는 현실이었다. 중원 진출이라는 대업을 위해 염화는 참고 또 참았다.

겨우 그놈의 사전 정지 작업이라는 것을 마쳤다고 하더니, 이번엔 파견대 내부에서 이탈자가 생기기 시작했다.

그가 이끌고 온 태양궁도들은 물론 한 명의 이탈자도 없었다.

오합지졸을 끌어 모은 것처럼 무질서하던 정심맹과 사흑련 출신자들이 어느 순간부터 하나둘 사라졌다.

크게 천패궁과 태양궁, 정심맹, 사흑련으로 대변되던 파견대의 구성은 이제 천패궁과 태양궁의 두 세력밖에 없었다.

하나둘 빠지던 정심맹과 사흑련의 파견대는 어느 날, 맹주와 련주가 죽었다는 이유로 완전히 철수해 버리고 말았던 것이다.

지금 귀주에 남아 있는 인원은 자신의 수하들을 합쳐 천을 넘지 않았다. 후발대로 합류한 천패궁의 보충대가 있어 여전히 강력한 무력을 자랑했지만 처음의 반도 안 남은 것이다.

도대체 언제 공격을 시작하는 거냐!

염화가 보기에 이 정벌은 천패궁주라도 직접 참여하지 않으면 이미 성공의 가능성이 희박했다.

명분없는 싸움은 압도적인 우위에 서 있더라도 결국엔 실패하고 만다.

천패궁 파견대에서 말하는 중원의 평화 유지란 명분은 너무 공허했다.

무엇이 평화 유지일까?

평화를 깨뜨렸다고 말하는 회회교가 실제론 조용히 운남에만 머물고 있음을 염화는 잘 알고 있었다.

하지만 그런 것은 염화에게 관심 밖의 사실이었다.

막말로 이 정벌이 실패해도 그는 별 상관이 없었다.

천패궁에서 이단자가 아닌 중원 세력으로 자신들을 인정해 준 것으로 염화는 충분했다. 그가 만든 발판을 딛고 그의 후대가 태양궁을 더욱 키울 것이라 믿었다.

굴욕을 좀 참고 멀리 뛰면 된다.

수하들에게 무자비하기 짝이 없는 염화는 실제로 치밀한 성격의 소유자였던 것이다.

이런저런 생각 끝에 공야치의 군막에 당도한 염화는 보초를 통해 자신의 방문을 알렸다.

군막의 차양이 열리자 염화는 안으로 들어섰다.

공야치는 예의 잔뜩 인상을 쓴 상태로 염화를 맞았다.

"어서 오시오, 염 궁주."

염화는 공야치에게 포권을 취한 후, 맞은편에 자리를 잡고 앉았다.

자신은 일궁의 궁주였고 공야치는 천패궁의 전주에 불과했지만 공야치의 거만함을 탓할 수 없었다.

천패궁이라는 이름의 무게가 그만큼 무거웠다.

"비가 그칠 생각을 안 하는구려."

"그렇소이다."

공야치는 의례적인 인사말을 건네고는 자신의 옆에 부복해 있던 사내에게 고개를 돌렸다.

염화도 그 사내에게 시선을 건넸다.

통오(通嗚)라는 공야치의 직속 수하인 사내.

염화도 낯을 익힌 사내였다.

미리 공야치의 언질이 있었는지 통오의 말은 거침이 없었다.

"염 궁주님도 아시다시피 우리는 매일 운남 쪽으로 통하는 관도와 산악을 정찰 중이오."

염화의 눈썹이 분기로 인해 슬쩍 치솟았다.

공야치의 수하에 불과한 통오의 말투가 신경을 건드렸던 것이다.

"정찰? 그것을 정찰이라고 하나?"

염화의 말이 고울 리 없었다.

사실 천패궁의 척후조들이 하는 일은 정찰이 아니라 약탈이었다.

인근의 묘족과 이족 마을을 정찰이라는 명목으로 약탈하는 것이 그들이었다.

오랜 주둔으로 지루함을 견디지 못한 천패궁도들이 언젠가부터 저질러 온 짓이었지만 공야치는 이를 무시해 왔다.

"뭐요?"

통오의 목소리가 높아지자 공야치가 슬쩍 꾸짖었다.

"태양궁의 궁주시다. 예를 갖춰라."

"존명!"

공손히 대답한 통오는 염화를 바라보다 밖을 향해 짧게 손뼉을 두드렸다.

곧 두 명의 무사가 투박한 나무 관 한 개를 들고 천막 안으로 들어섰다.

통오가 고개를 끄덕이자 두 무사는 관 뚜껑을 열었다.

축축한 냄새.

염화는 눈살을 찌푸렸다.

그에겐 너무나 익숙한 냄새였다.

"이 시체를 자세히 보시오."

통오의 말에 관을 들여다본 염화는 심상한 눈초리로 통오를 바라보았다.

형체를 알아보기 힘든 잔해만 남아 있었지만 분명 불에 탄 시체였다. 화기를 다루는 염화에겐 아주 익숙한 광경이었다.

"불에 탄 시신이구만. 뭐가 어쨌다는 건가?"

"그냥 불에 탄 시신이 아니외다."

"폭약류에 당한 시신인지 나도 아네. 그래서?"

통오의 시선은 차가웠다.

"삼 일 전, 정찰을 나섰던 열 명이 돌아오지 않았소."

"이 시신이 그들 중 하나인가?"

통오는 고개를 흔들었다.

"그들을 찾으러 떠난 열 명이 다시 돌아오지 않았소."

"그렇다면 이 시신이……?"

"아니오. 두 번이나 정찰을 나간 수하들이 돌아오지 않자, 이번에 내가 직접 수하들을 이끌고 나가 그들의 경로를 추적했소. 그래서 발견한 시신이오."

"시신이 모두 스무 구겠군?"

그제야 사태의 심각함을 어느 정도 공감한 염화의 말을 통오는 고개를 흔들어 부정했다.

염화의 눈을 응시하는 통오의 눈빛이 강렬했다.

무언가 추궁하는 눈빛.

투박한 목소리로 통오는 말을 이었다.

"온전히 형태가 남아 있는 시신은 이놈 하나였소. 나머지는 형체를 알아볼 수 없었소. 시신이 발견된 숲은 이렇게 심한 빗속에서도 까맣게 타 있었소이다. 나는 천하에서 이 정도의 폭발력을 보일 수 있는 화탄을 하나밖에 알지 못하오."

통오의 목소리가 높아졌다.

"바로 귀 궁의 폭. 렬. 탄. 이오."

염화의 가슴속에 찬바람이 불었다.

공야치를 돌아보았다.

그 또한 날카로운 눈초리로 염화를 쏘아보고 있었다.

"설마… 공야 총사마저 우리를 의심하는 거요? 본 궁이 천패궁의 맹방이라는 건 천하가 아는 사실인데, 우리가 왜 그런 짓을 하겠소?"

의자 깊숙이 몸을 묻으며 공야치가 느릿한 목소리로 말했다.

"천 길 물속은 알아도 한 길 사람 속은 모른다 하지 않았소? 확실히 귀 궁을 의심할 수밖에 없는 상황이오."

염화는 벌떡 몸을 일으켰다.

"본 궁은 결백하외다! 총사도 생각해 보시오. 여기까지 온 우리가 무슨 이득이 있다고 천패궁을 적대시하겠소?"

통오의 목소리가 울렸다.

"본시 태양궁도 세외 세력! 뒤늦게 회회교와 손을 잡았을지도 모르는 일이지."

"말도 안 되는 소리!"

강하게 부정한 염화는 자신의 체면을 손상시키더라도 폭렬탄을 쓸 수 없게 된 진실을 밝히려 했다.

그때 공야치의 음성이 들렸다.

"염 궁주, 이렇게 된 이상 결백을 밝히기 위해서라도 그들이 누구에게 당했는지 태양궁 쪽에서 조사해 주시구려. 수하들이 태양궁을 불신하게 되면 공조가 어렵지 않겠소?"

그제야 염화는 시꺼먼 공야치의 속내를 깨달았다.

손 안 대고 코 풀려는 속셈이 아닌가.

폭렬탄을 사용할 수 있는지 없는지가 문제가 되는 상황이 아니었다.

천패궁의 희생을 줄이고 태양궁을 방패막이로 삼으려는 공야치의 더러운 술책이었다.

이것이 약소문파의 설움인가.

염화는 이를 악물고 고개를 끄덕였다.

"알겠소이다. 우리는 분명 결백하오. 하지만 화기를 다루는 자로서 그 폭탄에 관심이 가는구려. 내일부터 정찰은 우리 태양궁이 맡도록 하겠소이다."

"하루라도 빨리 의혹에서 벗어나시길 빌겠소."

공야치의 나직한 말은 저주처럼 들렸다. 염화는 자신의 외소함을 절감할 수밖에 없었다.

"처리할 일이 있어 먼저 일어나겠소이다."

"멀리 배웅하지 않겠소."

공야치의 목소리를 뒤로하고 염화는 천막을 나섰다. 자신의 천막을 향해 걸어가는 염화의 얼굴은 시뻘겋게 달아올라 있었다.


다음날 아침, 태양궁의 군막에서 열 명의 정찰조가 평원의 맞은편에 있는 밀림으로 떠났다. 시신이 발견된 그 숲이었다.

그들은 돌아오지 않았다.

그 다음날, 이번에는 스무 명의 정찰조를 두 개조로 나누어 보냈다. 염화는 그들에게 태양궁의 화기를 바리바리 들려 보냈다.

그들도 돌아오지 않았다.

뜬눈으로 밤을 새운 염화의 눈은 빨갛게 핏줄이 터져 흉포했다.

"이럴 수는… 없다!"

염화의 옆에 부복해 있던 사내가 조심스럽게 말했다.

"차라리 폭렬탄은 사용할 수 없으니 우리는 결백하다고 말하는 것이 어떨까… 요?"

염화는 휙 고개를 돌리더니, 아무 말도 없이 사내의 가슴을 무지막지하게 걷어찼다.

"컥!"

부웅 날아간 사내가 천막의 바닥에 뒹굴며 피를 토했다.

"말 같은 소리를 해라! 그럴 수 있는 상황이었으면 벌써 그렇게 했어! 그런 말을 한다고 천패궁에서 나서줄 것 같으냐!"

호통을 친 염화는 장문부를 향해 고개를 획 돌렸다.

"폭렬탄을 당장 가져와라!"

"궁주님, 고정하십시오."

"뭘 고정해!"

쾅!

염화의 성미가 폭발했다. 내려친 손바닥에 천막 안에 놓인 탁자가 시꺼멓게 그슬리며 두 동강이 났다.

"열화장으로 억지로 복구하시렵니까?"

"전 궁도를 이끌고 가 저 숲을 깡그리 태워 없애 버릴 테다!"

장문부는 내심 고개를 저었다.

흉포한 성미가 한 번 폭발하면 말릴 수 없는 사람이 염화였다. 오랫동안 곁에 있었기에 누구보다 그의 성미를 잘 알고 있었다.

장문부는 수하들에게 짧게 명했다.

“제일 상태가 나쁘지 않은 걸로 세 상자 가져와라. 너희들은 모두 물러가 있어.”

천막에 염화와 둘만 남게 되자 장문부는 고개를 숙였다.

“궁주님, 열화장을 미세하게 조절하시려면 냉정을 찾으셔야 합니다.”

염화는 장문부의 말에 수긍했는지 씩씩대던 호흡을 정돈하기 시작했다. 호흡을 가다듬는 염화의 눈빛이 무시무시하게 빛났다.

“자네도 준비하라.”

장문부는 천막을 나서며 멀리 보이는 숲을 바라보았다.

태양궁의 젊은 인재 서른 명을 삼킨 숲이었다.

후 하며 한숨을 토한 장문부가 총총히 사라졌다.


“드디어 대규모로 오는군요.”

“그렇네. 태양궁주가 선두에 서 있군.”

“애 많이 쓰셨습니다.”

“자네가 직접 움직여 놓고 공치사는……. 교도들과 빗속에서 고생 많았네.”

미명이 트러는 새벽녘.

아직은 대지가 어둠에 휩싸여 있었다.

하늘에서는 여전히 빗줄기가 내려왔다.

의표를 찌르고자 동이 트기 전 밀림을 향해 출발한 장문부의 고심이 헛수고가 되는 순간.

밀림의 초입에 은신한 남옥당과 여우량이 태양궁의 무리를 바라보며 대화를 나누고 있었다.

“이번 회회교와의 공조를 이끄신 건 순전히 남 장로님 아닙니까? 제가 한 일은 작은 일입니다.”

“그렇지 않네. 일이 이렇게 진행된 건 하늘이 정한 이치일세. 천패궁의 패도(覇道)를 하늘이 허락치 않으시는 게야. 그보다는 회회교와 공조해 멋지게 행동한 자네들의 공이 컸어.”

“과찬이십니다.”

여우량은 남옥당의 지시를 받고 현무교도 중 견착포 사용에 능숙한 별동대를 이끌었다.

회회교의 흑루탄과 현무교의 천뢰가 어울린 암습과 매복으로 번번이 정찰조를 몰살시켰던 바, 마침내 귀양의 평원에 웅크린 주력을 끌어내는 데 성공한 것이다.

“천천히 물러나야겠습니다.”

“그러세.”

남옥당과 여우량이 밀림 속으로 스며들 듯 사라져 갔다.

현무교와 회회교의 정예들이 짝을 이루어 은밀히 밀림 속으로 후퇴하고 있었다.

지형에 익숙한 회회교도들의 뒤를 따라 현무교도들이 사라진 밀림 속. 조용히 내리는 빗줄기가 밀림의 색깔을 어느 때보다 선명하게 만들었다.

천천히 태양궁의 주력, 이백여 명이 밀림 속으로 진입해 들어갔다.


사시(巳時)가 넘어 오전이 끝나가고 있었다.

출발할 때부터 내리던 비는 그칠 듯 그칠 듯 하면서도 아직까지 계속 내리고 있었다.

선두에 서서 일행을 이끄는 장문부는 칼날에 올라선 것처럼 잔뜩 긴장한 채였다.

이번 출행은 끝까지 반대하고 싶었다.

시작부터가 정당치 않았다.

천패궁의 횡포였다.

어느 모로 보나 부당한 처사였지만 감수해야 했다.

태양궁이 천패궁의 대우에 왈가왈부할 처지가 아니었기에.

궁주만은 남은 수하들과 함께 본진에 남겨두고 싶었지만 고집을 꺾을 수 없었다.

사악—!

장문부는 칼을 꺼내 길을 뒤덮은 덩굴들을 쳐내며 선두를 고수했다.

앞선 정찰조들이 만들어놓은 길을 찾는 것만도 큰일이었다.

따뜻한 기후와 풍부한 수량은 계절에 관계없이 밀림을 끊임없이 성장시켰던 것이다.

그 강렬한 생명력을 초토화시켜 놓은 검은 폐허를 두 곳이나 지나쳐 왔다.

화기를 다루는 자로서 그 엄청난 파괴력에 전율을 느꼈다.

장문부는 폐허를 본 이후 수하들을 열 명씩 나누어 열 개의 무리로 갈랐다.

밀림 속을 헤매기엔 너무 많은 숫자였다.

모여 있게 되면 순식간에 몰살당할 가능성도 있었다.

화탄이란 바로 그런 목적을 위해 만들어진 병기가 아니던가.

한 곳이 공격당해도 나머지 무리가 반격을 가할 수 있는 진을 짜야 했다. 적들이 가진 화탄의 위력은 자신들과 필적할 만했다.

첫 번째 전투가 승패를 가르리라.

어차피 상대에게 자신들의 위치는 노출되어 있을 것이다.

감지할 수는 없었지만 정찰조들이 당한 양상을 보면 토끼 몰이 하듯 한 번에 몰아 죽인 것이 분명했다.

상대가 공격하는 그때가 기회였다.

위치만 파악하면 단숨에 작살낼 자신이 있었다.

장문부의 칼이 다시 한 번 거센 덩굴을 쳐 나갔다.

싸악—!

그 순간.

장문부는 칼끝에 걸리는 미약한 감촉을 느낄 수 있었다. 그것은 덩굴을 베는 감촉만이 아니었다.

"산개(散開)해—!"

장문부는 옆으로 신형을 굴리며 부르짖었다.

펑!

기대했던 것과는 다른 작은 폭음.

그러나 순식간에 검은 안개가 일어나며 반경 오십여 장을 암흑 속에 빠뜨렸다.

"흑루탄!"

장문부의 일성과 동시였다.

위치를 가늠할 수 없는 날카로운 파공음이 울렸다.

씨유우우우우우—

어둠 속에서 고함 소리가 터졌다.

"피해에!"

콰콰콰콰콰콰콰쾅!

엄청난 폭음이 밀림을 때렸다.


"과연 태양궁의 저력은 대단하군요."

"저들도 화기를 다루는 자들 아닌가."

폭음과 함께 순식간에 사라지는 흑루탄의 연기를 보며 남옥당과 여유량은 감탄을 하고 있었다.

예상보다 태양궁의 피해는 미미한 듯 보였다.

길목에 함정을 만들고 흑루탄을 터뜨려 시야를 차단한 다음 견착포로 천뢰를 쏘아 초토화하는 것이 기본 작전이었다.

회회교와 현무교가 손을 잡은 이 전술은 이제까지 오십여 명에 달하는 천패궁과 태양궁의 정찰조를 검은 재로 만든 바 있었다.

그러나 태양궁의 정예는 과연 만만치 않았다.

흑루탄을 불태워 없애는 그들의 대응은 너무나 빨랐다.

"피해가 어느 정도일까요?"

"글쎄. 대응 속도를 보면 수뇌부가 당하지 않은 것만은 분명해 보이는군."

"이제부터겠군요."

"그렇지."


남옥당과 여유량의 감탄과는 달리 장문부의 심경은 처참했다.

어떻게 길러온 궁도들이던가.

사전에 충분한 숙지를 시켰건만 네 개 조가 폭발의 범위를 벗어나지 못했다. 한 번의 공격에 무려 사십여 명을 잃은 것이다.

검은 잿더미로 변한 밀림의 한 켠에 선 염화가 이를 악물고 부들부들 떠는 모습이 보였다.

'이제 궁주의 폭주를 막을 방법이 없겠구나.'

장문부는 내리는 비를 향해 얼굴을 들고 눈을 감았다.

장문부조차 화탄이 어디에서 날아왔는지 파악하지 못했다.

파공음으로 보아 분명 현무교의 견착포였다.

도대체 언제 현무교와 회회교가 연합했다는 말인가.

"대열을 정비해라!"

염화의 고함 소리에 장문부는 번쩍 눈을 떴다.

"궁주님!"

"이대로 당할 수는 없다. 정신 똑바로 차렷!"

장문부의 얼굴에 생기가 돌았다.

그도 목소리를 높였다.

"반드시 복수한다! 모두 각오를 단단히 해라!"

살아남은 태양궁도들의 전의는 이전과 비할 수 없이 불타오르기 시작했다.


세 차례의 공격으로 네 개 조의 궁도를 더 잃었다.

그러나 장문부는 마침내 적의 위치를 파악하는 데 성공했다.

밀림의 가운데 우뚝 솟아 있는 대홍산 쪽으로 방향을 튼 장문부는 부드득 이를 갈았다.

지형을 얼마나 잘 이용하는지 저들에게 계속 농락당했다.

지금은 따로 나 있는 길을 걷는 것이 아니었다.

이전의 정찰조가 밟았던 길은 저들에게 철저히 파악된 것이 분명했다.

두 차례 다 수풀을 건드렸을 때, 흑루탄이 터져 시각을 빼앗긴 채 당했다.

첫 대결과 같은 양상.

그러나 장문부는 바보가 아니었다.

세 번째 공격을 받았을 때, 흑루탄의 연기 반경을 뛰어넘어 나무를 타고 오른 장문부는 드디어 적의 위치를 파악할 수 있었다.

그 이후는 노도와 같은 태양궁의 추격이었다.

흑루탄을 던지고 자취를 감추려는 저들의 의도는 폭렬탄을 사용하는 태양궁에 의해 완벽하게 분쇄되었다.

흑루탄의 검은 연기를 삽시간에 태워 없애는 폭렬탄의 파괴력은 과연 놀라웠다.

하늘도 그들을 돕는지 서서히 빗줄기가 가늘어지고 있었다.

"태워 버려!"

염화의 호령이 밀림을 떨어 울렸다.

태양궁도들의 손에 들린 천화통(天火筒)이 불을 뿜었다.

슈아아아아아.

앞을 가로막은 넝쿨들이 천화통에서 뿜어 나온 불길에 비명을 지르듯 불타올랐다.

추격의 경로에 설치된 흑루탄이 터지면 즉시 폭렬탄을 던져 길을 텄다.

추격의 속도가 점점 빨라지기 시작했다.

마침내 장문부는 대홍산의 초입에서 희끗한 적의 그림자를 발견했다.

"동북방!"

첫 번째 발견.

소리쳐 적의 위치를 알린 장문부는 힘껏 폭렬탄을 던졌다.

그의 손짓을 따라 다섯 개의 폭렬탄이 대기를 갈랐다.

꽈꽈꽈꽈꽝! 슈우우우욱―

폭음과 함께 폭발해 불길이 반경 오십여 장을 시뻘겋게 삼켰다. 다섯 개의 폭렬탄을 집중한 결과였다.

불길에 접근한 염화가 수풀 속에서 무언가를 주워 들었다.

회회교도들이 항시 쓰고 다니는 하얀 모자, 백포모(白布帽)였다.

"이놈들!"

염화의 열화장력에 백포모가 불타올랐다.

첫 전과.

태양궁도들의 사기는 한껏 고무되었다.

"길을 열어라!"

천화통이 다시 밀림을 향해 불길을 내뿜기 시작했다.


—희생이 어느 정도입니까?

조온의 외눈을 바라보며 남옥당은 침통한 전음을 보냈다.

—대부분 뒤를 맡은 회회교도들이 당했소이다. 우리도 적지 않은 희생자를 냈소.

—견착포를 사용할 인원은 남아 있습니까?

다소 냉정했지만 시간이 없었다.

—가능하외다.

—수고하셨습니다. 이제부터는 우리가 끌어들이겠습니다. 좌우로 흩어져 언덕으로 오르십시오.

—알겠소.

검게 그슬려 군데군데 찢어진 옷깃을 날리며 남옥당이 좌우로 손짓했다.

그의 지휘를 따라 두 방향으로 갈라진 현무교와 회회교의 무리는 좌우로 흩어져 밀림을 헤치고 사라졌다.

조온은 반류에게 고개를 돌렸다.

—네가 좌측을 맡아라. 내가 우측을 맡으마.

—알겠소, 형님! 몸조심하시오.

—너도.

조온과 반류는 좌우로 갈라져 밀림 속에 몸을 숨겼다.

그들은 능숙하게 덩굴을 꼬아 묶어 그 가운데 흑루탄을 끼워 넣었다.

설치를 마친 조온과 반류는 전방을 향해 몸을 날렸다.

흑루탄을 각기 두 개씩 더 설치한 조온과 반류는 삼십여 장을 더 전진해 수풀 사이에 몸을 은신했다.

점점 가까워지던 천화통의 불길이 처음 설치한 흑루탄에 닿았다.

검은 연기가 폭발하듯 터져 나오자 태양궁도들은 즉시 폭렬탄을 던져 연기를 태워 없앴다.

연기가 사라지자 조온과 반류는 번쩍 몸을 일으켜 표나게 수풀을 헤치며 달리기 시작했다.

그들을 발견한 염화가 고함을 질렀다.

"저기다! 즉시 뚫어!"

폭렬탄을 던지기엔 너무 먼 거리.

눈앞에 확연히 보이는 적의 모습에 염화는 수하들을 큰 소리로 독려했다.

천화통이 불을 뿜었다.

천화통의 불길에 흑루탄이 터지고 다시 폭렬탄으로 연기를 태우기 수차례.

잡힐 듯 말 듯한 조온과 반류의 뒷모습에 백여 명의 태양궁도들은 점점 추격의 속도를 높였다.

그들은 그래서 알 수 없었다.

양 옆의 밀림이 점점 언덕을 이루어가고 있다는 사실을.


"폭음 소리가 점점 가까워지는구나."

유성혼의 옆에 앉은 임교연이 대답했다.

"예. 류 오라버니가 올라오기 시작했어요. 반대쪽 언덕으로 조온 오라버니가 올라가고 있네요. 아! 다 올라가셨어요."

"내가 더 빨라, 임마."

어느새 반류가 임교연의 뒤에 서 있었다.

"대단하세요."

반류는 그의 각궁을 손에 잡았다.

"준비해."

"오랜만에 명적 소리를 듣겠군요."

"이 소리 좋아하는 놈 아직 못 봤다. 취향이 독특하구나."

반류가 언덕 끝에 자리를 잡고 활시위를 당기자 그가 훈련시킨 낭인들 백여 명이 쇠뇌를 겨누었다.

임교연도 활을 잡았다.

그들이 화살을 겨누고 있는 언덕 밑은 밀림이 아니었다.

천뢰를 이용해 깨끗이 불태운 계곡은 이미 밀림이 아니라 공터에 가까 웠다. 여기저기 쓰러지고 꺾어진 나무들만이 앙상히 검게 그슬린 나체를 드러내고 서 있었다.

시야를 가릴 만한 나무는 모두 제거한 후였다.

그래서 활을 겨누고 있는 양쪽 언덕만 빽빽한 정글의 모습 그대로였 다.

건너편 언덕의 조온과 차정선이 지휘하는 백여 명의 낭인들도 활과 쇠 뇌를 겨누고 대기 중이었다.

이제 반류가 명적(鳴鏑)으로 신호를 보내면 태양궁의 섬멸 작전이 시 작될 터였다.


태양궁 백여 명의 선두를 이끌던 염화는 내심 감탄하고 있었다.

이제까지 흑루탄이 터지며 일으킨 검은 연기의 반경은 오십여 장이었 다.

그런데 좀 전에 터진 흑루탄은 백여 장을 뒤덮는 검은 연기를 뿜어내고 있었다.

폭렬탄의 소모량이 두 배 가까이 늘어났다.

회회교에서 개량에 성공한 듯했다.

화탄을 만드는 자로서 대단한 성과라 감탄할 수밖에 없었다. 화탄의 위력을 높이는 것이 얼마나 어려운지 잘 알고 있었던 것이다.

'우리도 폭렬탄을 개량해야겠군.'

염화는 그 흑루탄이 천패궁에서 개량한 것이라는 사실을 알 수 없었다.

폭렬탄이 다 떨어져 가고 있었다.

세 상자 분량밖에 복구하지 못한 것이 아쉽기 짝이 없었다.

그러나 끝이 다가왔음을 느끼고 있었다.

이 방향으로 들어선 이후 적을 보는 빈도도 흑루탄이 터지는 횟수도 급격하게 늘어났다.

거의 잡았음이 틀림없었다.

콰릉!

또 흑루탄이 터졌다.

이제 아무도 당황하지 않았다.

"폭렬탄!"

장문부의 호령에 따라 궁도들이 던진 폭렬탄이 터지며 검은 안개를 태워 없애기 시작했다.

태양궁의 정예들도 되풀이된 익숙한 전투 양상에 어느 정도 긴장이 풀어진 상태였다.

태양궁도들은 신이 나 추격의 속도를 높였기 때문에 어느덧 자신들이 계곡에 들어선 것을 의식하지 못하고 있었다.

자신들이 천화통으로 낸 길을 따라온지라 뻥 뚫린 잿더미로 만들어진 길 좌우에 항상 빽빽한 밀림이 서 있는 것은 익숙한 풍경이었다. 그래서 그들은 양 옆에 선 밀림의 건너편에 언덕이 솟아올라 있음을 미처 의식 하지 못했다.

마침내 검은 연기가 다 타고 시야가 트이자 염화는 고개를 갸웃했다.

폭렬탄을 터뜨렸으니 숲이 초토화되는 것은 당연했다.

그런데 무언가 달랐다. 이상했다.

'뭐지? 이 어색함은?'

장문부가 빠르게 다가왔다.

"궁주님, 뭔가 이상합니다."

"자네도 그런가? 나도 그렇네."

"왠지 불탄 면적이 너무 넓습니다."

장문부의 지적에 왜 어색함을 느꼈는지 그제야 깨달았다.

"폭렬탄을 너무 많이 던졌나? 이제까지와는 불탄 면적이 다르군 그래."

"조금 다른 정도가 아니라……."

장문부의 말이 계속될 때였다.

콰릉! 콰릉! 콰르릉!

전방에서 세 발의 흑루탄이 연쇄적으로 폭발했다.

새롭게 뚫린 잿더미 숲을 지나 오십여 장 정도 앞이었다.

"흑루탄이다!"

"폭렬탄 준비!"

"세 방이 터졌어! 이 자식들 다급했구나!"

"다 죽여—!"

이제까지 쭉 그래 왔던 것처럼 흑루탄이 터지는 모습을 보자 태양궁도 들이 앞 다투어 달려나가기 시작했다.

한꺼번에 터진 세 발의 흑루탄은 덜미를 잡힌 적들의 발악으로 보였던 것.

열 개 조로 나뉜 백여 명의 태양궁도들은 뻥 뚫린 공지를 전속력으로 달려나갔다.

장문부와 염화도 말을 끊고 달려가기 시작했다.

염화의 신형이 공중으로 치솟았다.

"폭렬탄 투척!"

흑루탄의 연기를 태우는 폭렬탄의 불꽃이 눈부시게 폭발했다.

뒤에 처져 몸을 날리던 장문부는 뻥 뚫린 시야의 양푼에 선 밀림이 이제까지 본 것과 좀 다르다는 것을 느꼈다.

고개를 돌리니, 절벽에 가까운 언덕!

양 옆이 막힌 계곡에 들어선 것을 그제야 장문부는 까달을 수 있었다.

"함정……?"

퍼뜩 스치는 생각에 목소리를 높여 후퇴를 명하려 할 때였다.

날카로운 파공음이 계곡에 울려 퍼졌다.

끼이이이이이아아아아악.

반류가 쏘아낸 명적의 귀곡성이 길게 울리며 양 옆에서 쇠뇌가 빗발치듯 쏟아져 내렸다.

쎄액— 쎄애애애액—

참상이 벌어졌다.

퍼벅! 퍼버버버버벅!

"크악!"

"아아아악!"

뻥 뚫린 공지.

나무조차 제대로 서 있지 않아 엄폐물도 없는 곳.

양 옆의 언덕 위에서 내리꽂히는 쇠뇌는 까맣게 허공을 뒤덮었다.

전혀 대비를 하지 못한 태양궁도들이 쇠뇌에 꽂혀 그대로 바닥에 쓰러졌다.

순식간에 반이 넘는 인원이 땅에 뒹굴었다.

허공을 가득 메운 화살 소리.

명적의 귀곡성.

부상을 당한 자의 비명 소리.

그것은 아비규환(阿鼻叫喚)의 아수라장이었다.

날아오는 쇠뇌들을 정신없이 쳐내던 태양궁주 염화는 살아남은 수하들을 보호하기 위해 목이 터져라 고함을 질렀다.

"전속 전진!"

흑루탄의 연기가 사라져 가는 전방을 향해 몇몇이 몸을 날렸다.

최선두를 달렸던 태양궁도 한 명이 비명을 질렀다.

"으아아아악!"

시야를 확보하지 못한 채 달려가던 사내는 아득한 절벽 밑으로 떨어져 내렸다.

다급한 목소리가 울렸다.

"앞은 천 길 벼랑입니다!"

태양궁도들이 들어선 계곡의 끝은 천신이 일도양단한 듯 싹둑 깎인 아득한 절벽이었던 것이다. 흑루탄이 터져 올라 지형을 확인할 시간이 없었던 것이 치명적인 결과를 불러왔다.

"뒤, 뒤는?"

뒤로 후퇴할 수도 없었다. 오십여 장의 빈 공간을 달리는 동안 쇠뇌에 꽂혀 땅에 뒹굴 터였다.

이 계곡에서 화살비를 뚫고 후퇴할 수 있을 정도의 무공을 가진 자는 염화를 비롯한 몇 명밖에 없었다.

숨을 곳은 없었다.

공격만이 살길이었다.

"절벽 밑으로 붙어!"

양편 언덕 밑으로 달려가는 동안 또 수많은 무사들이 쇠뇌에 꽂혀 뒹굴었다.

"아아아악!"

오른편 언덕 밑으로 붙은 장문부는 살아남은 수하들을 독려해 비스듬한 경사의 절벽 위를 공격하려 했다.

"천화통을 위로 겨눠!"

그러나 그의 명령은 터지는 굉음에 묻히고 말았다.

꽝꽝! 슈우우우우──

양쪽 언덕의 위.

현무교도들이 견착포를 어깨에 들고 천뢰를 쏘아붙였던 것이다.

콰콰콰콰쾅!

땅이 뒤집히고 갈가리 찢긴 육편이 허공을 날았다.

뭉클뭉클 흙먼지가 피어올랐다.

양 언덕의 밑은 천뢰의 폭발로 인해 완전히 초토화되었다.

그때 붉은 그림자 하나가 흙먼지를 뚫고 날아올랐다.

"와악!"

눈이 뒤집힌 태양궁주 염화였다.

그는 오른쪽 언덕의 위를 향해 들소처럼 돌진했다.

쇠뇌가 그를 노리고 쏟아져 내렸으나 맹렬히 휘두르는 쌍장에 대부분 튕겨 나갔다.

그러나 그도 인간, 모든 화살을 다 피할 수는 없었다.

“큭!”

어깨와 다리를 불로 지지는 고통이 느껴졌다.

그러나 염화는 쇠뇌의 소나기를 뚫고 마침내 언덕에 올라서는데 성공했다.

“우아아아악—!”

언덕 위에 선 염화는 비명 같은 고함을 질러대며 쌍장을 미친 듯 휘둘렀다.

염화의 쌍장에서 시뻘건 열화장이 불을 뿜었다.

진원지기까지 끌어올린 필살의 공격!

쾅과광!

“아아악!”

화살을 쏘던 낭인 무사들이 피화살을 뿜으며 추풍낙엽처럼 나가떨어졌다.

상처 입은 호랑이처럼 날뛰던 염화는 적의 수뇌처럼 보이는 장대한 체구의 묵인, 차정선을 발견하고 소름 끼치는 괴성을 질렀다.

“죽어라—!”

파아아아아—

한줄기로 응축된 열화장이 차정선을 노리고 덮쳐들었다.

불의 바다가 밀려오는 듯했다.

차정선의 뒤에는 아직도 수하들이 계곡을 향해 화살을 날리고 있었다. 피할 수 없었다.

차정선은 질끈 이를 물고 흑창을 수십 개로 쪼개듯 찔러 들어갔다.

키잇!

날카로운 창세가 열화장을 뚫고 들어가며 수많은 잔영을 그려냈다.

그러나 열화장을 온전히 막기엔 역부족이었다.

콰광!

“컥!”

차정선의 몸을 감싼 흑의가 불길에 휩싸였다.

차정선이 이를 악물며 밀어붙인 흑창은 날카로운 굉음을 내며 염화의 가슴을 파고들었다.

“어림없다!”

염화의 손이 빙글 돌아 흑창을 쳐내갔다.

탕!

창대를 쳐 흑창을 쳐낸 염화는 신형을 뒤로 날려 거리를 만들었다.

그는 품속에 두 손을 가져가 남은 폭렬탄을 몽땅 꺼냈다.

온몸에 남은 폭렬탄을 뿌려 터뜨리려는 그 순간!

슈칵!

바람을 가르는 날카로운 검명이 울렸다.

염화의 목이 허공에 떠올랐다.

차정선의 위기를 보고 달려온 조온의 좌수쾌검을 피하지 못했던 것이다.

염화가 조금이라도 냉정을 유지해 처음부터 폭렬탄을 사용했다면 차정선 등은 무사하지 못했을 것이다. 등 뒤를 책임질 수하 하나만 있었어도 조온에게 당하지 않았을 것이다. 그러나 거듭된 좌절로 폭주한 염화는 자신의 몸도 돌보지 못하고 눈을 감고 말았다.

염화의 머리가 피를 뿌리며 언덕 밑으로 데굴데굴 굴렀다.

태양궁의 몰락을 가져온 긴 전투의 끝이었다.

37장 개관전야(開關前夜)

외궁과 내궁으로 나뉜 천패궁에서 가장 중심에 서 있는 건물은 구층으로 이루어진 누각이었다.

이곳에 서면 천패궁의 전경을 한눈에 굽어볼 수 있었다.

그 때문에 척무절은 종종 이곳에서 시간을 보냈다.

오늘도 척무절은 구층의 누각 끝에 서서 천패궁을 내려다보는 중이었다.

그의 뒤에는 회색 빛 경장을 걸친 한 인물이 부복한 상태였다.

척무절은 앞을 보며 짧게 물었다.

"암영, 준비는 다 끝났나?"

고개를 숙인 암영이 대답했다.

"그렇습니다, 궁주님. 그런데…….

"뭔가?"

"공야 전주가 태양궁이 전멸했다고 알려왔습니다."

"전멸?"

"예. 태양궁주 이하 이백여 명의 정예가 귀양에서 몰살당했답니다. 현무교와 회회교가 연합했던 것으로 보입니다. 그 후 별다른 공격은 없다 합니다만, 공야 전주가 원군을 요청했습니다."

척무절이 서서히 뒤돌아섰다.

그의 얼굴엔 분명한 노기가 떠올라 있었다.

"어찌 된 영문인가? 태양궁이 얼마나 중요한 전력인데!"

"궁주님께도 공야단이 곧 보고할 것입니다만 제가 검토한 바로는… 아무래도 공야치는 태양궁을 홀대했던 것으로 보입니다. 보고로는 정찰을 맡은 태양궁도들이 계속 살해당해 격노한 태양궁주가 정예를 이끌고 공격하다 당했다 합니다만… 태양궁에만 맡기고 공야치는 몸을 사린 듯 싶습니다."

척무절의 얼굴이 일그러졌다.

다소 흥분한 듯 척무절의 목소리가 커졌다.

"그 늙은이가 원로파에 들더니 드디어 일을 망치는구나! 태양궁 없이 어떻게 회회교의 흑루탄을 상대한다는 말인가! 폭렬탄을 만들고 다룰 수 있는 자들은 그들밖에 없어!"

암영은 깊숙이 고개를 숙였다.

"태양궁의 본궁에 폭렬탄이 남아 있을 테니 너무 심려하지 마십시오. 시간은 좀 걸리겠지만 보충이 가능할 것입니다. 태양궁주가 죽고 정예 무사들도 모두 죽었다지만 소궁주가 본궁에 남아 있으니 이 참에 그들을 아예 흡수하는 것이 좋을 듯싶습니다."

암영의 말에 척무절의 얼굴이 펴졌다.

그의 안색은 다시 차분히 가라앉았다. 표정없는 척무절 특유의 얼굴로 돌아갔다. 암영의 앞에서만 보이던 그 냉정한 표정이었다.

"어쩔 수 없는 일이군. 그렇게 하도록 하지. 당분간 회회교를 공략하는 것은 미뤄야겠다."

"이 참에 공야치로 하여금 회회교를 공격하게 하는 것은 어떨까요? 태양궁이 빠진 만큼 원로파는 엄청난 타격을 받을 겁니다."

척무절은 고개를 흔들었다.

"원로파에 큰 타격은 주겠지만 회회교의 피해는 거의 없을 것이야. 거기다 회회교는 현무교와 연수를 했지 않은가. 깨끗하게 궁을 정비하고 세외 세력을 완전히 없애 진정한 패업(霸業)을 이루는 것이 나의 목적이다. 빈대를 잡자고 집마저 태울 수는 없는 법이지."

척무절은 누각을 왔다 갔다 하며 무언가 고심에 빠진 듯했다.

암영은 그런 척무절의 앞에서 공손히 부복한 상태로 침묵을 지켰다.

생각을 정리했는지 척무절은 걸음을 멈추고 암영을 돌아보았다.

"어쨌든 드디어 현무교와 회회교가 손을 잡았군. 그동안 압박했던 성과가 이제야 나타난 모양이다."

"그렇습니다."

"태양궁을 전멸시킬 정도였다면 그들도 상당한 피해를 입었겠지?"

"그것이… 태양궁의 피해에 비하면 미미할 것으로 보입니다. 아무래도 그 자리에 제삼의 세력이 있었나 봅니다."

암영의 말이 의외였는지 척무절의 어조가 약간 바뀌었다.

"무슨 말인가?"

"궁주님께도 곧 보고되겠지만, 공야치가 밀전에 보낸 서한을 먼저 보았습니다. 태양궁이 전멸당한 곳에서 무수한 쇠뇌의 자취가 발견되었다 합니다. 그 힘이 승패에 결정적인 영향을 미친 듯합니다."

"쇠뇌?"

"예. 정심맹주와 사흑련주를 암살한 그 세력이 분명합니다. 수법이 동일합니다."

"그들에 대해 전에 조사를 명했지 않은가?"

"예. 그들의 존재가 처음 발견된 곳은 밀전의 부전주였던 주소추의 암살 현장이었습니다. 그때도 쇠뇌를 사용했습니다. 그리고 정심맹주와 사혹련주의 암살도 그들의 솜씨가 엿보입니다. 활과 쇠뇌를 주로 사용하고 지형을 이용한 매복에 탁월한 자들입니다. 전술이 뛰어난 자들이지요. 이번에 태양궁이 당한 양상도 동일합니다."

척무절은 고개를 끄덕였다.

"그 정도라면 확실히 만만치 않은 숫자겠군. 자네 예상이 틀렸나 보네. 조홍과 우문설을 죽인 자들은 겨우 일곱 명이야. 일곱으로 태양궁의 정예를 상대한다는 것은 불가능하네. 더구나 명부전주가 죽기 전, 그들의 우두머리를 해치웠다지 않은가?"

"그렇습니다만… 그 이후 그들의 종적은 전혀 발견되지 않았습니다. 그리고 그들이 쓰던 전술을 그대로 사용하는 무리들이 출현했습니다. 아직 증거는 없습니다만 아무래도 의심스럽습니다. 그들이 은밀히 힘을 키웠을 수도 있으니까요."

"확실히 변수가 되겠군. 그 문제는 자네에게 일임하겠네."

"알겠습니다."

"생사관(生死關)의 준비는 모두 마쳤나?"

"예. 모든 준비가 끝났습니다."

"좋아! 이제 천패궁에 더 이상 다른 목소리가 나는 일은 없을 것이다."

척무절의 얼굴에 드디어 엷은 웃음이 떠올랐다.

"절차는 모두에게 공개되었나?"

"예. 비무대회를 제안했던 원로파 쪽에서 오히려 당황한 듯 보입니다."

“그래?”

척무절의 웃음이 더욱 짙어졌다.

“내일이면 그들은 알 것이다. 자신들이 얼마나 허황된 꿈을 꾸었는지를.”

“그렇습니다.”

“자네도 날 실망시키지 마라.”

“물론입니다.”

암영이 서서히 고개를 들었다.

척무절의 그림자 암영.

그는 정녕 뜻밖의 인물이었다.

월강과 함께 입궁했던 연파검 동복이 거기에 있었다.

2

“아이 참, 가만 좀 있어봐요.”

교태 어린 목소리의 주인공은 천요신녀 우옥경이었다.

우옥경은 월강의 머리카락을 정성스럽게 빗어 내리는 중이었다.

월강의 얼굴에는 어딘가 어색한 빛이 떠올라 있었다.

“내가 빗는 게 어떨까?”

“안 돼요! 푸. 랏. 트!”

우옥경은 척소단에게 월강의 회족 이름을 들은 후 강짜를 부릴 때마다 월강을 푸랏트라고 불렀다.

그녀가 결코 양보하지 않을 것이라는 걸 안 월강은 가볍게 한숨을 쉬고 그대로 머리를 맡긴 채 눈을 감았다. 그녀에겐 마음의 빚이 있었다. 비록 섭혼술에 제압되어 있다고는 했지만 월강을 구한 것은 바로 우옥경이었다. 그녀가 아니었다면 큰 낭패를 당했을 것이다.

월강이 부상에서 회복되는 동안 우옥경은 모든 수발을 직접 들었다.

월강이 완전히 회복된 후에도 그의 시중을 드는 것은 이제 우옥경의 보람처럼 보였다.

귀를 스치는 부드러운 감촉.

우옥경의 손가락이 느껴졌다.

"자신있어요? 내일 미시(未時)예요."

"당신이 보기엔 어떨 것 같소?"

우옥경의 얼굴이 살짝 흐려졌다.

"당신의 무공이 저보다 고강하다는 것은 알지만…… 이번 봉공 선출대회는 정말 흉험할 거예요. 무공 외에도 여러 변수가 있을 거예요."

월강은 부드럽게 웃으며 우옥경의 손을 잡았다.

"걱정 마시오. 당신들 의도대로 될 거요."

두 명의 봉공을 정하는 비무대회는 원로파가 궁주를 끌어내리기 위해 계획한 일이었다. 척소단이 월강에게 제안했던 방법과 묘하게도 일치했다. 척소단은 모르고 있었지만 애초에 원로파가 노리고 있던 것이기에 그것은 당연한 일이었다.

이제 두 명의 봉공 중 한 명만 원로파의 인물이 선출되어도 궁주를 폐위하는 것이 가능했다. 이미 삼전의 전주는 모두 원로파에서 장악하고 있었던 것이다.

우옥경은 찰랑찰랑 흩어지는 월강의 머릿결을 쓸어내렸다.

"이번 선출대회는 말만 비무(比武)지, 실제로는 생사를 겨루는 결전장이 될 거예요."

"알고 있소."

"미안해요."

"뭐가 미안하다는 거요?"

우옥경의 얼굴에 수심이 깃들었다.

“그런 식으로 비무대회를 개최할 줄은 몰랐어요. 궁주가 발표한 대로 이것은 생사관(生死關)이에요.”

“괜찮소.”

그러나 월강도 내심 긴장하고 있었다.

봉공을 선출하는 비무대회는 원로파의 제안대로 열리게 되었지만 그 방식이 문제였다. 그것을 정한 이는 척무절이었다.

십이각주가 주축이 된 원로파는 실추된 궁의 위상을 바로 세우고 떨어진 사기를 고취하자는 명분을 들어 봉공을 선출하는 비무대회를 제안했다.

무인들을 가장 흥분시키는 것이야말로 고수들이 무공을 겨루는 비무대회 아니던가.

척무절은 그들의 제안을 망설임없이 받아들였다.

그래서 척무절이 비무 방식은 자신이 정한다고 말했을 때 원로파는 이를 거부할 수 없었다.

사대봉공 중 둘이 죽고 우옥경마저 은밀히 원로파에 가담한 상태.

명부전주 우문설의 죽음 이후 삼전까지 원로파에 든 이상 세력으로서는 궁주파에 꿀릴 것이 없다 방심한 탓도 있었다.

봉공 중 한 명만 원로파에서 나오게 되면 공식적으로 천패궁주를 폐위시킬 수 있었다. 이제까지 천패검수대와 사대봉공이 거느린 직할단의 힘에 눌려 있었지만, 그 균형이 깨진 지금 척무절이라는 절대고수를 끌어내릴 수 있는 절호의 기회였던 것이다.

하지만 바로 그 방식이 문제였다.

우옥경은 바로 그 점을 걱정하고 있었다.

“일 대 일의 비무로 승자를 뽑는 비무대회가 아니잖아요. 참가자만 무려 백여 명이에요. 그 백여 명의 절정고수가 한꺼번에 구층 누각에 들어가요. 그곳은 나도 정해진 길로만 다녀서 정확한 구조를 몰라요. 오직 구층까지 올라서야만 하늘을 볼 수 있게 만든 궁주만의 영역이에요. 천패궁에서 그 구조를 제대로 아는 사람들은 궁주의 직속 수하들인 암영들밖에 없을 거예요. 우리 쪽 사람들이 아무리 많다 해도 어떤 함정을 마련했을지 짐작할 수 없어요.”

우옥경은 진심으로 월강의 안위를 걱정하는 듯했다.

월강은 그녀의 손을 잡고 부드럽게 어루만졌다.

“그 백여 명 대부분이 원로파라고 할 수 있잖소. 별다른 문제 없을 거요.”

“물론 궁주와 봉공들, 전주들과 십이각주들이 추천한 백여 명이기 때문에 절대다수가 우리 쪽 사람이에요. 하지만 그곳은 외부와 격리되어 밀폐된 곳이에요. 무슨 일이 벌어질지 아무도 예상할 수 없어요. 봉공의 지위는 천패궁에서 무소불위라 할 수 있어요. 누구도 그 자리를 양보하고 싶지 않을 거예요. 궁주파와 원로파를 나눌 수 있는 상황이 아니에요. 구층 누각의 주변엔 궁도들이 가득 모이겠지만 안에서 어떤 일이 벌어지는지는 아무도 볼 수 없어요. 적당히 양보할 수 있는 비무장이 아니에요. 비겁한 방법도 쓸 수 있는 환경이에요. 더구나 궁주는 구층 누각의 기관을 완전히 작동시킨다고 선언했어요. 봉공이라면 그 정도는 돌파해야 된다는 거죠. 기관을 이용한 어떤 함정이 있을지 알 수 없어요. 최악의 경우엔 암영의 암습을 받을 수도 있어요. 누가 암영인지는 아무도 모르니까요.”

월강은 고개를 끄덕였다.

충분히 가능한 상황이라는 것을 납득할 수 있었다.

그러나 이제 와서 물러설 수는 없는 일. 이미 자신의 참가는 천패궁 전체에 발표된 상태였다.

"그 안에서 어떤 상황이 벌어질지 알 수 없겠군. 천패궁 최고의 수뇌들이 각기 다섯 명씩 추천한 셈이군."

"그래요. 봉공을 잃은 주작단과 백호단에서도 각기 다섯 명씩 고수를 내보냈어요. 이번에 백호단을 부활시키기로 했거든요."

"내가 아는 사람들도 참가했소?"

"확실한 궁주파에서 나오는 인물들 중 당신이 아는 사람이 두 명 있어요."

"누구요?"

"당신, 패검 용절상을 만나본 적이 있다고 했죠?"

월강은 고개를 끄덕였다.

풍각초를 전송하던 술자리에서 그와 화무옥 간에 작은 충돌이 있었다. 월강은 그를 잊지 않고 있었다.

"용절상은 알려진 것보다 훨씬 무서운 자예요. 그가 괜히 천패검수대의 수장이 된 것이 아니에요. 당신도 조심하셔야 해요. 궁주의 무기명 제자라고도 말할 수 있는 사람이니까요."

"또 한 명은 누구요?"

"화무옥이에요."

월강은 고개를 끄덕였다.

"청룡단에 들어가더니, 마우간에게 단단히 신임을 얻은 모양이군. 화무옥의 진짜 실력은 한 번도 드러난 적이 없소."

"용절상과 화무옥은 반드시 협력할 거예요. 그 두 사람을 조심하셔야 해요."

"글쎄…… 그 둘은 술자리에서 다투기도 한 사이요. 과연 그럴까?"

우옥경은 단호하게 고개를 저었다.

"그럴 거예요. 화무옥이 누구의 추천으로 천패궁에 입궁했는지 아세요?"

"설마……?"

"맞아요. 그는 용절상의 추천으로 천패궁에 들어왔어요."

언제나 속을 들여다볼 수 없는 웃음과 달변을 자랑하던 사내.

월강은 화무옥의 시선을 떠올렸다. 항상 자신을 관찰하던 웃음 띤 시선을.

월강의 상념을 깬 것은 우옥경의 음성이었다.

"그 두 사람 말고도 당신이 잘 아는 두 사람이 우리 쪽에서 참가해요."

"삼전주나 십이각주의 추천을 받은 사람들 중에?"

"그래요."

"설마 동 선배와 번 형이 나온다는 말이오?"

우옥경은 고개를 끄덕였다.

"동복은 당연히 거명될 만한 고수예요. 그가 나온 것은 당연하다 할 수 있죠. 당신과 사이가 좋은 편이니 도움이 될 거예요."

"동 선배의 실력은 믿을 만하지. 번 형은 당신이 추천했소? 그의 실력으로는 좀 무리일 텐데……."

우옥경이 슬며시 웃음을 지었다.

"그에게 당한 상처를 벌써 잊었나 보군요. 조금만 더 파고들었으면 비장을 다칠 뻔했어요."

"잊을 리가 있겠소. 당신이 돌봐준 상처인데."

"이럴 땐 진짜 바람둥이 같다니까?"

의미있는 시선으로 바라보는 월강의 콧잔등을 우옥경이 살짝 손가락으로 찍었다.

월강이 웃으며 물었다.

"당신이 날 도와주라고 추천했나 보구려."

"아니에요. 그는 주작단주와 부단주의 절대적인 지지를 받으며 선출되었어요."

월강은 고개를 갸웃했다.

"동료들에게 꽤 신임을 받나 보구려. 번 형의 성격으로 그럴 리가 없는데?"

"그렇게 만든 건 당신이에요."

"그게 무슨 말이오?"

"번쾌는 패일로도 꼼짝 못하고 당한 최강의 실수와 마주쳐 천패궁에서 유일하게 한칼을 먹인 영웅이에요. 그의 명성은 이미 궁 내에 자자하다구요."

월강은 피식하고 웃었다.

번쾌를 죽이려다 망설인 탓에 자칫 크나큰 위험에 빠질 뻔했지만 그 행동에 후회는 없었다. 자신이 아는 자를 그런 식으로 죽이고 싶지 않았다. 번쾌는 성질머리가 더러웠지만 좋은 술친구였다.

"내가 번 형에게 아주 좋은 일을 해준 거구려."

"맞아요."

우옥경은 월강의 뒤에 서서 머리를 빗던 손길을 멈추었다. 다 되었는 줄 알고 일어서려던 월강의 몸은 우옥경의 손길에 제지되었다. 우옥경은 앞으로 돌아와 월강의 무릎에 걸터앉았다.

"머리 손질은 다 끝나지 않았어요."

"이런 자세로 무슨 머리를 빗는다는 거요?"

"거울만 보니 감이 잘 안 와서요. 앞머리는 직접 보며 손질해야겠어요."

허벅지에 느껴지는 부드러운 감촉에 월강은 사뭇 당황했다.

"꼭 이런 자세로 해야 하오?"

"남은 사람들 중 기억해야 할 자들에 대해서 말해 줄 테니 조용히 듣기나 해요."

"그래도 이런 자세는……."

"푸랏트! 정말 이럴 거예요?"

"아, 알았소."

우옥경의 설명은 그 후로도 아주 길게 이어졌다.


＊　　　　＊　　　　＊


내궁의 서쪽에 위치한 청룡헌에는 요요한 달빛이 흘렀다.

마우간은 정원에 핀 옥매화를 바라보며 그답지 않은 감상에 빠져 있었다.

"화무십일홍(花無十日紅)이라……. 내일이면 자네들을 대신할 봉공을 뽑는다네. 자네들의 죽음을 조상할 피의 축제가 될 거야……. 내 손에 피를 묻히지 못하는 게 아쉽군."

마우간의 앞에는 두 개의 술잔이 놓여 있었다.

찰찰 넘치도록 가득 부은 술은 그의 친구였던 패일로와 조홍을 위한 것이었다.

고개를 젖혀 술을 털어 넣은 마우간은 인상을 찌푸렸다.

술맛이 썼다.

"안 하던 짓 하려니까 술 맛도 쓰군."

그때 마우간의 뒤에서 굵은 목소리가 들렸다.

"그게 아니라 혼자 드셔서 그런 겁니다."

"이제 오나?"

마우간은 힐끗 고개를 돌렸다.

만나기로 한 사람과 어디선가 본 듯한 얼굴의 청년이 서 있었다.

패검 용절상을 바라보며 마우간은 턱짓으로 청년을 가리켰다.

"누군가?"

"기억나지 않으십니까?"

다시 보니 과연 아는 얼굴이었다.

천추서림을 칠 때, 자신이 인솔했던 천패검수대원 중 한 명이 분명했다. 이름은 기억나지 않았다. 자신의 수족이라 할 청룡단 무사들의 이름도 몇 명밖엔 기억하지 못하는 마우간에게는 당연한 일이기도 했다.

"음, 확실히 낯은 익군."

"기억해 주시니 영광입니다."

용절상이 냉우의 어깨를 두드렸다.

"이제 약관이지만 또래들 중엔 발군의 실력자입니다."

"그래?"

성의없는 대답.

마우간으로서는 내일 있을 생사관에 대해 의논하기로 한 중요한 자리에 애송이를 데려온 용절상이 마뜩치 않았다.

그런 마우간의 기색을 눈치 챘는지 용절상의 목소리가 은밀해졌다.

"중요한 일을 의논하려고 이 친구를 데려왔습니다. 이 친구도 내일 저와 함께 생사관에 들게 되었습니다."

"생사관에?"

마우간은 새삼스런 눈으로 냉우를 바라보았다.

생사관에 출전할 정도면 상당한 고수일 것이 분명했다. 그것은 냉우의 나이로는 확실히 의외였다.

"내일 계획에 한 가지 추가 사항이 생겼습니다. 궁주님께는 이미 보고했습니다. 봉공께서도 알고 계셔야 할 듯합니다."

"내가 맡은 일에 변동 사항이라도 있나?"

“그렇습니다.”

“무슨 일인데?”

“내일 출전하는 자들 중에 적의 간세가 있는 듯합니다.”

마우간은 무슨 소리를 하냐는 듯 픽 웃었다.

“그놈들 중 대부분이 원로파인데 그거야 당연하잖나.”

냉우가 나서서 말했다.

“그런 간세가 아닙니다. 어쩌면 그자가 패 봉공님을 해친 흉수일지도 모릅니다.”

냉우의 말에 마우간의 목소리가 달라졌다.

이제까지 보인 관심없는 표정과는 전혀 다른 얼굴. 혈수(血手)라는 별호가 진정 어울리는 살기 넘치는 표정이었다.

마우간은 냉우를 쏘아보았다.

“정말인가?”

“그자가 제가 생각하는 자라면 틀림없습니다.”

마우간은 무시무시한 눈빛으로 냉우를 잡아먹을 듯 노려보았다.

그것은 패일로를 해친 자에게 보내는 눈빛이기도 했다.

“자세히 말하라! 그자가 누군가?”

“제가 생각하는 자는 봉공께서도 아시는 자입니다. 저와는 어릴 때의 동무 사이, 아니, 어릴 때부터 적이었던 자이지요.”

냉우의 목소리가 나직하게 이어졌다.

# 38장 생사관(生死關)

천패궁의 최심부에 서 있는 구층 누각.

누각이라지만 구층의 전각을 쌓아 올린 철탑과 같은 거대한 위용을 자랑했다. 꼭대기인 구층만이 훤히 뚫린 누각의 모습을 하고 있고 팔층까지는 견고한 요새라고 보아도 무방했다.

구층 누각은 외양을 장식한 빛나는 하얀 대리석으로 인해 멀리서 보면 천패궁의 가운데에 눈 쌓인 첨봉(尖峯)이 버티고 선 것으로도 보였다.

그래서 구층 누각은 달리 백악루(白岳樓)라고 불렸다.

척무절은 중요한 의사 결정이 있을 때면 꼭대기인 누각에서 회동을 갖고는 했다.

하지만 백악루를 방문하는 누구도 이곳의 정확한 구조는 알지 못했다.

오직 정해진 통로로만 다닐 수 있었다.

그것을 어기는 자는 켜켜이 장치된 험악한 기관에 언제 당할지 알 수 없는 궁주만의 절대 상징.

그곳이 바로 백악루였다.

그런 곳이었기에 평소에 이곳은 엄중한 경계가 펼쳐져 있을 뿐 일반 궁도들의 모습은 볼 수 없었다.

하지만 오늘은 일찍부터 이곳저곳에서 일반 궁도들의 모습을 볼 수 있었다.

오시(午時)를 넘어 미시(未時)에 가까워지자 점점 늘어난 인파로 인해 백악루 주변은 발 디딜 틈도 없을 정도로 인산인해(人山人海)를 이루었다.

미시가 되자 북소리가 울리기 시작했다.

둥! 둥! 둥! 둥!

그와 함께 요란한 함성이 일제히 터져 나왔다.

천지를 진동하는 함성 소리와 북소리가 어울려 백악루를 떨어 울렸다.

"와아아아아아—"

"미시다!"

"드디어 시작이구나!"

백악루를 울리는 함성 소리는 구층 누각의 꼭대기에서 백색피풍을 휘날리며 척무절이 뛰어내리자 절정에 달했다. 척무절은 능공허도(凌空虛渡)의 경공을 시전하여 허공을 걸어 내려오듯 장중하게 지상으로 하강하고 있었다.

"궁주님이시다!"

"와아! 천패궁 만세!"

척무절이 지상에 가까워지자 천패검수대가 일제히 일어서 촘촘히 몸을 붙였다. 척무절은 그들의 어깨 위에 가볍게 내려앉았다.

척무절이 자신에게 함성을 지르는 궁도들에게 주먹을 불끈 쥐어 보이고는 하늘로 치켜 올렸다.

천패궁도들의 함성이 절정에 달했다.

"와아아아아아아아!"

한마디로 호쾌한 광경이었다.

간단한 손동작만으로 군중들을 열광의 도가니에 빠뜨린 척무절은 큰 소리로 목청을 돋우었다.

내공을 가득 실은 장중한 목소리에 군웅들의 함성 소리는 삽시간에 가라앉았다.

"오늘 이 백악루에서 천패궁의 두 봉공을 뽑는 생사관을 개최하게 되었다! 봉공의 자리는 천패궁을 대표하는 자리이다! 오늘 출전하는 백여 명의 궁도 중 단 두 사람만이 그 자리에 오를 것이다! 자! 오늘 출전할 용사들은 모두 앞으로 나서라!"

척무절의 호령에 궁도들 사이에서 백여 개의 하얀 신형이 일제히 공중으로 치솟았다.

그들이 앞으로 나가는 동안, 자신과 같은 소속의 출전자를 응원하는 목소리가 백악루를 떨어 울렸다.

"꼭 봉공이 되십시오!"

"주작단 만세—!"

"철기각 만세—!"

한데 뒤섞인 함성이 축포처럼 출전자의 등을 떠밀었다.

단숨에 백여 명의 출전자가 척무절의 앞에 모여들었다.

그중엔 월강 또한 있었다.

척무절은 자신의 눈앞에 선 백여 명을 굽어보며 목소리를 높였다.

"구층의 정상에 봉공의 상징 백호령과 주작령이 놓여 있다! 두 영패를 손에 쥐고 일층 전각의 정문을 나서 궁도들 앞에 영패를 보이는 자가 봉공이 될 것이다! 구층 누각에서 지상으로 뛰어내리는 자는 봉공의 자격을 상실하게 될 것이다! 생사의 관문을 뚫고 다시 일층까지 내려선 자만이 영광을 얻으리라! 그 이외에는 어떤 규칙도 존재하지 않는다! 생사의 관문을 뚫는 자만이 봉공의 자격을 얻으리라!!"

척무절은 말을 마치며 한 팔을 곧추세워 궁도들 앞으로 쭈욱 뻗었다.

그 힘찬 동작에 군중들은 열광 어린 함성으로 화답했다.

"와아아아—! 이제 시작이다!"

북소리가 다시 둥둥둥 울려 퍼지기 시작했다.

함성 소리와 북소리를 뚫고 척무절의 목소리가 울려 퍼졌다.

"생사관의 문을 열라—!"

척무절의 명령에 따라 정문 외에는 아무런 문도 없어 보였던 구층 누각의 일층이 활짝 열렸다.

사방을 둘러싼 벽들이 굉음과 함께 갈라지며 십여 개의 출구를 만들어 낸 것이다.

처음 보는 백악루의 기관 장치에 궁도들이 놀라 환성을 질렀다.

"참가자들은 문을 선택해 앞에 서라!"

척무절의 말에 맞춰 백여 명의 출전자들은 삼삼오오 갈라져 출구 앞에 섰다. 대부분 자신의 소속이나 친분이 있는 자들이 한데 모여들었다.

월강은 자신과 같은 문에 선 동복을 발견하고 반갑게 인사했다.

"동 선배, 영패를 획득하시길."

동복은 사람 좋은 웃음을 지으며 월강의 어깨를 두드렸다.

"무슨 소리! 월 형이야말로 봉공의 자격이 있지. 월 형께 무운이 따르길 빌겠소."

그때, 월강의 어깨를 치는 손이 있었다.

"나도 있다."

번쾌였다.

시각이 완전히 회복되었는지 날카로운 눈빛을 빛내고 서 있었다.

"번 형, 무운을 빌겠소."

"당연하지!"

백여 명의 출전자가 모두 문을 정해 서자 척무절의 목소리가 다시 울려 퍼졌다.

"이제 생사관을 시작한다! 모두 안으로 들라!"

가죽이 찢어져라 요란스레 북소리가 울렸다.

급박한 목소리와 함께 출전자들을 응원하는 함성이 절정에 달했다.

군중들의 환호성을 뒤로하고 백여 명의 출전자가 서서히 백악루의 일층으로 들어섰다.

그들이 모두 들어서자 굉음을 울리며 사면의 벽이 다시 제 모습을 갖추었다.

백악루의 일층은 백여 명이 들어서고도 공간이 넉넉한 확 트인 대청이었다.

여기저기 세워진 기둥들 외에는 위로 올라가는 어떠한 계단도 보이지 않았다.

문이 닫히기 전 그나마 희미하게 시야를 밝혔던 햇빛은 사방이 꽉 막히자 칠흑 같은 어둠에 잠겼다. 문이 닫히자 백악루 밖의 그 요란하던 함성이 하나도 들리지 않았다. 완벽하게 외부와 차단된 세계였다.

"도대체 어디로 올라가라는 거야?"

번쾌가 투덜거렸다.

그의 불만은 출전자 대부분이 갖고 있는 의문이기도 했다.

그때 갑자기 단말마의 비명이 대청에 퍼졌다.

"악!"

그 비명을 시작으로 병장기 부딪치는 소리가 여기저기서 터져 나왔다.

“벌써 시작인가.”

번쾌는 서서히 눈에 익숙해지는 어둠을 뚫어 보며 혀를 찼다.

아직 위로 올라가는 계단도 발견되지 않았으나 어둠이란 요물이 자극한 욕망은 살인을 부추기고 있었다.

백여 명 사이를 가르고 있는 원로파와 궁주파라는 묘한 파벌 의식이 두 편으로 갈라진 격투를 불러일으켰다.

벌써 바닥에 피를 뿌리고 쓰러지는 이들이 속출하고 있었다.

그때였다.

갑자기 바닥이 흔들리며 기관이 움직이는 굉음이 묵직하게 울렸다.

구우우우웅.

월강은 번쾌를 향해 말했다.

“번 형, 시작되나 보오. 옆에 붙으시오.”

번쾌를 걱정해서 한 말이었으나 그 말이 번쾌의 심기를 건드렸다.

“자네 보호를 받을 정도로 약하지 않네!”

번쾌는 일부러 자리를 옮겨 월강의 곁을 떠났다.

그런 번쾌를 바라보며 동복이 혀를 찼다.

“그 사람, 성질머리 하고는. 월 형, 될 수 있으면 끝까지 같이 갑시다.”

월강은 동복에게 빙긋 웃어주었다.

“그러지요. 동 선배, 조심하십시오.”

기관 소리가 가라앉으며 이번엔 바닥이 빙글빙글 돌기 시작했다.

회전이 점차 빨라져 갔다.

그와 함께 천장의 여기저기에서 쾅쾅 하는 굉음이 울리며 무서운 속도로 벽이 떨어져 내렸다.

미처 떨어지는 벽을 피하지 못한 사람들이 두터운 벽에 깔려 비명을 질렀다.

“아아악!”

“뭐야! 이거! 이쪽으로 와!”

“자네가 와! 위험해!”

“크악!”

동료를 부르는 소리와 비명 소리가 어울려 지옥의 아수라장을 방불케
했다.

흙먼지가 가득 피어오르며 월강이 서 있는 사방에도 쾅쾅 벽이 떨어져
내렸다.


흙먼지가 가라앉아 가자 월강은 주위를 둘러보았다.

그의 옆에는 동복과 봉황단에서 출전한 네 명의 사내 외에 아무도 없
었다.

밀폐된 방과 같은 구조였다.

어느새 천장이 낮아져 두 길 정도 높이가 되어 있었다.

동복이 고개를 갸웃했다.

“가둬놓고 죽이기라도 하려는 것인가? 도대체 어떻게 올라가라는 말
인지…….”

“그게 무슨 말씀이오? 봉공을 뽑는 대회인데 서로 죽이라니? 우리는
결국엔 모두 동료요.”

봉황단의 단주인 길전(吉全)이 동복의 말에 토를 달았다.

동복이 고개를 저었다.

“그건 지금의 상황을 잘 모르고 하는 말이오.”

월강도 고개를 끄덕였다.

“맞소. 길 단주, 방금 전 어두워지자마자 살검을 날리던 자들을 못 보
았소?”

"그들은 궁주파를 공격하던 우리 편들 아닙니까?"

우옥경을 의식해 길전은 월강에게 공손했다.

월강은 고개를 흔들었다.

"구층까지 올라가기 전 궁주파를 다 해치운다면 어떻게 되겠소? 그러면 남은 원로파의 고수들이 서로 양보해 두 사람을 가려내겠소?"

"아무리 그래도 죽이기까지야 하겠습니까?"

"길 단주는 아직 상황을 제대로 파악하지 못한 듯하오. 이곳은 백악루요. 궁주가 어떤 함정을 파놓았는지도 알 수 없고 기관뿐 아니라 매복이 있을 수도 있소. 그런 것이 없다 하더라도 상잔의 가능성은 피할 수 없소."

"무엇 때문입니까?"

"어둠이라는 마물과 인간의 욕망이오. 이런 어둠 속에서 누군가 공격을 받게 되면 자신의 목숨을 지키기 위해서라도 살수를 휘두를 수밖에 없을 거요. 거기다 봉공의 자리까지 걸려 있소이다."

동복이 고개를 끄덕였다.

"맞소. 큰일이외다. 인명의 손실을 조금이라도 줄이는 방법은 하나밖에 없소."

"그게 무엇이오?"

"최대한 빨리 구층 누각의 정상에 올라 영패를 취해 생사관을 마무리하는 것이오."

동복의 말을 듣기라도 했음인지 천장이 열렸다.

사람이 통과할 만한 크기로 열린 천장을 바라보며 월강은 눈을 빛냈다.

"내가 먼저 올라가겠소."

길전이 다부지게 말했다.

"제가 먼저 가겠습니다. 어떤 함정이 기다리고 있을지 모릅니다."

길전은 월강의 대답을 기다리지 않고 훌쩍 몸을 날렸다.

두 길의 높이는 백악루에 든 고수들에게는 그리 높다고 볼 수 없었다.

천장의 구멍에 길전의 얼굴이 다시 나타났다.

"함정은 없는 듯합니다. 그런데 정말 이상하군요. 일단 모두들 올라오십시오."

봉황단의 세 사내가 차례로 오르고 월강과 동복이 그들을 따라 신형을 솟구쳤다.


캄캄한 실내가 답답했던지 봉황단원 한 명이 화섭자를 밝혀든 상태였다.

눈앞에 보이는 기이한 광경에 월강과 동복은 침음성을 삼켰다.

백악루는 일층에서 구층까지 모두 동일한 넓이를 갖고 있는 건축물이었다.

그런데 그들의 눈앞에 보이는 통로는 턱없이 좁았다. 게다가 그 좁은 통로의 끝은 그들의 앞에 분명한 모습을 드러낸 채였다. 막다른 통로였다.

"올라온 이층이 다시 막힌 곳이라니……. 정말 이상한 노릇입니다."

길전이 이해할 수 없다는 듯 고개를 흔들었다.

월강은 신중하게 벽을 훑어보았다.

"아마 기관 장치가 있을 것이오. 백악루는 전체가 기관 장치로 이루어져 있다고 하니까. 이건 내가 들은 백악루의 내부와는 완전히 다르군."

우옥경에게 백악루의 내부에 대해 그녀가 아는 만큼 듣고 왔지만 그녀의 말은 소용이 없었다. 완전히 달랐다.

동복은 막힌 벽의 구석을 가리켰다.

"저기 튀어나온 부분이 두 곳 있군. 둘 중 하나가 벽을 여는 장치일 걸세."

"그래 보이오."

길전이 고개를 끄덕였다.

동복은 월강에게 고개를 돌렸다.

"나는 기관에 대해 아는 것이 별로 없소. 월 형이 선택하시오."

"저도 마찬가집니다."

"제가 한 번 보겠습니다."

길전의 뒤에 있던 봉황단의 부단주 누대일(壘大日)이 나섰다. 기관에 대한 지식이 풍부해 우옥경이 끝까지 데려가라고 말한 자였다.

누대일은 꼼꼼히 통로의 이곳저곳을 날카롭게 관찰했다.

"아무래도 정말 위험한 기관 같습니다. 두 부분 모두 함정을 여는 장치일 수도 있겠습니다."

"그럼 어떻게 하자는 말인가?"

길전이 답답하다는 듯 가슴을 쳤다.

"둘 중 하나를 무작정 선택해 눌러보는 수밖에 다른 방법이 없습니다. 저곳 말고는 어떤 기관의 흔적도 발견할 수 없습니다."

월강이 나섰다.

"한 명만 남아 기관을 열고 나머지는 일층으로 도로 내려가 기다립시다. 내가 열겠소."

동복도 그 말에 동의했다.

"맞소. 어차피 구층까지 올라갔다가 다시 일층으로 내려와야만 하외다. 후일을 위해서 몇 분은 아예 일층에 남는 게 좋겠소"

"그럼 이 둘을 남겨두도록 하지요."

길전은 봉황단의 두 사내에게 일층에서 기다리라고 명했다.

단주의 명을 받은 두 사내가 바닥의 구멍을 통해 일층으로 뛰어내렸다.

"일단 기관을 해제할 동안 한 명을 제외한 나머지 모두 내려가 있기로 하지요. 제가 하겠습니다."

누대일의 말이 끝나기도 전 날카로운 파공음이 들렸다.

그와 함께 짧은 비명이 들려왔다.

"칵!"

"악!"

"이런!"

비명 소리를 듣고 동복이 나는 듯 신형을 날려 일층으로 내려가는 구멍으로 향했다.

월강 등도 뒤를 따랐다.

구멍을 통해 내려다본 일층은 처참하기 짝이 없었다.

봉황단의 두 사내는 전신에 빽빽하게 화살과 암기가 꽂혀 있었다. 그리고 눈을 치켜뜨고 죽은 그들의 몸은 푸시시 녹아내리고 있었다. 독(毒)마저 바른 암기들이었다.

단주인 길전은 분노에 가득 차 소리를 질렀다.

"이게 뭐 하는 짓인가! 다 죽일 셈인가!"

동복이 혀를 찼다.

"이건… 정말 너무하는구려. 일부러 지체하는 것은 허락하지 않는다는 뜻 같소이다. 이렇게 되면 모두 무작정 전진할 수밖에 없구려."

월강이 단호한 표정으로 고개를 들었다.

"생각보다 배는 흉험할 것 같소이다. 모두 준비하시오. 내가 운을 시험해 보리다."

월강은 일행이 자세를 갖춘 것을 확인한 후 몸을 띄워 왼쪽에 있는 돌

출부를 눌렀다. 누르는 것과 동시에 월강의 몸도 화살처럼 뒤로 후퇴했
다.

그러나 어떤 함정도 없었다.

그그긍 하며 벽면이 열렸다.

왼쪽으로 꺾어진 길이 모습을 드러냈다.

조심스레 전면을 확인하니 삼 장쯤 앞에서 또 오른쪽으로 꺾어진 길이
보였다.

월강은 뒤를 돌아보고 일행에게 말했다.

"아무래도 미로의 연속인 것 같소. 삼층이 나오는 계단까지 무작정 전
진해야 할 듯하오. 내가 선두에 설 테니 동 선배가 후미를 맡아주오."

동복이 고개를 끄덕였다.

"알겠소. 월 형, 조심하시오. 이제부터가 진짜 생사관의 시작일 듯하
외다. 누가 어디서 공격할지도 모르고 언제 어떤 기관이 튀어나올지도
모르오."

월강은 동복에게 신뢰에 찬 눈빛을 보내고 등을 돌렸다.

그의 뒤를 따라 살아남은 세 명의 일행이 걸음을 옮겼다.

두 번째에 선 길전의 손에서 뿌연 화섭자가 불을 밝히고 있었다.


길전의 걸음에 따라 불빛이 미묘하게 흔들렸다.

벌써 미로를 돈 지 두 식경이 지나 있었다.

길전이 이상하다는 듯 고개를 갸웃했다.

"이층으로 올라온 자들이 적어도 구십은 넘을 텐데 한 명도 만나지 못
했다니, 정말 이상한 일이 아닙니까?"

앞서 가던 월강은 정면을 계속 주시하며 길전의 말에 대답했다.

"모두 우리같이 미로를 헤매고 있을 거요. 어쩌면 모두 만나지 않고

삼층으로 올라가게 되어 있는지도 모르오. 한 사람이 겨우 걸을 만큼 좁은 미로이니 그럴 가능성도 있소."

맨 뒤를 따르던 동복이 월강의 말을 받았다.

"그나저나 속도를 높이는 게 어떻겠소? 아무 함정도 없을지 모르오. 이렇게 천천히 가다간 우리가 제일 늦고 말겠소. 이 벽은 아무짝에도 쓸모가 없어 보이는구려. 뚫고 나갈 수도 있을까?"

동복이 자신의 말을 확인이라도 하듯 주먹으로 쿵쿵 벽을 두드리며 걸음을 옮겼다.

동복의 앞을 걷던 누대일이 뒤를 돌아보며 날카로운 목소리를 냈다.

"무슨 짓이오! 그러다 기관을 움직일지도 모르오이다! 손을 멈추시오!"

동복은 누대일의 고함에 사람 좋은 그 특유의 웃음을 지었다.

"에이… 그렇게까지 소리를 지를 게 무어 있소. 이런 벽에까지 무슨 기관이 있겠소? 지금까지 아무런 함정도 없었소이다. 자, 보시오. 계속 두드려도 아무 이상이 없지 않소?"

동복이 다시 쿵쿵 벽을 두드렸다.

누대일의 눈꼬리가 치켜 올라갔다.

"하지 말라고 했……."

누대일이 말하던 중, 갑자기 푸슈슛 하는 날카로운 소리가 울렸다.

동복의 얼굴에 피가 튀었다.

"이, 이럴 수가……."

동복은 아연한 기색으로 멍하니 정면을 바라보고 있었다.

바닥에서 갑자기 튀어 오른 다섯 개의 장창이 누대일의 몸을 완전히 꿰뚫은 것이다.

누대일은 푸들푸들 몸을 떨고 있었지만 이미 목숨이 끊어진 후였다.

누구도 심장과 머리를 창으로 꿰뚫리고 살아 있을 수는 없는 법이었다.

"부단주—!"

길전이 깜짝 놀라 누대일을 불렀다.

길전은 동복을 향해 눈을 부릅떴다.

"네놈이! 네놈 때문에!"

길전이 뽑아 들려는 칼을 월강이 막았다. 칼자루를 잡은 손을 틀어 쥔 월강이 나직한 목소리로 말했다.

"죽은 사람은 안됐지만 어쩔 수 없소. 지금 우리에겐 한 사람의 동료도 아쉬운 판이오!"

길전은 이를 부드득 갈더니 홱 몸을 돌렸다.

월강은 멍하니 충격을 받은 듯 누대일의 시신을 바라보는 동복을 위로했다.

"동 선배, 너무 자책하지 마시오. 앞으로는 함부로 벽을 치지 마시오."

"알… 겠네. 면목이 없네……."

침울한 목소리로 말하는 동복을 뒤로하고 월강은 다시 걸음을 옮겼다.

길전이 맨 앞에 서고 월강이 그 뒤를 따랐다.

동복은 누대일을 죽게 한 것이 마음에 걸리는 듯 조금 뒤에서 어깨를 웅크리고 따르고 있었다.

앞서 가던 월강은 갑자기 덜컹 하는 소리를 뒤로부터 듣고 번개같이 몸을 돌렸다.

그의 눈에 벽에 생긴 통로로 빨려 들어가듯 사라지는 동복의 모습이 보였다.

"동 선배—!"

월강이 깜짝 놀라 몸을 날렸지만 이미 동복을 삼킨 벽은 굳게 닫힌 후였다. 아무리 흔적을 찾으려 해도 벽에는 조금의 틈도 없었다.

월강의 옆으로 다가온 길전이 잘되었다는 듯 킁 하고 콧소리를 냈다.

"그렇게 부주의해서 어떻게 칼밥을 먹고살았을까? 부단주를 죽이더니 자신까지 함정에 떨어졌군."

월강은 침울하게 고개를 흔들었다.

"처음엔 실수였겠지만 이번엔 자신을 자책하다 그리되었을 것이오. 동 선배는 남에 대한 배려가 지나친 사람이라 크게 상심했을 거요. 그렇게 나쁘게만 생각하지 마시오. 그리고 이곳이 꼭 죽음의 함정이란 법도 없소. 다른 통로와 이어질 수도 있으니……. 아직 삼층에 오르지도 못했는데 벌써 동료를 네 명이나 잃다니……."

길전도 죽은 수하들이 생각나는 듯 후 하고 한숨을 쉬었다.

월강은 다시 고개를 돌려 전방을 응시했다.

"그들의 죽음을 헛되게 할 수는 없소. 어서 갑시다."

월강은 걸음을 옮겼다. 길전이 뒤를 따랐다.

두 명으로 줄어든 일행은 두 번째 모퉁이를 돌자 하나의 계단을 만날 수 있었다. 삼층이 올려다보이는 계단이었다.

3

봉황각의 내실에 홀로 앉아 있는 우옥경은 물끄러미 빗을 바라보고 있었다.

월강의 머리를 빗겨준 그 빗이었다.

우옥경의 손가락이 월강을 쓰다듬듯 빗을 쓸었다.

그때, 창문에서 낭랑한 목소리가 들렸다.

"여기 있었군요."

의수를 붙인 척소단이었다.

우옥경은 척소단을 향해 빙긋 웃음을 보냈다.

"이제 창문으로 들어오는 것이 아예 버릇이 되었구나."

척소단은 우옥경의 앞으로 다가와 의자에 앉았다.

"한참 찾았어요. 왜 백악루에 안 가 있는 거예요?"

"언제 나올지도 모르는데 뭘."

"그래도 밖에서 푸랏트를 응원하는 게 도리가 아니에요?"

“여기서도 응원은 할 수 있어.”

척소단이 흥 하고 코웃음을 쳤다.

“푸랏트가 봉공이 되고 나면 여기서 기다리고 있다가 축하를 해줄 셈이죠? 안주인이라도 된 것 같네요?”

우옥경은 척소단의 말에 나직하게 웃음을 터뜨렸다.

“내가? 난 그의 어머니뻘이야.”

“열 살 정도밖에 차이가 나지 않잖아요. 어머니는 무슨.”

“실제로는 서른 살 가까이 차이가 나는데 뭘.”

척소단의 눈이 커졌다.

“어떻게 그의 진짜 나이를 알죠? 그의 정체까지 알고 있는 거예요?”

우옥경은 조용히 고개를 끄덕였다.

“응. 그의 진짜 이름도 알고 있어.”

믿기지 않는다는 듯 척소단은 고개를 저었다.

“어떻게 된 거죠? 그가 말했어요?”

“응. 그는 내게 걸었던 섭혼대법도 풀어주었어. 바로 어제.”

“그런데도 아무렇지도 않아요?”

“뭐가?”

“그가 섭혼대법을 걸어 강제로 굴복시킨 거잖아요?”

“그렇지 않아.”

우옥경은 고개를 저었다.

“처음엔 그랬지만 그에 대한 내 감정은 진짜였어. 그걸 알기에 그도 섭혼대법을 풀어주고 정체를 말해 준 것이고.”

척소단은 이해가 가지 않는다는 듯 눈을 깜박였다.

“기분… 나쁘지 않아요? 나라면 굉장히 기분 나빴을 텐데…….”

우옥경이 미소를 지었다.

"남녀 관계란… 참 이상하지. 나도 내가 다시 이런 감정에 빠질지는 몰랐어."

"그를 사랑… 하는군요?"

"응."

우옥경은 서슴없이 고개를 끄덕였다.

척소단이 조금 어이없다는 듯 말했다.

"말 그대로 그는 아들뻘이에요. 자신이 뻔뻔스럽다고 생각하지 않아요?"

"뻔뻔스럽지. 하지만 그래도 좋은걸?"

척소단은 '하!' 하고 탄성을 질렀다.

"그렇게 무지무지하게 대놓고 말하니 뭐라 할 말도 없네요."

"욕심을 내지는 않아. 그냥 그가 좋을 뿐이야."

"언니가 부러워요."

우옥경은 그윽한 눈빛으로 척소단을 바라보았다.

방금 자신의 사랑을 고백한 사람답게 아름다운 눈빛이었다.

"나는 네가 부러운걸? 넌 젊잖아? 그와는 어울리는 쯔-이야."

척소단이 고개를 흔들었다. 그녀의 음성은 어딘가 풀이 죽어 있었다.

"나는… 외팔이에요."

"그는 그런 걸 따질 사람이 아냐."

"나는… 원수의 손녀예요."

"그건… 좀 그렇구나."

둘은 잠시 말이 없었다.

척소단은 갑자기 쾌활한 목소리로 물었다. 무언가를 감추기 위할 때 내는 그런 명랑함이었다.

"그나저나 그가 봉공이 되고 궁주를 폐위하게 되면 내가 정말 궁주가 될 수 있을까요?"

"그건 알 수 없어."

"그렇겠죠?"

"가능성이 없는 것도 아니야. 원로파가 원하는 것은 안정된 기반일 뿐이니까. 지금처럼 세외 세력을 없앤다느니 하면서 기반을 흔들지 않는다면 원로파는 조용할 거야."

"그렇다 해도 권력에 대한 욕심이 있잖아요."

"그게 문제지. 하지만 삼전주나 십이각주들 중에서 천패궁의 궁주가 될 만한 인물은 사실 없어. 혈통으로 명분을 갖고 있는 네가 될 수도 있단다."

척소단은 기분이 나아졌다는 듯 고개를 끄덕였다.

"내가 궁주가 되면 천패궁은 아주아주 평화로울 거예요. 삼전과 십이각을 독립시키고 다들 평화롭게 사는 거예요."

"그렇게 쉽지는 않을 거야. 천패궁이라는 거대한 울타리가 있기에 원로파의 물적 기반이 존재하는 거니까."

"나같이 어린 계집애가 궁주로 있으면 서로 이익을 더 차지하려고 물어뜯다가 결국은 갈라질 거예요."

우옥경은 눈을 크게 떴다.

"네가 거기까지 생각하고 있을 줄은 몰랐구나."

척소단은 어깨를 으쓱했다.

"나는 천재 척운경의 딸이라구요."

우옥경이 나직하게 웃었다.

"그렇구나."

"그러나저러나 이 꿈같은 이야기도 푸랏트가 봉공이 돼야 가능한 건데……."

“그렇지.”

다시 두 여인 사이에 침묵이 흘렀다.

“푸랏트가 봉공이… 되겠죠?”

“글쎄…….  백악루에서  열린 생사관은 너무 위험한 곳이 된지라…….”

우옥경과 척소단은 말을 멈추고 동시에 창가로 고개를 돌렸다.

우뚝 솟아 있는 하얀 구층의 누각.

백악루가 보였다.

4

월강은 그때, 오층을 통과하고 있었다.

삼층은 처음부터 지옥 같은 기관 장치들이 연이어 기다리고 있었다.

계단이 몇 군데로 모두 이어졌는지 이십여 명이 한데 모였지만 그들은 서로 다툴 새도 없었다.

궁주파는 하나도 보이지 않았다.

모두 원로파였다.

쏟아지는 암기와 화살, 장창의 비를 뚫고 삼층을 통과했을 때, 남은 사람은 겨우 다섯이었다.

사층으로 올라서자 그들을 기다리고 있었던 것은 불의 관문이었다.

보보마다 처처히 불꽃을 내뿜는 기관 장치가 지옥도를 연출했다.

철저하게 사람을 죽이기 위해 만든 관문이었다.

월강은 척무절의 의도를 절실히 느낄 수 있었다.

척무절은 백악루의 생사관을 통해 원로파의 간부급들을 모조리 처리

하고 있었다.

이런 양상이라면 살아남은 자들이라고 해봐야 백악루 밖에 있는 전주들과 각주들이 전부일 터였다.

궁주파의 인물들이 하나도 보이지 않는 것이 더욱 그런 심증을 굳히게 했다.

사층을 통과하는 동안 셋이 더 죽었다.

이제 그의 곁에는 심하게 화상을 입은 길전밖에 남지 않았다.

길전은 거의 업혀가듯 월강에게 부축을 받고 있었다.

"헉! 허억! 목이… 목이 말라…….”

월강은 길전의 힘을 북돋기 위해 계속 말을 걸고 있었다.

"길 단주! 구층까지 가면 물이 있을 거요. 조금만 참으시오.”

"월 대협……! 난… 틀렸소……. 날 버리고 가시… 오.”

"무슨 소리오! 우리는 구층까지 함께 갈 것이오. 구층은 누각으로 이루어져 있으니 아래에 있는 봉황단원들에게 당신을 내려보낼 수 있을 거요! 조금만 참으시오! 조금만!”

월강은 거의 소리치듯 말하고 있었다.

대의 따윈 상관없다고, 자신이 아는 사람은 다치지 않게 하겠다고 다짐했던 것이 언제던가.

그러나 개인의 힘으로 전체의 흐름을 막을 수는 없었다.

한때는 천패궁 자체를 없애려고 한 때도 있었다.

그것이 얼마나 무모한 짓이라는 것도 알고 있었지만 죽일 수 있을 때까지 죽이고 거꾸러지겠다 다짐한 적이 있었다.

그러나 천패궁에 들어와 보니 이곳도 사람이 사는 곳이었다.

모두 죽여야 할 축생의 집이 아니었다.

개봉 연좌에서 산화된 사람들의 복수만 하려 했다.

아직 그것조차 끝내지 못했다.

마우간이 남았다.

척무절이 남았다.

천패검수대가 남았다.

그들만은 죽여야 한다. 그렇지 않고서는 그들에게 당한 원혼들이 안식을 얻지 못하리라. 그중엔 미령이와 효령이도, 할아버지도, 서문 삼촌도 있었다.

한광후는 그에게 천패궁이라는 거대 괴물의 체제가 사직을 좀먹고 있다고 가르쳤다.

그 체제를 없애야만 한다고 가르쳤다.

척소단의 염원대로 궁주를 끌어내리고 천패궁을 잘게 쪼개는 것만으로 만족하려 했다.

척소단의 얼굴을 보아 척무절을 죽이지 않으려고까지 마음을 먹었다.

그러나 지금 월강은 분노하고 있었다.

자신의 권력을 위해 파벌이 다르다는 이유만으로 수하들을 몰살시키는 척무절의 비정함에 치를 떨었다.

눈앞에 보이는 캄캄한 미로를 노려보며 척무절을 용서치 않겠다고 다짐했다.

그렇게 월강은 흥분해 있었다.

그것이 치명적인 결과를 초래했다.

"위험……!"

돌연 부축받고 있던 길전이 무서운 힘으로 월강을 떠밀었다.

이제까지 죽어가고 있던 사람의 힘이라고는 믿기지 않을 만큼 강한 힘이었다.

"컥!"

어디서 솟아난 것일까?

길전의 가슴에는 시퍼런 칼날이 꽂혀 있었다.

"길 단주!"

기관에서 발사된 칼이 아니었다.

정교하게 심장을 찌른 그것은 분명 사람의 솜씨였다.

그러나 월강의 눈에는 아무것도 보이지 않았다.

미로의 벽에서 갑자기 솟아나듯 칼이 튀어나온 것을 월강은 보지 못했던 것이다. 칼 한 자루를 던지듯 찌르고 벽으로 사라지는 그 팔을 월강은 보지 못했던 것이다.

길전을 바닥에 눕히고 상처를 손으로 막았지만 소용없는 일이었다.

길전은 입으로도 피를 토하고 있었다.

"길 단주……!"

"쿠억!"

길전의 눈빛이 점점 희미해져 갔다.

"월… 대협……."

"말하시오. 길 단주……."

월강은 길전의 상처를 누르고 진기를 주입했다. 다소 화색이 돈 길전은 천천히 말을 이었다.

"당신은… 좋은…… 사람이오……. 꼭… 봉공이…… 우 봉공님을 부탁……."

"길 단주!"

월강은 길전의 상처에서 천천히 손을 떼고 아직도 치뜨고 있는 눈을 감겨주었다.

"미안하오……. 내가 냉정하기만 했더라도……."

잠시 길전의 얼굴을 바라보던 월강은 결연한 태도로 돋을 일으켰다.

"당신의 죽음을 결코 헛되이 하지 않겠소."
월강은 으스스한 눈빛으로 주위를 노려보며 말을 맺었다.
"당신을 죽인 놈들은… 곱게 죽지 못할 것이오."
홀로 남은 월강이 빠르게 신형을 날리기 시작했다.

5

"컥!"

날카로운 비명 소리가 울렸다.

칠층에 접어든 월강의 백의는 어느덧 혈의로 변해 있었다.

오층부터 기관과 매복이 함께 펼쳐져 있었다.

어떤 기관 장치가 있는지 소리도 없이 벽이 열리며 불쑥불쑥 칼이 튀어나왔다.

그들을 해치우며 뒤집어쓴 피로 백의가 빨갛게 변한 것이다.

월강의 사이프도 피에 젖어 있었다.

양손에 사이프를 움켜쥔 월강의 눈은 차갑게 가라앉아 있었다.

어떤 훈련을 받은 자들인지 기관 속에 매복한 자들은 비명조차 제대로 지르지 않았다.

가끔 비명을 내는 사내들은 지금 죽인 자처럼 잔뜩 억눌린 짧은 비명을 낼 뿐이었다.

‘아무래도 이자들이 우옥경이 말한 그 암영이라는 놈들 같다.’

회의로 몸을 감싸고 회색 빛 복면을 한 사내가 미로의 벽에서 반쯤 튀어나와 죽어 있었다.

‘도대체 얼마나 죽여야 이 지옥이 끝난단 말인가. 다른 사람들은 모두 어찌 되었나.’

그때였다.

갑자기 사면의 벽이 우르르 진동하기 시작했다.

그와 함께 앞을 가로막고 있던 벽이 그으응 하고 움직였다.

월강은 눈을 빛냈다.

차례로 시야를 가로막았던 벽들이 사라져 가고 있었다.

마침내 뻥 뚫린 길의 끝에 계단이 나타났다.

‘기관이 해제되고 있다. 이것은!’

누군가 구층에 도달한 것이 틀림없었다.

구층에 있는 영패를 누군가 취하면 모든 기관이 멈출 것이라 이야기한 우옥경의 말이 떠올랐다.

월강의 신형이 팟 하고 엄청난 속도로 쏘아져 나갔다.

월강의 예상대로 팔층에도 아무런 기관 장치가 없었다. 미로도 보이지 않았다. 곧바로 구층으로 올라가는 계단이 팔층의 중앙에 보였다.

몸을 날리던 월강은 그곳에서 번쾌와 마주쳤다.

번쾌 또한 피로 목욕을 한 듯한 모습이었다.

“살아 있었군!”

번쾌의 말에 월강은 고개를 끄덕였다.

“번 형도 무사했군. 다행이오.”

“우선 구층으로 올라가고 나서 이야기하자.”

번쾌가 몸을 날려 구층으로 올라가자 월강도 뒤를 따랐다.

구층에는 아무도 없었다.

중앙에 놓인 커다란 대리석 위에 두 개의 영패가 놓인 구멍이 뚫려 있었다.

그중의 하나는 월강의 예상대로 이미 자리에 없었다.

포효하는 백호가 그려진 영패만이 그대로 남아 있었다.

바로 백호단의 상징인 백호령이었다.

번쾌가 입을 열었다.

"너나 나의 신법을 능가하는 자가 있었다니……."

"강호는 넓소. 거기다 신법과는 별 상관이 없는 문제요. 어떤 길을 왔느냐가 가장 중요한 문제일 테니."

번쾌가 고개를 끄덕였다.

"맞다. 중간에 원로파 놈들과 부딪쳐 몇 명을 죽이고 온지 모르겠다. 너도 그런가?"

월강은 번쾌가 주작단 소속임을 떠올렸다. 확실히 그는 궁주파로 분류될 터였다. 그러나 이상했다. 그가 올라온 길에서는 단 한 명의 궁주파도 본 적이 없었다.

"번 형 혼자 왔소? 아니면 궁주파의 누군가와 함께 왔소이까?"

번쾌는 고개를 흔들었다.

"무슨 소린가? 나는 일층에서 처음부터 원로파 놈들과 한데 갇혔다. 거기서부터 주욱 원로파 놈들을 해치우며 왔다. 내 평생 처음 겪는 흉험한 격전이었다."

월강은 고개를 끄덕였다.

하지만 척무절이 궁주파만 따로 빼돌렸을 것이라는 의혹은 여전히 남았다. 구층까지 올라오는 동안 단 한 명의 궁주파도 만나지 못한 월강으로서는 당연한 결론이었다.

번쾌는 월강을 보며 씨익 웃었다.

"결국 이런 날이 오고야 말았구나. 처음 보았을 때부터 너와는 자웅을 겨루고 싶었다. 뜻밖에 친해졌지만 이것도 운명이다. 이런 기회는 아마 다시 오지 않을 것이다. 칼을 들어라!"

번쾌가 품 안에서 두 자루의 비수를 뽑아 들며 자세를 취했다.

"내게 남은 마지막 두 자루다. 이것으로 너와 생사결을 나누겠다."

월강은 고개를 흔들었다.

"꼭 그래야겠소? 난 번 형과 싸우고 싶지 않소이다."

"무슨 소리! 날 모욕하지 마라! 정녕 나를 벗이라 생각한다면 전력을 다해! 이제 곧 다른 놈들도 몰려올 것이다. 그렇게 되면 둘이서 오붓하게 결투를 하는 것은 물 건너갈 것이다."

월강은 번쾌의 눈을 바라보다가 휴 하고 한숨을 토했다.

번쾌는 결코 물러나지 않을 것이다.

그런 번쾌의 성미는 잘 알고 있었다. 그 꾸밈없는 격렬함에 마음이 움직였던 것 아니던가.

월강은 두 자루의 사이프를 칼집에 꽂았다.

번쾌의 얼굴이 흉하게 일그러졌다.

"나를 진정 모욕할 셈인가! 내 너를 그렇게 보지 않았거늘!"

월강은 고개를 저었다.

"당신을 벗이라 생각하기에 이러는 것이오. 내 진짜 무기는 이것이오."

월강의 팔목에서 챙 하는 소리와 함께 두 자루의 검은 비수가 솟아올랐다. 그와 심령으로 연결된 비수, 묵룡이었다.

번쾌의 눈이 찢어질 듯 커졌다.

"그, 그것은……?"

월강은 고개를 끄덕였다.

―번 형과는 벌써 손속을 나눈 적이 있소. 내가 한 번 이겼지. 내 본명을 밝히겠소. 당신을 벗이라 생각하니까. 내 진짜 이름은 심의령이오.

"그, 그럴 수가……!"

월강은 두 자루의 묵룡을 역(逆)으로 잡으며 번쾌에게 웃음을 보냈다.

"시작합시다."

번쾌의 눈에 돌연 생기가 돌기 시작했다. 그도 자세를 잡았다.

"그랬군. 그래서 그렇게 빨랐군. 너였어. 너였던 거야."

"그 얘기는 나중에 차차 합시다."

번쾌의 얼굴에도 웃음이 떠올랐다.

"좋았어―!"

그 한 소리와 함께 번쾌의 몸이 번개처럼 월강에게 쏘아져 왔다.

섬전비보라는 그의 별호가 부끄럽지 않은 속도였다.

좌우로 움직이다 당했던 지붕 위의 결투를 떠올렸는지 번쾌의 보법은 섬전 같은 일선보(一線步)였다.

월강도 정면으로 맞부딪쳐 갔다.

역으로 움켜쥔 네 자루의 비수가 허공에서 불똥을 튀겼다.

챙! 챙챙챙!

번쾌와 월강 둘 다 비수를 비도(飛刀)로 사용하는 무인이었지만 둘 다 서로의 속도를 의식해 비수를 던지지 못하고 있었다.

월강과 번쾌는 서로 부딪친 채 좌우로 빙글빙글 회전하며 빈틈을 노렸다.

단병접전의 양상이 된 싸움은 어떤 전투보다도 흉험했다.

단병기 특유의 예리하고도 눈을 뗄 수 없는 공방이 눈부시게 이어졌다.

월강의 묵룡이 번쾌의 오른팔을 사악 긋고 지나갔다.

“윽!”

오른팔이 깊이 베이자 번쾌의 신형이 뒤로 튕겨져 나갔다.

월강은 그를 쫓지 않았다.

번쾌는 눈을 부릅떴다.

“봐주겠다는 건가? 그때처럼?”

월강이 피식하고 웃었다.

“알고 있었소?”

“내가 바본 줄 알아? 네놈인 줄은 몰랐지만 그때 봐줬다는 건 알아! 지금도 봐주는 건가? 그게 날 죽이는 것보다 더 모욕적이라는 걸 알고 있는 건가!”

월강은 빙긋 웃으며 자세를 바로 했다.

“지금 시간이 없다는 건 번 형도 알고 있지?”

싸울 맛이 안 난다는 듯 바닥에 퉤 하고 침을 뱉은 번쾌가 거칠게 대답했다.

“알아!”

“이렇게 합시다. 우리 둘 다 비도술을 익히고 있소. 이 자리에서 서로 비수를 날려 결정합시다. 신법을 사용하지 않고 말이오.”

선 채로 비도를 날려 정면 대결을 하자는 무식한 제안이었다.

그러나 번쾌는 그 제안이 마음에 든 듯했다.

“진짠가?”

“진짜요.”

“역시 넌 괜찮은 놈이야!”

번쾌는 파안대소를 짓고 서서히 얼굴을 굳혔다.

“조심해라. 내 비도술을 정면에서 본 자치고 살아 있는 놈이 없어. 그렇다고 널 살려줄 마음도 없다. 이건 대장부의 승부다.”

월강도 고개를 끄덕였다.

"나 역시. 당신이 한 말은 토씨 하나 안 빼고 전부 내가 할 말이었소."

그 말을 끝으로 둘 사이에는 긴장된 고요가 흘렀다.

번쾌는 양손의 비수를 모두 날리려는 듯 두 팔을 뒤로 젖힌 채였고 월강은 자연스레 팔을 늘어뜨리고 서 있었다.

번쾌의 이마에 한 줄기 땀방울이 흘렀다.

그 땀방울이 속눈썹까지 흘러 매달렸다.

땀방울이 시야를 가리려 할 그 순간!

번쾌는 팔을 앞으로 채었다.

동시에 월강의 손목도 꿈틀하고 움직였다.

쎄애액! 슈파앗!

번쾌가 펼친 생애 최고의 비도술이었다.

그는 승리를 확신했다.

그러나 눈앞에 둥둥 떠 있는 두 자루의 검은 비수를 보며 번쾌는 흉하게 얼굴을 일그러뜨렸다.

월강의 두 손에는 번쾌가 던진 비수가 잡혀 있었다.

주인의 손으로 돌아간 듯 얌전하게 잡혀 있는 두 자루의 비수.

"번 형이 졌소."

그 소리와 함께 번쾌의 눈앞에 떠 있던 비수가 월강의 팔목으로 휘리릭 포물선을 그리며 날아가 감겼다.

"어… 어검술(馭劍術)!"

번쾌의 입이 찢어질 듯 벌어졌다.

비도뿐 아니라 검을 연마하는 자들이 꿈의 경지라 생각하는 바로 그것을 눈앞에서 본 탓이었다.

"졌다는 걸 인정하겠지?"

월강이 두 손에 쥐었던 번쾌의 비수를 허공으로 가볍게 던졌다.

비수를 받아 든 번쾌는 떨떠름한 얼굴로 고개를 끄덕였다.

"그… 그래……."

월강은 피식 웃었다.

그는 천천히 대리석 앞으로 다가가 백호령을 구멍에서 빼 들었다.

월강의 품속으로 들어가는 백호령을 물끄러미 바라보던 번쾌는 휘휘 고개를 저었다.

"빌어먹을……."

월강은 번쾌에게 다가가 어깨를 툭툭 쳐주고는 발길을 돌렸다.

"이제 가자구. 구층이나 내려가야 해."

"알았다. 젠장할!"

투덜대면서도 번쾌는 별로 악감정이 없는 듯했다. 어찌 보면 후련한 얼굴이었다.

"내가 어검술을 익히게 되면 다시 도전하겠다."

"언제든지."

"젠장할."

사이좋게 어깨를 나란히 하고 계단을 내려가려던 두 사람은 뜻밖의 인물과 마주쳤다.

"여—! 두 형장이 같이 있네그려. 그래, 누가 영패를 취했소?"

능글능글 웃는 화무옥이었다.

# 39장 누가 친구이고 누가 적인가

화무옥의 출현에 월강과 번쾌는 둘 다 얼굴을 굳혔다.

월강은 화무옥이 꺼림칙한 인물이었기에, 번쾌는 월강을 걱정했기에.

"이 친구가 가졌다! 백호령은 이 친구 거야!"

화무옥은 고개를 빼 들어 대리석을 힐끔 보았다.

"번 형은 주작령을 가졌소?"

"주작령은 우리가 왔을 때 이미 누군가 가져간 후였소."

월강의 말에 화무옥은 고개를 끄덕였다.

"아! 그렇소? 그럼 내려갑시다."

영패에 욕심이 없다는 듯 말하는 화무옥의 말에 번쾌가 인상을 폈다.

"그래야지! 친구의 물건은 욕심 내는 게 아냐!"

월강은 화무옥의 옷을 바라보며 물었다.

"화 형의 옷은 우리에 비해선 아주 깨끗하구려?"

과연 화무옥의 옷에는 핏방울이 몇 있을 뿐 깨끗했다. 피로 목욕을 한 듯한 번쾌와 월강과는 전혀 달랐다.

"운이 좋았소. 나와 함께 온 자들은 그렇지 못했지만."

"다 죽었나?"

번쾌의 물음에 화무옥은 고개를 저었다.

"중간의 함정에 빠져 모두 사라졌소. 청룡단에서 여기까지 온 사람은 나 하나뿐이오."

월강은 가볍게 고개를 끄덕이고 앞장섰다.

"갑시다."

번쾌와 화무옥이 그 뒤를 따랐다.

육층까지 내려올 동안 누구도 만나지 않고 아무 공격도 받지 않았다. 보이는 것은 시체들뿐이었다. 그러나 월강이 해치운 암영은 어디에도 보이지 않았다.

"살아남은 자들이 없나?"

번쾌가 고개를 설레설레 젓자 화무옥이 대답했다.

"아래층에 머물러 있다 기관이 멈춘 걸 안 자들은 일층으로 돌아갔을 거요. 어차피 일층의 정문을 열고 나가 궁도들에게 영패를 보여야 봉공이 되는 것이니 일층에서 기다렸다 영패를 뺏으면 되는 거지."

번쾌가 으르렁거렸다.

"백호령은 월강의 것이야. 다른 맘 먹지 마!"

화무옥이 두 손을 들어 휘휘 저었다.

"걱정 마시오. 나도 그런 마음 없으니까. 일층에 도착하면 빨리 월 형을 내보내서 이 지옥 같은 생사관을 끝냅시다. 사람이 있을 곳이 아니오."

오층까지 내려왔을 때, 월강 등은 계단에 쓰러져 있는 백의인을 만날 수 있었다.

화무옥이 혀를 찼다.

"쯧쯧! 누군지 안타깝군. 하필 계단에서 죽다니. 기관은 잘 피했는데 누군가에게 암습당한 모양이오."

그를 눈여겨보던 월강이 눈을 빛냈다.

월강이 몸을 날렸다.

"동 선배―!"

동복은 정신을 잃은 채였다.

"아니, 동 선배 같은 고수가 이렇게 허무하게 당하다니……."

화무옥이 다가와 고개를 갸웃거렸다.

"나와 같이 오다 함정에 빠졌소. 어떻게 빠져나와 올라오다가 당한 모양이구려."

월강은 동복의 몸을 진맥하다 들쳐 업었다.

"살아 있나?"

번쾌의 물음에 월강은 고개를 끄덕였다.

"의식은 없어. 빨리 나가서 치료해야겠군."

화무옥이 월강을 보고 말했다.

"일단 여기 두고 우리부터 나가는 것이 어떻겠소? 생사관만 끝내면 부상자는 곧 치료할 수 있을 거요."

번쾌가 버럭 고함을 질렀다.

"그 무슨 의리없는 말본새인가!"

"내가 업고 갈 테니 화 형은 신경 쓰지 마시오."

월강의 말에 화무옥도 입을 다물었다.

맨 뒤를 따르는 화무옥이 작게 오물거렸다.

"그게 더 나은데……."

"이게 정말!"

월강이 화무옥의 말을 무시하고 앞장서자 고개를 돌려 화무옥을 째려 보던 번쾌도 월강을 따라 걸음을 옮겼다. 그 뒤를 화무옥이 따랐다.

그러나 그들은 더 이상 걸을 수 없었다.

시체가 뒹구는 그들의 앞에 나타난 백의를 걸친 검객들 때문이었다.

계단의 바로 앞 통로에 그들은 늘어서 있었다.

미로였을 때보다는 확실히 넓어져 있었지만 세 사람이 나란히 걷다간 어깨가 낄 만큼 좁은 통로였다.

백의검객들의 분명한 적의를 감지한 월강이 낮게 전음을 보냈다.

―빨리 시체에서 옷을 뜯어내 동 선배를 나와 묶어주게.

번쾌가 부리나케 시체로 접근해 옷깃을 죽죽 찢었다.

그러나 화무옥이 한발 빨랐다.

번쾌가 옷깃을 찢는 것을 본 그는 등에 둘렀던 피풍을 뜯어 순식간에 동복과 월강의 몸을 단단히 묶었다.

그동안 백의검객들은 전열을 유지한 채 그들 삼 인을 한 걸음씩 포위 해 오고 있었다.

“저놈들은 천패검수대 놈들이잖아?”

화무옥이 뒤에서 소리쳤다.

월강은 번쾌와 화무옥을 돌아보며 말했다.

“자네들은 궁주파라고 할 수 있으니 저들도 공격을 하지 않으면 막지 않을 거야. 날 두고 그냥 가게.”

번쾌가 소리쳤다.

“궁주파? 그런 거 개나 주라 그래! 난 어차피 그런 거 몰라!”

“번 형…….”

월강의 말이 이어지기도 전, 화무옥이 투덜거렸다.

“어차피 우리도 보내줄 것 같지 않구먼. 저 눈빛들을 좀 봐.”

과연 그들에게 보내는 천패검수대의 눈빛은 살기에 가득 차 있었다.

번쾌가 월강에게 말했다.

"자네가 동 선배를 업고 있으니 중간에 서. 내가 선두, 화 형이 후방을 맡기로 하자."

번쾌는 비수를 꺼내 단단히 잡았다.

"셋 중 누가 쓰러져도 그놈은 버리고 가자구. 여기서 서로 발목 잡다간 다 죽을 거야."

화무옥이 동의했다.

"좋소, 좋아. 역시 번 형은 호쾌하다니까."

번쾌가 몸을 날렸다.

"가자!"

번쾌의 뒤를 따라 월강과 화무옥이 차례로 몸을 날렸다.

월강은 동복을 묶어 자유로워진 두 팔에 사이프 대신 품속에서 기다란 통을 빼내 들었다. 급박한 상황이라 아무도 그것을 눈여겨보지 않았다.

월강의 몸이 갑자기 주욱 늘어나며 앞서 가던 번쾌의 등을 밟고 솟구쳐 올랐다.

"무슨 짓이야!"

깜짝 놀란 번쾌의 목소리가 좁은 통로에 가득 울렸다.

번쾌의 목소리와 함께 귀를 찢는 맹렬한 폭음이 터져 나왔다. 그를 따라 날카로운 파공음이 미친 듯 공간을 찢어발겼다.

꽈광! 슈슈슈슈슈슉! 꽈꽈꽈꽈꽈꽝!

월강이 품속에서 꺼낸 폭우이화침(暴雨梨花針)은 좁은 공간에서 절정의 위력을 발휘했다.

너무나 위력이 지독해 사용이 금지되어 제조법이 사장된 폭우이화침!

그것은 고화를 통해 월강이 여우량에게 얻은 바로 그 물건이었다.

아무 비명 소리조차 없었다.

그러나 결과는 비명보다 더 끔찍했다.

더 이상 백의를 입은 검객들은 통로에서 볼 수 없었다.

통로의 사면에는 시뻘건 피와 비산하며 재차 폭발한 폭우이화침의 위력에 휩쓸린 살점 조각들만 덕지덕지 붙어 있었다.

"이, 이럴 수가……!"

통로의 끝편, 폭우이화침의 여력 밖에 있어 목숨을 건진 두 사람의 검객 중 한 명이 경악에 차 더듬거렸다.

그는 천패검수대의 대주인 패검 용절상이었다.

"이 무슨 패악무도한 짓이냐!"

용절상의 말에 월강은 싸늘히 대답했다.

"패악무도? 생사관에 든 인물들을 모조리 죽인 네놈들에게 그런 말이 가당키나 한가?"

용절상은 바드득 이를 갈았다.

"네 이놈!"

그때, 용절상의 앞을 한 명의 청년검객이 막고 나섰다.

"대주님, 저놈은 제게 맡기십시오."

용절상의 대답을 기다리지도 않고 청년은 검을 곧추세우고 앞으로 나섰다.

그의 입에서 월강은 생각지도 못했던 이름을 들을 수 있었다.

"이제 네놈이 누구인지 모두 알고 있다! 이놈! 심. 의. 령!"

월강의 얼굴이 딱딱하게 굳었다.

"넌… 누구냐?"

청년은 흐흐 하고 음침한 괴소를 머금었다.

"과연, 과연! 어릴 때 본 얼굴을 떠올리느라 시간이 좀 걸렸지! 피부 색만 바꾼 게 그렇게 딴 사람으로 만들 줄은 몰랐다. 날 모르겠느냐? 네 놈의 원수, 냉우다!"

"냉우?"

"그래! 열세 살 때 네놈에게 진 빚을 갚느라 천패궁에 들어온 냉우다!"

의령은 그제야 냉우를 기억할 수 있었다.

다섯 살 코흘리개 시절부터 사사건건 그에게 시비를 걸었던 악동. 하도 누이들을 괴롭혀 병신을 만들어 버리겠다고 위협했던 그 냉우였다.

의령의 얼굴에 어이없는 웃음이 떠올랐다.

"어릴 때 투닥거린 것 가지고 원수라 하느냐? 너는 원수의 뜻이 무엇인지나 알고 있냐?"

냉우가 큭큭거렸다.

"네놈에겐 그게 투닥거린 정도겠지. 네놈에게 당했던 굴욕 때문에 내가 얼마나 모욕감을 느끼며 자랐는지 알고 있느냐!"

의령은 허허 하고 웃음을 터뜨렸다. 긴박한 상황임에도 웃음밖에 나오지 않았다.

"넌 아직도 어릴 때처럼 유치하구나. 철 좀 들어라."

"크크! 내가 천패검수대원이라는 걸 알고도 생각나는 게 없느냐? 너도 이제 날 원수라 여길 줄 알았는데?"

의령의 얼굴이 갑자기 싸늘하게 굳었다.

"너도 그날 천추서림에 있었느냐?"

냉우는 통쾌한 웃음을 터뜨렸다.

"그래! 뿐만 아니라 아주아주 많이 죽였다. 상자에 숨겨놓았던 계집애도 죽였고 부엌에서 뛰쳐나오던 여편네도 죽였다. 재수없게 계집들만 걸려 부정한 피를 잔뜩 검에 묻혔지. 으흐흐!"

의령은 천천히 폭우이화침통을 바닥에 떨어뜨렸다. 그의 눈에서 걷잡을 수 없는 살기가 폭발했다. 옆에 있던 번쾌와 화무옥이 한 걸음씩 물러날 만큼 강렬한 살기였다.

"다짐한 게 있지."

의령은 낮은 목소리로 말하며 한 걸음 내디뎠다.

의령의 무지막지한 살기에 순식간에 기세를 잃은 냉우가 움찔 한 걸음 물러났다.

"적어도 그 사람들을 죽인 놈들은 절대로 곱게 죽이지 않겠다고!"

마지막 말과 함께 의령은 몸을 날렸다.

최대한도로 펼친 호접무 때문에 동복을 등에 업었음에도 불구하고 의령의 신형은 냉우의 눈에 보이지 않았다.

"이익!"

보이지 않는 상대를 어림해 휘두른 냉우의 검은 놀라운 위력이 무색하도록 허공만을 갈랐다.

의령의 양 어깨가 폭풍우처럼 상하로 회전했다.

길게 뻗은 의령의 주먹이 눈에 보이지도 않는 속도로 냉우의 온몸을 두드렸다.

폭음이 터졌다.

콰콰콰콰쾅!

통로의 벽에 틀어박힌 냉우는 그 자리에서 서서히 뭉개져 갔다.

완전히 전신이 피박살나도록 냉우를 짓이기는 의령의 모습은 아수라와도 같았다.

"이 짐승 같은 놈!"

순식간에 또 수하 한 명이 눈앞에서 작살나는 꼴을 본 용절상은 의령을 향해 몸을 날렸다.

"위험해!"

냉우만을 미친 듯이 후려갈기는 의령을 막고 나선 이는 화무옥이었다.

그는 용절상의 검초 사이로 뛰어들며 부채로 검신을 후려갈겼다.

타앙! 우우우우웅!

화무옥의 부채에 놀라운 내공이 담겨 있는 듯 용절상의 검은 휘청하며 신음을 토해냈다.

그때, 화무옥의 부챗살에서 피리릿 하는 소리와 함께 날카로운 쇠침이 쏜살같이 용절상을 향해 날아갔다.

"어억!"

깜짝 놀란 용절상이 검신을 휘두르며 쇠침을 튕겨낼 때, 화무옥의 쌍장이 그의 가슴을 두드렸다. 휘황한 금빛 광채가 번쩍 하고 빛났다.

꽈광!

벼락 치는 굉음과 함께 용절상은 가슴이 움푹 꺼져 뒤로 튕겨 나갔다.

폭포수가 치솟듯 피를 토해내며 간신히 고개를 들었던 용절상은 화무옥을 바라보다 털썩 고개를 떨구었다.

천패검수대의 대주답지 않은 허무한 죽음. 그러나 그만큼 화무옥의 무공이 놀라웠다.

"대력금황공(大力金黃功)?"

번쾌의 입에서 놀란 음성이 터져 나왔다.

돌연 화무옥이 의령을 향해 부르짖었다.

"뒤를 조심해!"

갑자기 난데없이 폭음이 터졌다.

콰릉!

통로 가득 검은 연기가 피어올랐다.

"뭐, 뭐야?"

영문을 모르겠다는 듯 번쾌가 소리를 질렀다.

자욱한 연기 속에서 화무옥의 목소리가 다급하게 울렸다.

"월강을 찾아! 빨리!"

"무슨 소리야?"

"그의 등에 업혀 있던 동복이 그의 마혈을 점혈했어! 이 통로를 빠져 나가지 못하게 막앗!"

"동 선배가?"

경악한 목소리로 번쾌가 부르짖었다.

번쾌와 화무옥은 검은 안개가 가득 찬 통로를 날카로운 이목만으로 더 듬어 훑었지만 어디에서도 의령과 동복의 자취를 찾을 수 없었다.

의령은 마혈을 점혈당했지만 모두 보고 있었다.

동복은 흑루탄을 터뜨리고 벽에 난 기관을 통해 빈 공간으로 의령을 끌고 들어갔다. 그는 의령에게 업힌 채 그대로 바닥으로 추락해 갔다. 동복이 건드린 기관은 층을 무시하고 끝없이 뻥 뚫려 있었다.

한참을 떨어지다 마침내 바닥이 가까워졌는지 동복은 허공에서 의령과 묶인 천을 풀었다.

그가 의령을 옆구리에 낀 채 후루룩 바닥에 착지했다.

의령의 눈에는 단단한 바위로 이루어진 바닥만이 보였다. 동복의 옆구리에 축 늘어져 매달린 상태라 그것밖에는 보이지 않았다.

"동 선배… 당신이… 당신이……?"

껄껄 웃는 웃음소리가 들렸다.

"그는 궁주님의 직속 수하인 암영의 수장이다. 이제는 주작령을 얻어 천패궁의 봉공이 되실 몸이지."

꿈에서도 잊은 적이 없는 목소리였다.

패일로를 죽이고 나서 몸만 상하지 않았어도 반드시 암살했을 상대.

목소리의 주인공은 마우간이었다.

"마우간! 네놈이 어떻게 백악루에!"

의령이 처절히 부르짖었다.

마우간이 큭큭거리며 웃음을 터뜨렸다.

"오! 목소리만으로도 나를 알아본다? 이놈아! 여기는 백악루의 지하
야. 이곳으로 올 수 있는 비밀 통로가 따로 있단다. 암영, 저놈 얼굴 좀
보게 해주게!"

마우간의 청에 동복은 의령을 바닥에 꿇어앉히고 고개를 들게 했다.

"허! 정말 몰라보겠는걸? 냉우라는 놈에게 듣지 않았으면 직접 보고도
지나칠 뻔했어!"

동복이 고개를 끄덕였다.

"심의령 본인이 맞습니다. 이자에게 알아내야 할 것이 한 가지 있습니
다."

"뭔가, 그게?"

"주소추가 죽을 때부터 강호에 전혀 새로운 세력이 출현했습니다. 그
들은 정심맹주와 사흑련주를 암살했고 태양궁을 격멸시켰죠. 하나하나
가 천패궁의 회회교 공략을 늦추는 것들이었습니다. 그들이 쓰는 전술이
이놈과 함께 다녔던 낭인들이 쓰던 전술과 유사합니다. 과연 동일한 세
력인지 꼭 알아내야 합니다. 천패검수대까지 전멸시켜 우리에게 너무 큰
손실을 입힌 놈입니다만, 그 세력이 이놈과 같이 다녔던 그놈들이 만든
세력이라면 이놈은 인질로서 아직 가치가 있지요."

"그럼 자백을 하도록 고문을 해야겠군."

마우간이 큭큭거리며 괴소를 지었다.

“잠깐만 기다리십시오.”

동복은 의령의 품을 뒤졌다.

“음?”

동복이 의령의 머리를 젖혔다. 사람 좋은 미소가 항상 묻어나던 그의 얼굴은 싸늘하게 굳어 있었다.

“백호령을 어찌했느냐?”

“모른다.”

“네놈이 가졌지 않는가?”

“그랬다. 하지만 지금은 모른다.”

동복이 분통 섞인 음성을 토해냈다.

“빌어먹을! 번쾌나 화무옥에게 준 모양이군! 이놈이 이렇게 물욕이 없을 줄이야!”

마우간이 씨익 웃었다.

“그까짓 놈들 올라가서 해치우면 되지 않는가? 그보다는 더 급한 게 있지!”

마우간이 의령의 턱끝을 잡아챘다.

“이놈이 패일로를 죽인 게 분명할 거야! 간신히 목숨만 붙어 있게 잘근잘근 요절을 내주마!”

마우간은 의령의 머리 위로 손을 치켜들었다.

그의 손에서 붉은 광채가 피를 머금은 듯 빛났다.

“네놈의 여동생도 이걸로 머리가 터져 죽었단다.”

마우간의 얼굴에 잔인한 웃음이 떠올랐다.

의령이 입을 열었다.

“패일로가 한 가지는 사실을 말했군.”

마우간은 의령의 어깨로 내려치려던 손을 멈추었다.

“무슨 말이냐?”

의령이 마우간의 눈을 똑바로 노려보았다. 그의 눈에는 핏발이 곤두서 있었다.

“네놈이 미령이가 살아 있는데도 죽였다는 말 말이다!”

그 순간 마혈을 점혈당해 꼼짝 못하고 무릎을 꿇고 있던 의령의 몸이 땅을 박차고 튀어 올랐다.

믿기지 않는 속도!

의령의 머리가 맹렬히 마우간의 얼굴에 틀어박혔다.

우직!

수박 깨지는 소리와 함께 마우간은 창졸간에 코뼈가 완전히 부서져 뒤로 튕겨 나갔다.

“크악!”

의령은 마우간의 얼굴에 머리를 박음과 동시에 두 팔을 뒤로 젖혀 묵룡을 쏘아냈다.

“헛!”

동복은 미처 마우간을 도울 틈이 없었다.

흐르는 유성처럼 자신에게 내뻗는 검은 비수는 흡사 두 줄기 검은 벼락처럼 무시무시했다.

연파검이라는 별호답게 그의 검은 쾌검 중의 쾌검이었다.

챙챙!

동복은 아무도 막지 못했던 의령의 묵룡섬을 튕겨내는 데 성공했다.

동복이 묵룡을 튕겨내고 마우간을 도우려 몸을 날리려 할 때였다.

추파앗―!

날카로운 기성과 함께 허공으로 튕겨 올랐던 묵룡이 빙글 휘돌아 동복에게 내리꽂혔다.

동복이 경악성을 토해냈다.

"아닛!"

챙챙!

묵룡은 의령과 심령이 연결된 절대기물!

의령의 뜻에 따라 마음대로 움직이는, 생명을 갖고 있는 비수였음을 동복은 몰랐다.

동복은 마치 유령과 싸우는 듯 경악에 빠져 허공을 휘도는 묵룡과 치열한 격전을 벌일 수밖에 없었다.

그때, 마우간은 코뼈가 박살나 입으로 거친 숨을 내뿜으며 의령을 상대하고 있었다.

마우간과 의령이 격전을 벌이는 지하 광장의 끝에는 밑을 가늠할 수 없는 시꺼먼 틈새가 엄청난 입을 드러내고 있었다. 뭉클뭉클 허연 연기가 치솟는 것으로 보아 그 밑에는 화맥(火脈)이 흐르는 듯했다.

마우간은 의령에게 몰려 연기가 솟는 틈새 가까이까지 밀렸다.

순간적으로 방심한 상태에서 당한지라 머리가 어지러워 발끝에 제대로 힘이 들어가지 않는 듯 보였다.

되는대로 쌍장을 내뻗었지만 그의 장심에서 발출되는 붉은 광채는 평소의 반도 되지 않았다.

의령의 폭갈이 지하를 웅웅 울렸다.

"미령이도 이렇게 당했겠지?"

그 소리와 함께 마우간은 의령의 신형을 놓쳤다.

어느새 마우간의 머리 위 공중에 떠오른 의령은 비연십이각(飛燕十二脚)을 눈부시게 전개했다.

파파파파파팟!

마우간은 현저하게 순발력이 떨어져 의령의 팔쾌산초 간(艮)을 모두 피할 수 없었다. 비연십이각으로 모습을 드러낸 산악의 기세가 마우간의 머리에 쏟아졌다.

콰쾅!

마우간의 머리가 움푹 꺼지며 눈알이 빠져 피를 튀겼다.

의령은 끝 모를 지하 틈새로 빠지려는 마우간의 몸을 잡아 바닥에 내팽개쳤다.

의령이 바닥에 쓰러진 마우간의 몸에 올라탔다.

"이놈! 네놈이 미령이를 이렇게 죽였지!!"

퍽퍽퍽퍽!

이미 생명을 잃은 마우간의 머리는 의령의 주먹에 뭉개져 피떡으로 흩어졌다.

마우간의 머리가 완전히 형체를 잃자 의령은 휙 고개를 돌렸다.

아직도 허공에 뜬 묵룡과 치열하게 검초를 교환하는 동복이 눈에 띄었다.

그렇게 믿었던 동복이었다.

위험을 무릅쓰고 챙겼던 동복이었다.

그렇기에 의령의 분노는 그만큼 컸다.

"하아―!"

두 자루의 사이프를 꺼내 든 의령의 신형이 빛살처럼 동복을 향해 날아갔다.

"헉!"

동복은 다급한 헛바람을 삼켰다.

챙챙챙챙!

한꺼번에 네 개의 칼날을 상대하게 된 동복은 순식간에 수세로 몰렸다.

의령의 사이프에 푸른 검기가 맺혀 동복을 압박해 갔다.

동복의 검에는 파르스름한 한 자 길이의 검강(劍罡)이 맺혀 있었지만 발검술을 주특기로 하던 그의 쾌검은 풍차처럼 내리꽂히는 의령의 사이프를 상대하기에 역부족이었다.

"크악!"

동복의 검을 든 팔이 허공에 떠올랐다.

의령의 사이프가 동복의 목을 베어갔다.

동복이 절체절명의 위기에 빠져 있는 그 순간!

상황에 어울리지 않는 조용한 음성이 지하를 울렸다. 그것은 후회 섞인 한탄과도 같았다.

"내가 너무 늦었구나."

의령의 귀에는 그 조용한 어조의 음성이 벼락 치듯 굉음을 내며 들렸다.

"큭!"

의령의 신형이 멈칫했다.

그 찰나, 묵직한 파공음이 낮은 저음을 내며 의령을 향해 거대한 기세로 덮쳐들었다.

위이이이이이이—

의령은 이를 악물고 수평으로 다가오는 거대 무비한 기세에 사이프를 맞부딪쳐 갔다.

콰콰콰콰쾅!

지하를 떨어 울리는 엄청난 소리와 함께 두 자루 사이프가 산산이 박살나 의령의 몸에 틀어박혔다.

"카악!"

의령이 비명을 지르며 바닥을 뒹굴었다.

의령의 온몸은 순식간에 피로 얼룩졌다.

의령은 움직이지 않는 몸에 억지로 힘을 주어 몸을 일으켰다.

우직하고 입술을 깨물자 한줄기 피가 흘러내렸다.

의령이 두 팔을 들자 허공에 떠 있던 묵룡이 의령의 두 손으로 날아들었다. 결사(決死)의 준비였다.

"신기한 비수로구나."

힐끗 의령을 보며 의령이 아니라 묵룡에게 감탄을 보낸 사람은 천패궁의 궁주, 척무절이었다.

그는 동복에게 다가가 혀를 차며 잘린 어깨를 지혈했다.

"암영, 이게 무슨 꼴인가. 이제 광명의 세계로 나가 암영이란 이름을 버리게 될 터인데……."

동복은 신음성을 냈다.

"마혈을… 점혈했기에 방심했습니다. 제 점혈을 푸는 무공이 있을 줄은 꿈에도……."

동복은 숨을 헉헉대며 그 자리에 주저앉았다.

척무절이 서서히 의령에게 다가왔다.

"이상하군……. 동복의 점혈 수법은 그리 쉽게 풀 수 있는 것이 아닌데……. 어떻게 풀었나?"

척무절은 진심으로 궁금해 보였다.

"나는… 대지에 발을 붙인 한, 어떤 점혈이라도 풀 수 있다."

의령의 원상도결은 채약의 직전에서 멈추었지만, 이미 대지와 천지간의 기운을 끊임없이 몸속에 받아들일 수 있는 상태였다. 그러했기에 바닥에 무릎을 꿇는 순간 대지의 기운을 휘돌려 점혈당한 마혈을 풀 수 있었던 것이다.

"그래? 널 죽이려면, 허공에 띄워놓고 죽여야겠구나."

척무절은 오른손에 검을 들고 천천히 의령에게 다가섰다.

의령의 사이프를 박살 낸 어검술(馭劍術)을 시전한 그 검.

천패궁주의 상징인 천검(天劍)이었다.

"너 하나로 인해 대업(大業)이 얼마나 타격을 받았는지 모른다."

"대업? 당신한테도 그런 게 있나?"

"천패궁을 새롭게 정비하고 모든 세외 세력을 완전히 멸망시키는 것이 나의 대업이었다. 그 누구도 꿈꾸지 못한 공전절후(空前絶後)한 대업이지!"

의령은 서서히 몸을 일으켰다.

비틀거리긴 했지만 그사이 대지의 기운을 받아들여 어느 정도 내기(內氣)를 보충했던 것이다.

"그런 건 대업이 아냐! 진정한 대업이라면 대의를 따라야 한다!"

척무절의 얼굴에 비웃음이 스쳤다.

"대의(大義)? 네가 대의를 아느냐?"

의령은 당당하게 가슴을 폈다.

"모든 이들을 이롭게 하는 것, 그것이 바로 대의이다."

"그런 게 존재할 것이라 믿느냐?"

"없다면 가만히 살다 죽으면 그만이지! 왜 되지도 않는 대업 나부랭이를 들먹여 수없이 많은 자들의 목숨을 끊었는가!"

"네가 아직 어려서 잘 모르는가 보군. 진정한 대업을 이루려면 다소의 희생은 불가피한 것이다."

척무절은 서서히 검을 치켜들었다.

"네놈이랑 사소한 말장난을 할 시간이 없다. 생각보다 손실이 크긴 하지만 이제 원로파 놈들은 대가리만 남고 다 죽었다. 남은 늙은이들 따위야 간단히 해치울 수 있지."

"늙은이? 네놈도 노망든 늙은이인 건 마찬가지다!"

의령은 척무절이 화를 낼 줄 알았으나 피식하고 웃을 뿐이었다.

"네가 무얼 알겠느냐? 저승에 가서 기다려라. 백 년 뒤에 내가 찾아가서 상세히 알려주마."

의령은 척무절의 마지막 말이 끝나기 전, 몸을 날렸다.

그의 손에는 어느새 두 자루 묵룡이 굳게 쥐어 있었다.

묵룡을 기점으로 그의 몸이 공중에서 휘리릭 회전했다. 엄청난 파공음이 울렸다.

파라라라라라라라락!

묵룡을 앞에 세우고 돌진하는 의령의 기세는 성난 들소와 같았고 내뻗는 벼락을 방불케 했다.

그때 척무절의 검이 유연하게 허공을 갈랐다.

다섯 자나 뻗어 오른 그의 검강(劍罡)이 묵룡을 잡고 돌진해 오는 의령을 맞았다.

수유가 억겁으로 느껴지는 시간의 흐름.

귀로 감당할 수 없는 엄청난 폭음이 터져 나왔다.

콰콰콰콰콰콰콰콰콰콰콰콰콰콰쾅!

척무절의 느릿한 천검이 번개처럼 돌진해 온 의령을 단번에 날려 버렸다.

"아아아아악!"

의령이 칠공(七孔)에서 피를 쏟으며 뒤로 날아갔다.

너무나 큰 거력에 부딪친 충격으로 의령의 신형은 마우간과 싸우던 그곳, 지하의 끝 모를 틈새까지 밀려났다.

간신히 바위틈에 묵룡 한 자루를 꽂아 넣어 추락을 면했지만 묵룡을 잡은 손에 점점 힘이 빠져 갔다.

‘이, 이렇게… 끝인…… 가?’

피가 터져 뻘겋게 보이는 시야.

천장이 뻘겋게 빙글빙글 도는 것이 의령이 본 마지막 광경이었다.

의령은 정신을 잃고 끝없는 무저갱(無底坑) 속으로 떨어져 내렸다.

의령이 연기 속으로 사라져 가는 것을 내려다보던 척무절은 나직하게 웃음을 터뜨렸다.

“이곳으로 떨어지다니……. 벌써 두 놈인가……? 내게 죽어 이곳에 묻힌 자가…….”

척무절은 몸을 굽혀 바위틈에 꽂혀 있는 의령의 묵룡을 빼 들었다.

“연구해 볼 만한 물건이야.”

척무절은 의령이 죽었다고 확신했는지 미련없이 몸을 돌렸다.

십사 년 전에 한 사람을 이곳에 묻은 그로서는 당연한 결론이었다.

# 40장 새로운 시작

뭉클뭉클 솟아오르는 뜨거운 연기가 살을 녹일 듯한 무저갱의 바닥.

의령은 그 지옥의 구덩이 속에서 서서히 정신을 차리고 있었다.

꼬박 이틀이 지난 후였다.

그의 귀에 칼칼한 쇳소리가 들렸다. 사람의 목소리라고는 믿기지 않는 잔뜩 갈라진 음성이었다.

"흐흐흐, 꼬마야! 정신이 들었으면 일어나 봐라. 노부에게 아까운 힘을 소진케 했으니 그 정도는 해야지?"

눈을 깜박였지만 시야에는 온통 뿌연 연기밖에 없었다.

그 연기 속에 자신을 내려다보는 괴물이 있었다.

피부가 온통 열기에 짓무른 흉터로 가득한, 나이를 가늠할 수 없는 사람. 스스로 노부라 했으니 노인일 것이다. 머리에는 한 올의 머리카락이나 눈썹도 없었다. 온몸에 한 올의 털도 없는 채로 짓뭉개진 모습을 하고 있는 사람이었다.

의령은 그런 모습에 깜짝 놀랐으나 그가 자신의 생명을 구한 은인임을 알 수 있었다. 그래서 의령은 공손히 물었다. 그의 목소리도 잔뜩 갈라져 나왔다.

"여기… 가 어디… 입니까?"

"지옥은 아니니 걱정 마라. 넌 지옥무저갱(地獄無底坑)에 떨어졌으나 분명히 살아 있다. 목숨은 건졌으나 완전히 무공을 잃었으니 위로 올라가는 것은 포기해라. 이곳도 정들이면 살 만한 곳이야. 클클."

"저는… 저는… 살아 있는 한 마무리할 일이 있습니다……."

"클클. 좋은 정신이다. 말해 보아라. 그게 무엇이냐? 목표가 있으면 발전도 빠른 법이다."

"천패궁을… 이 땅에서… 없애야 합니다."

"무엇이!"

노인의 눈에서 무시무시한 광망이 솟구쳤다.

"네놈의 몸에 난 상처를 보고 운경이 놈 짓인 줄 짐작했다만, 그 무슨 가당치 않은 소리냐! 네 따위가 어떻게 대천패궁을 없앤다고!"

"운경… 이라뇨? 저는 천패궁주… 척무절에게… 당한 것입니다."

노인의 짓무른 눈이 찢어질 듯 부릅떠졌다.

"지금 척무절이라 했느냐?"

"그렇… 습니다."

"이놈이 지 아비 행세를 하고 있구나. 못난 놈……!"

"무, 무슨… 말씀이십니… 까?"

노인의 손이 빠르게 의령의 전신 대혈을 가격하기 시작했다.

"답답해서 안 되겠다. 일단 몸부터 회복시키고 제대로 이야기해 보자!"

의령의 몸이 노인의 손짓에 따라 푸들푸들 떨리고 있었다.

노인의 요상술(療傷術)은 대단한 경지였다.

내공은 한 점도 모을 수 없었지만 몸을 움직이는 데 지장이 없을 만큼 의령의 몸은 단숨에 회복되었다.

의령은 일어서서 노인에게 정중히 절을 올렸다.

"목숨을 살려주신 은혜에 진심으로 감사드립니다."

노인은 간단히 고개를 끄덕이고 의령에게 빠른 어조로 물었다.

"네가 분명 척무절에게 당했다 했느냐?"

"그렇습니다. 백악루의 지하에서 놈에게 당해 떨어졌습니다."

"놈이라… 너 척무절이 몇 살인 줄 알고 그렇게 말하는 거냐?"

"환갑을 넘겼겠지만 그런 천인공노할 놈은 놈이라 불려도 쌉니다."

노인이 허 하고 한탄을 했다.

"아들놈 잘못 둔 탓에 내가 말년에 치욕을 겪는구나……."

"예?"

"내가 바로 척무절이다. 네가 당한 놈은 내 아들 척운경일 것이다."

꽈광!

의령의 머리에 벼락 치는 듯한 충격이 울렸다.

척운경이라면 실종되었다던 척소단의 아버지가 아닌가. 척소단은 그가 척무절에게 죽었을 것이라 믿고 있었다.

"어, 어찌 된 일입니까? 척운경은 실종되어 죽었다고 알려져 있는데……."

"아무래도 긴 얘기가 되겠구나. 내 얘기부터 먼저 하자. 그게 순서일 듯싶다."

의령의 앞에 앉은 노인, 아니, 척무절은 자신이 어째서 이 뜨거운 열화 지옥 속에서 살고 있는지 이야기를 풀어가기 시작했다.

운경이는 원래 착한 아이였어. 그런 그 아이가 비뚤어지기 시작한 것은 내가 천패궁을 세우고 이씨세가의 힘을 끌어들이기 위해 이가려와 정략결혼을 한 후부터였다. 아내를 사랑했기에 이가려와의 혼약은 이름뿐이었지만 그런 나를 아들은 이해해 주지 않았다. 아내도 그랬지. 운경이는 내가 세운 대의를 이해하지 못했던 것이야. 결국 앓아누운 아내가 죽자 녀석은 궁을 뛰쳐나가 버렸지. 방탕한 생활을 하다 어디서 이름도 모르는 창기와 난 자식을 손녀라고 데려왔다. 나는 격노해 의절을 선언했지. 녀석은 바락바락 대들었어. 내 아들로 태어난 걸 저주한다 그랬지. 그러더니 며칠 후, 백악루의 지하 연무장에서 연공 중일 때 녀석이 나를 암습했다. 치명적인 부상이었지. 단전을 완전히 파괴당했다. 아들이었기에 연무장으로 통하는 비밀 출구를 알려주었던 것인데 그 녀석은 뒤통수를 치고 말았지. 그리고 여기로 떨어뜨린 게야. 아직 살아 있는 날 말이다. 그렇게 미웠을까? 아니면 직접 나를 죽이는 것은 싫었던 것일까? 이 바위 밑에 흐르는 열탕 속에 떨어져 내 몸이 이렇게 되었다. 모진 게 목숨이라고 그래도 죽질 않는 게야. 허허. 이 열기를 빌어 오히려 파괴된 단전을 조금씩 복구할 수 있었다. 나는 십 년이 넘게 고민을 해왔다. 내가 과연 잘못한 것인가. 나의 대의가 틀렸던 것인가. 내가 아니었으면 그 당시 중원은 현무교에 의해 쑥대밭이 되었을 게야. 하지만 자식에게도 이해받지 못한 내 신세가 구차스러웠다. 그리고 아들에게 미안했지. 아비를 죽인 죄업을 짊어지게 했으니까. 하지만 여길 나갈 능력도 되지 않고 녀석도 내가 죽었다고 생각했는지 다시 오지 않았지. 그저 벽에 난 이끼를 뜯어 먹으며 하루하루 고민의 연속이었다. 그러다 십여 년 만에 네가 떨어졌다. 내 얘기는 여기서 끝이야.

처음 이야기를 시작할 때와는 달리 척무절의 말은 느릿하게 끝을 맺었다. 지나간 세월의 회한이 가슴을 쳤던 탓일 것이다.

의령으로서는 안쓰러우면서도 한편으로 어이가 없었다.

그렇게 아비의 대의를 반대했던 인간이 어떻게 아비보다 더한 패도를 추구한단 말이던가. 그를 위해 희생시킨 사람들의 피눈물이 어찌 척운경의 고통에 비기겠는가.

의령도 두 누이동생이 죽임을 당해 여기까지 오게 된 사연을 간략하게 척무절에게 전달했다.

두 노소는 이야기가 끝난 후, 한동안 서로 말이 없었다. 그사이 하루가 저물었다.

멍하니 앉아 있던 척무절이 마침내 의령에게 말을 걸었다.

"자네 생각을 말해 봐⋯⋯. 내 아들은 잘못 살고 있나?"

의령은 고개를 끄덕였다.

"어르신의 회한은 이해가 갑니다만, 현 천패궁주는 확실히 대업이라는 미명 하에 어르신이 후회하는 것보다 더한 실수, 아니, 죄악을 저지르고 있습니다. 더구나 딸인 소단이는 아직도 아버지가 죽은 줄 알고 있습니다. 결국 천패궁주는 어르신의 그림자에 갇혀 미망 속을 헤매는 중일 겁니다."

"내 그림자에 갇혀 산다⋯⋯. 무서운 말이군⋯⋯."

척무절은 무언가 결심한 듯 의령을 바라보았다.

"네게 맡기마. 네가 나가서 내 아들을 미망에서 깨어나게 해다오."

의령은 고개를 흔들었다.

"한 점의 내공도 모을 수 없습니다. 무슨 수로 여기서 나갑니까?"

"나도 여기서 나갈 능력은 없다. 그러나 너의 그 팔찌만 부릴 수 있어도 너는 이곳에서 나갈 수 있다."

"예?"

의령은 왼팔에만 남은 묵룡을 내려다보았다.

내공은 없었지만 심령이 통하는 묵룡이라면 다시 뜻이 통할지도 몰랐다.

─풀어져라.

의령이 의념을 보내자 챙 하며 묵룡의 날이 모습을 드러냈다.

"아!"

의령은 기쁨에 찬 탄성을 토해냈다.

한 번도 시험한 적은 없었지만 묵룡을 이용하면 어검비행(御劍飛行)을 펼쳐 이 지옥의 무저갱을 빠져나가는 것이 가능할 듯도 했다.

"과연 고림성의 보물 묵룡이구나."

"그렇습니다."

척무절이 고개를 갸웃했다.

"이해할 수 없구나. 묵룡을 부릴 수 있으면서도 운경이에게 졌다는 것이."

"그는 절정의 어검술(馭劍術)을 구사했습니다."

척무절이 고개를 저었다.

"어검술 할아비라도 묵룡을 부리는 자에겐 이길 수 없다. 너는 아직 묵룡의 힘을 완전히 파악하지 못하고 있구나."

"예?"

"묵룡은 시공(時空)을 초월하는 절대의 기병이다."

의령이 이해가 가지 않는다는 표정을 하자 척무절은 빙긋 웃음을 지었다. 입술마저 짓무른 그의 웃음은 더없이 흉측했다.

"클클. 묵룡에게 명해봐라. 심령이 통했다면 가능할 거야. 이 바위 속에 파묻히라고 명해봐라."

척무절이 그들이 앉아 있는 커다란 바위를 가리켰다.

의령은 긴가민가하는 표정으로 묵룡에게 의념을 보냈다.

그 순간!

묵룡은 감쪽같이 사라졌다.

이동하는 모습이 보인 것이 아니라 그냥 사라졌다.

믿을 수 없는 현상에 의령은 입을 떠억 벌렸다.

의령이 다시 의념을 보내자 묵룡은 한순간에 의령의 손바닥 위에 모습을 드러냈다.

"이, 이럴 수가……!"

"알겠느냐?"

척무절이 고요히 미소를 지었다.

"이제 너에게 내가 십여 년 동안 이곳에서 다시 닦은 패천무궁력(覇天無窮力)을 전해주겠다."

"어르신! 그것은!"

"걱정 마라. 나는 이 증기의 지옥 속에서도 엿새는 버틸 수 있다. 네게 패천무궁력의 십 년치를 주어도 나는 죽지 않아. 반(半) 갑자 정도는 될 게다. 조금의 내공도 없이는 몸을 움직이는 데 지장을 줄 게야. 아무리 묵룡의 주인이라고 해도 말이다. 하지만 내가 주는 내공은 닷새를 가지 못할 게다. 네 몸은 그만큼 철저히 망가졌다. 너는 그 시간 동안 내 아들을 미망에서 구해내고 나를 구하러 다시 이곳에 오면 되는 게야."

"어르신에겐 정말 문제가 없는 겁니까?"

"그럴 게다. 네가 제때 와주기만 한다면."

의령은 잠시 망설이다 척무절에게 물었다.

"한 가지 여쭙고 싶은 말이 있습니다."

"무엇이냐?"

"천요신녀 우옥경과 무슨 관계셨습니까?"

“그걸 네가 왜 묻느냐?”

“말씀해 주십시오. 중요한 문제입니다.”

“음… 왜 묻는지는 모르겠다만……. 그 애는 날 사랑했다. 나는 한참 손아래 누이동생으로만 여겼는데도. 그뿐이야. 나는 손끝 하나 대지 않았다.”

의령이 고개를 끄덕였다. 그제야 천요신녀가 어째서 원로파에 들었으며 척무절을 왜 배신했냐는 말에 그런 표정을 지었는지 이해할 수 있었다. 척무절로 변한 척운경이 갑자기 천요신녀를 홀대하자 심한 상처를 입었던 것이 틀림없었다. 이가려를 용납하지 못하는 척운경으로서는 우옥경도 마찬가지였으리라.

의령의 눈은 잔잔히 자신을 바라보고 있는 척무절에게로 향했다.

“절… 믿으십니까?”

척무절은 고개를 끄덕였다.

“믿는다. 그러니 날 실망시키지 말아다오.”

척무절은 손을 들어 의령의 머리에 얹으며 간절한 목소리로 한마디 덧붙였다.

“그리고… 아들을 죽이진 말아… 다오. 천패궁은 네 맘대로 해도 좋다.”

의령의 머리 위로부터 뜨거운 기운이 흘러들어 오기 시작했다.

2

“……!”

신음 소리도 없이 두 명의 회의복면인이 쓰러졌다.

그들이 쓰러져 있는 백악루의 일층.

벌거벗다시피 허름한 옷을 걸친 사람이 모습을 드러냈다.

무저갱에서 탈출한 의령이었다.

“이상하군.”

그가 제압한 이들은 분명히 궁주의 직속인 암영들이었다.

무저갱에 떨어건 지 삼 일이 지난 후였다.

그동안 생사관은 끝났으리라 생각했는데 일층에는 아직도 무수한 시체가 그대로 방치되어 있었다. 거기다 암영들마저 있었다.

“아직 생사관이 끝나지 않았다는 말인가?”

의령의 머리 속으로 한 생각이 스치고 지나갔다.

묵룡의 끝을 잡은 의령의 신형이 눈부신 속도로 날아가기 시작했다.

깜깜한 칠흑의 공간.

몸을 움직이기에도 비좁은 공간에 두 사람이 웅크리고 앉아 있었다.

―화 형! 언제까지 이러고 있어야 하지?

―나도 몰라!

―빌어먹을! 도둑놈처럼 남의 물건 훔치더니 이 꼴이 뭐야!

―어쩔 수 없었어! 다 얘기했잖아!

서로 잡아먹을 듯 노려보는 두 사내는 번쾌와 화무옥이었다.

―화 형이 그 황궁 동창의 뭐시기라는 얘기? 젠장할! 그거랑 도둑질이랑 무슨 상관이 있어! 넌 친구의 백호령을 훔친 거야!

―그때 월 형은 천패궁의 표적이었다니까! 그대로 있었으면 지금처럼 백호령을 보관하기는커녕 척무절에게 뺏겼을 거라구! 척무절이 생사관을 자기 의도대로 끝내고 천하를 석권하면 황궁을 노릴지도 몰라!

―정덕제같이 멍청한 황제한테 무슨 놈의 충성이야!

잡아먹을 듯 말다툼하던 화무옥이 풀죽은 음성으로 전음을 보냈다.

―그래도… 나는 황제 폐하의 신하야…….

―그래! 퍽도 알아주겠다. 황제가 뭐시고 간에 여기서 빠져나가려면 그놈의 백호령을 들고 우리가 일층으로 나가야 한다니까!

―그걸 누가 몰라? 놈들이 잔뜩 독이 올라 수색을 되풀이하는데 나더러 어쩌라구? 우리 월 형에게 희망을 걸자구!

―동복에게 납치되었잖아!

―월 형은 그렇게 호락호락 당할 사람이 아냐. 자네도 월 형을 믿잖아.

번쾌는 잠시 전음을 끊었다가 화무옥의 말에 동의했다.

―좋아. 이틀만 더 버텨보자구. 그 이상 버티면 싸울 힘도 없을 거야.

그래도 월 형이 안 오면 죽든 살든 여길 탈출하는 거야.

—알았어. 힘이나 비축해 두자구.


구층 누각의 꼭대기.

백악루의 주변에 아직도 인산인해를 이루고 있는 궁도들을 내려다보던 척무절은 인상을 찌푸렸다.

"도대체 그 쥐새끼들이 어디에 숨어 있다는 말인가. 백호령이 없이는 생사관을 끝낼 수 없는 것을……."

"백호령이 없어도 끝낼 수 있었을 텐데? 당신은 너무 완벽한 승리를 고집하는가 보군."

척무절이 서서히 고개를 돌렸다.

"그 파공음의 주인공은 너였군. 어떻게 살아 있지? 설마……?"

어딘가 불안한 듯 묻는 척무절 앞에 모습을 드러낸 자는 의령이었다.

의령은 빙긋 웃었다. 그의 웃음에는 여유가 엿보였다.

"척무절… 아니, 척운경이라고 해야겠군."

척운경의 얼굴은 심한 충격을 받았는지 창백하게 질려 있었다.

"정, 정말… 그가 살아 있었다는 말인… 가?"

"지금도 그 밑에 정정히 계시다."

"그, 그래? 그렇다면… 이번에야말로 숨통을 끊어… 놓아야겠군!"

의령은 목소리를 높였다.

"도대체 왜 아버지 행세를 했던 거지? 그렇게 부친을 미워했으면서도! 왜 부친보다 더한 패도를 이루려 했나? 그렇게 부친의 패도를 증오했으면서도!"

척운경의 안색은 백지장처럼 창백했다.

"어쩔 수 없었다……. 한순간의 분노로 아버지를 암습하고 무저갱에 떨어뜨렸지만…… 나는 그리할 수밖에 없었어.”

“이유는 묻지 않겠다. 그건 당신들 부자간의 일이니. 하지만 그 사소한 일로 천하를 오욕의 구렁텅이에 빠뜨린 것은 절대 용서할 수 없어!”

척운경은 고개를 젖히고 광소를 터뜨렸다.

“네가 무엇을 안다고 나불대느냐! 네가 무슨 자격이 있다고 나무라느냐! 내가 산 세월의 반도 못 산 녀석이 무얼 안다고!”

의령은 묵룡을 들어 눈앞에 세웠다.

“지금도 늦지 않았다. 과거를 뉘우치고 천패궁을 해산한다면 네 부친과 딸의 얼굴을 보아 널 용서하겠다.”

척운경은 광소를 그치고 검을 뽑아 들었다. 그의 눈에는 광태가 가득했다.

“네놈이 어떻게 당했는지 잊었나 보구나! 패천무궁검(覇天無窮劍)을 꺾을 무공은 없어!”

척운경이 든 천검에서 다섯 자 길이의 무시무시한 검강이 솟구쳐 올랐다. 의령이 당했던 바로 그것이었다.

의령이 큰 소리로 외쳤다.

“네 부친은 너를 미망에서 깨어나게 해달라 부탁하셨다. 아직도 기회는 있다. 검을 버려라!”

“미친 소리!”

척운경이 검을 곧추세워 하늘로 향했다.

의령은 안타까운 듯 고개를 저었다.

“진정 어쩔 수 없는 위인이구나. 네 헛된 미망에 스러진 피의 대가를 받아라!”

척운경은 어림없다는 듯 광소를 터뜨렸다.

“쿠하하하하하하!”

그 미친 듯한 웃음의 사이.

의령의 손에 들렸던 묵룡이 아무런 기척도 없이 홀연 사라졌다.

척운경의 광소가 뚝 그치며 답답한 신음이 터져 나왔다.

"컥!"

척운경의 몸은 서서히 무너져 내렸다.

풀썩 무릎을 꿇은 그의 입에서 핏줄기가 주르르 흘렀다.

"너…… 너…… 대체 어떻게……? 어떻… 게……?"

쿵!

척운경은 자신의 성채, 구층 누각의 바닥에 머리를 박으며 쓰러졌다.

천하를 힘으로 통치하려 한 사내.

힘만이 정의라 생각한 사내.

자신의 정의를 위해 모든 것을 파괴했던 사내.

천패궁의 절대 권력자는 그렇게 쓰러졌다.

의령은 하늘을 바라보았다.

무수히 많은 얼굴이 하늘을 가득 채울 듯 뇌리에 떠올랐다.

그의 눈에서 기쁨인 듯 회한인 듯 한줄기 눈물이 흘러내렸다.

3

척무절, 아니, 척운경이 쓰러진 후, 강호의 정세는 몇 년 사이 크게 변화했다.

천패궁은 봉공을 뽑는 생사관을 개최하던 중, 궁주가 갑작스레 실종되어 사분오열로 갈가리 흩어졌다. 궁주의 후임을 정할 수 없었기 때문이다. 궁주의 유일한 소생이었던 척소단과 사대봉공 중 유일하게 살아남은 우옥경이 실종된 사실은 격화된 권력 투쟁의 와중에 바닥으로 묻혔다. 삼전과 십이각이 각기 갈라져 일개방파로 영락했다.

현무교와 회회교는 자신들의 터전에서 조용히 교리를 믿으며 교도들끼리 평온한 삶을 영위했다.

정심맹과 사흑련은 아직도 내부 권력 투쟁에 열을 올려 와해되기 직전이었다.

정덕제의 황음을 부추기던 환관 유근은 대역죄로 비참한 최후를 맞았다.

중원 각지에서 민란이 일어나 정덕제의 폭정에 항거했다.

그 속에서 각자의 생활에 열중인, 남을 위해 사는 사람들도 있었다.

*　　　　*　　　　*

의령이 소리를 지르며 달려왔다.

"형님—!"

검게 그을린 얼굴은 건강미가 넘쳐흘렀다. 남옥당이 심혈을 기울여 본래의 피부 색으로 되돌린 후였지만 의령의 얼굴색은 월강일 때와 거의 차이가 안 날 정도로 그을려 있었다.

"하하! 건강해 보이는구나!"

"예. 어쩐 일이세요? 연락도 없이?"

"태산에 사냥 나왔다 들렀다. 네놈 얼굴은 완전히 농투성이가 다 되었구나."

의령이 머리를 긁적였다.

"헤헷! 아직 멀었어요."

반류가 의령의 머리를 꽁 하고 쥐어박았다.

"이놈! 애 아빠가 된 지 몇 년인데 아직도 채신머리없이 그리 웃는 게냐?"

의령은 머리를 맞았음에도 헤 하고 웃고 있었다.

"형님 앞이니 이러는 거지요. 뭐, 저도 그 사람들 앞에서는 '어르신'이라 불린다구요."

반류가 흐흐 하고 웃었다.

"그래, 황하의 그 모임은 아직도 이름이 '우리들' 이냐?"

"그런데요. 좋잖아요? 우리들!"

"네놈답다. 쯧쯧!"

"진영 형님이나 다른 형님들은 잘 계시죠?"

"어이구! 빨리도 묻는구나! 진영 형님은 늦바람나서 형수님이 수아 동생을 가지셨다."

"정말이요? 하하하!"

"노인네 다 되어서 뭔 짓인지, 원. 내가 다 남우세스럽다. 조온 형님도 슬슬 짝을 찾는가 싶다만 잘 안 될 거야."

"왜요?"

"교연이랑 성혼이가 사는 거 봐도 부글부글 끓는데 온 형님까지 결혼을 하시면 정선이랑 내가 어떻게 사냐? 우리 셋은 죽을 때까지 함께할 거다!"

"지금은 혼자 오셨는데요?"

반류가 씨익 웃었다.

"지금 네놈 집에서 찬이랑 놀고들 있지."

"와아! 정말요?"

"그래, 남 소저, 아니, 제수씨랑 빨리 일 끝내고 집으로 와라! 오랜만에 거하게 한잔하자!"

"아직 일이 꽤 많이 남았는데……."

"빨리 안 오면 우 대랑한테 온 형님이 집적댈걸?"

"그런 짓 했다간 척 노사 부자한테 두드려 맞을걸요? 소단이도 힘이 만만치 않아요."

"정선이가 잔뜩 술 가져왔으니까 오늘 다 못 마시면 알아서 해!"

"술 마시면 일 못하는데……."

"이 자식! 너 자는 동안 우리가 해줄 테니 걱정 마! 무공 잃더니 아주 약골이 다 되었구나!"

"그래도 일은 잘해요."

반류가 코를 힝 풀더니 돌아섰다.

"나는 가볼 테니 너는 일 마치고 와라."

"예. 여기만 복구하고 곧바로 집으로 갈게요."

손을 흔들며 집으로 향하는 반류를 보다 의령은 고개를 돌렸다.

무너진 제방을 복구하는 공사는 이제 막바지였다.

의령은 주먹을 불끈 쥐며 공사 현장으로 발걸음을 옮겼다.

그의 호령에 따라 웃통을 벗어젖힌 장정들이 힘차게 영치기 소리를 높였다.

"영차! 여엉차!"


『위령촉루』 5권 마침

끝내고 난 후

2002년 나는 거리에 나가 무엇을 보았던가?
끝이 보이지 않는 촛불의 행진.
우리는 촛불시위에서 무엇을 느꼈던가.
내가 본 것, 내가 느낀 것을 글로 쓰고 싶었다.

풍자를 하면서도 강호의 세계를 그리고 싶었다.
결과적으론 풍자도 애매했고 강호도 두루뭉수리한 모양이 되었다.
그러나 많이 배우고 많이 느낀 시간이었다.

고무림 신춘무협에 응모해 보려고 처음 끼적거린 때가 2002년 11월이었으니 꽤 많은 시간이 흘렀다. 벌써 2004년 4월이다.

1권을 시작하며 '난 잊지 않아'라고 써놓았다.
과연 내가 잊지 않았을까? 독자 여러분은 어떤가?

부끄러운 글이다.
3권을 넘어 4권을 써가며 머리를 뽑아 시궁창에 던지고 싶은 충동을 계속 느꼈다.
시작했기에 끝까지 달려왔으나 내게 부족한 것만 잔뜩 알고 말았다.
마지막으로 이 말을 꼭 써야 하는데 내게 자격이 있는지 의문이다.

2002년 여름, 우리 곁을 떠난 미선이, 효순이에게 이 글을 바친다.